沙金

奚凤群 ◎ 著

当代世界出版社
THE CONTEMPORARY WORLD PRESS

图书在版编目（CIP）数据

沽金 / 奚凤群著. —北京：当代世界出版社，
2018.8
ISBN 978-7-5090-1422-6

Ⅰ.①沽… Ⅱ.①奚… Ⅲ.①长篇小说—中国—当代 Ⅳ.①I247.5

中国版本图书馆CIP数据核字（2018）第163858号

书　　名：	沽金
出版发行：	当代世界出版社
地　　址：	北京市复兴路4号（100860）
网　　址：	http://www.worldpress.org.cn
编务电话：	（010）83908456
发行电话：	（010）83908409
	（010）83908455
	（010）83908377
	（010）83908423（邮购）
	（010）83908410（传真）
经　　销：	全国新华书店
印　　刷：	北京盛彩捷印刷有限公司
开　　本：	710毫米×1000毫米　1/16
印　　张：	14
字　　数：	198千字
版　　次：	2018年9月第1版
印　　次：	2018年9月第1次
书　　号：	ISBN 978-7-5090-1422-6
定　　价：	39.80元

如发现印装质量问题，请与承印厂联系调换。
版权所有，翻印必究；未经许可，不得转载！

楔 子

　　小说家卡夫卡说："战争中你流尽鲜血，和平中你寸步难行。"明枪易躲，暗箭难防，陶晋战战兢兢，生怕一步踏错，再也万劫不复。

　　人生就是一场又一场冒险的旅行！既然要冒险，何不做有意义的冒险。陶晋有梦想，那就要创造机会，争取最大可能的成功！当然了，他绝不会拿自己的自由、慈善与尊严做交易，也绝不会在任何一位大师面前发抖，更不会因为恐吓而屈服。因为他知道，他必须勇敢地面对这个世界，人的天性之一便是挺胸直立，骄傲而又无所畏惧。

目录

楔　子

第一章　暗流涌动 / 001

1. 回不去的春天 / 001
2. 不想成为风景 / 009
3. 指标非儿戏 / 015
4. 吞金会死人 / 046

第二章　剑拔弩张 / 052

1. 把好汉逼上梁山 / 052
2. 心老了一点点 / 067

3. 战斗就要开始 / 077
4. 无利不起大早 / 086
5. 举报信风波 / 097

第三章　阴奉阳违 / 107

1. 暴风雨的倾覆 / 107
2. 感情其实很脆弱 / 116
3. 就要硬碰硬 / 129
4. 不合规的招标 / 139
5. 有话好好说 / 149
6. 仕途猛于虎 / 158

第四章　大厦将倾 / 169

1. 迷失的路途 / 169
2. 混乱的一切 / 183
3. 此一时彼一时 / 194

尾　声 / 205

第一章　暗流涌动

1. 回不去的春天

不知是谁对陶晋说过这样的话，说是有的人把生命局限于互窥互监、互猜互损，有的人则把生命释放于大地长天、沧海远山。这话一直在陶晋的心中叨念着，虽然他并不完全认同，因为这世间的事，哪能非 A 即 B 分得那样清。或许，他之所以会将这句话记得如此牢固，只是因为他潜意识里向往后半句的意境，想要做一个寄情于山水，悠然于溪涧，耳得之而为声，目遇之而成色的世外闲人。可多数人的人生，并不是挥一挥衣袖便可以潇洒得起来的。比如此刻小有官爵缚身的他。

作为东南黄金精炼厂的一厂之长，陶晋身处权力、欲望、金钱的漩涡，这些年，就像升仙历劫一样趟平无数个坎儿，逃不开而又躲不掉。即使身在无限循环的逻辑里面艰难跋涉，他一直向往着，寻找机会，去体验大地山水的世外闲人的生活。

沽　金

陶晋四十二岁了，有梦有春天。可是很遗憾，梦总是随着天亮而逝。和梦一样逝去的，还有那些仿若春天的日子。

陶晋曾经是一个幸福的男人，因为他在春天的前半截里，抓住了青春的尾巴，将心外科的美女医生杨莺娶回了家。杨莺漂亮，温柔，性格也好，是个好媳妇，更是个好妈妈。他一门心思地想好好过日子。哪怕杨莺生了女儿之后，有意无意疏远他冷淡他，他也依着她。偶尔在梦里重新回味一番，醒来还能触碰到那个温软的身子，他也觉得无比幸福和满足。日子就这样平安顺遂地过了近十年。

有些东西注定是命里的劫数，它存在的全部意义，就是杵在命里的那个点上，让人闷头撞上。越不过去，躲避不了，也反抗不得。

那个晚上，陶晋接到厂里的电话，是常务副厂长凌瑞峰打来的。

这个老哥内心缜密、步步为营，扮相老实巴交，一副掏心掏肺的样子。他在电话中表现得很恐慌，语速急切，话尾带着颤音，说："陶厂长，不好了，出大事了。"

其实电话在响起的那一刻，陶晋心里便莫名地"咯噔"了一下，像是瞬间沉到了一个无底的深渊，带着恐惧和无助，需要深呼一口气才能看到人间，需要一番挣扎才能有劲攀缘。

"出什么事了？"陶晋故作镇定。他知道凌瑞峰是当天晚上的值班厂领导，他这么晚打电话过来，事情绝对不小，也绝对不好。

"氰化钠泄露，当班的两个员工情况不好。"凌瑞峰没有迟疑，接口便答。

"什么？"听到此事，心中一惊，但他马上语气一沉，"启动应急预案了吗？"

"已经启动。撤离现场后，用解毒剂进行了解毒，也用了心肺复苏法抢救，但……"凌瑞峰马上又说，"已经在送往矿区医院的路上了。我们要做最坏的打算。"

"我马上到。你密切关注抢救情况，切忌不可大意。矿区医院不行，要马

第一章 暗流涌动

上往市医院送。先这样,我们保持电话沟通。"

陶晋已经换下拖鞋走到房间门口。他将房门打开的那一刹那,心中突然浮起了一丝不安,但很快就将这不安抛诸脑后了。前方还有烂摊子等着收拾,容不得他再有些许犹疑。

房门"砰"的一声关上。煤气灶上的火苗像毒蛇一样吐着长长的信子,烧水壶正汩汩地冒着热气,他的宝贝女儿淼淼一个人孤单地睡在开满鲜花的粉色床单之上,而他的妻子杨莺还在医院值班。

陶晋压抑着心中的那团不安,强制着自己将注意力集中于方向盘上。一阵急匆匆的铃声吓了他一跳,电话依然是凌瑞峰打来的。

"人走了,救不回来了。陶厂长你开车注意安全,我们等你。"他只说了一句话,他的语气已经恢复到了往常的沉稳。听不出悲伤,也感受不到失望。或许结局来临之时,人们都会如此反应吧!

陶晋鼻子一酸,眼底的雾气泛上来,心底上的弦绷断了,痛恨交加的情绪冲上胸腔。生命脆弱得如一张薄纸,对此他却无能为力。自己到任不过一年,即使努力纠偏、堵漏和补缺,还是出了祸端。他不信世事造化,他只信一切的救赎都还不足以遮掩。

这样的痛和恨里面还有失望。是谁说过,在一个人的努力里,可以种出世界上所有的山高水长。可他陶晋如此努力了,劫难怎么还是要横亘在他的面前嘲笑他的无能。而他,除了任由这样的情绪在胸腔里泛滥,竟然毫无能力去做一丁点的改变。就像眼前这条连接梨州和精炼厂的省道,不过三十公里,却一直不到尽头,迷茫难辨,跋涉艰难。

电话又响了。陌生的来电。

"请问是陶厂长吗?"一个男人的声音清晰传来。

"哪位?"陶晋反声相问。

对方兀自肯定之后,自报家门:"我是《东南在线》的记者胡凯歌,我们接到爆料,想就贵厂员工中毒死亡事件的具体情况找您了解一下!"

沽 金

"爆料？死亡？对不起，您打错电话了。"陶晋不容对方再说下去，果断挂断了电话。

电话挂断的那一刻，陶晋一个激灵，敏感地意识到，一定是哪里出了问题！虽说好事不出门，坏事传千里，可这前前后后不过一个小时的事情，怎么就传到了媒体那里？谁爆的料？想要干什么？

不等陶晋思谋明白，电话再次响起。一波愤怒夹杂着质问的声音劈头盖脸砸了过来："小陶，你在哪里？"

是他的顶头上司苏兴海打过来的。这位苏总是东南黄金集团副总经理，精炼厂主管领导。表面上对陶晋信任器重，经常给陶晋提一些看似恰当的提议。特别喜欢做扬名立万的事情。和副厂长凌瑞峰走得挺近。

"苏总，我在去精炼厂的路上。"集团副总经理苏兴海这个点打来电话，还直接问自己到了哪里，一定是已经知道了整件事情。

果真，苏兴海的不满并没有因为陶晋直截了当的回答而有所消减。只听他威严地指示道："不惜一切代价，封锁消息；不惜一切代价，安抚情绪；不惜一切代价，把事情在第一时间处理妥当。否则……"

苏兴海声音顿了顿，像是疲惫不堪到完全没有力气再说下去，刚刚的盛气凌人全不见了，转变成无奈的叹息："否则，你我都难办了！"

陶晋愣了一下，但他马上反应过来，肯定地答复道："苏总您放心，我一定按照您的指示稳妥处理好这件事。"

"我也在连夜往精炼厂赶。你就多费心吧！"此刻的苏兴海将语气换成关切。

陶晋瞬间被这样的关切击中，鼻头一酸，委屈、无措、迷茫等种种说不清道不明的情绪交织到一起。他深吸一口气，强忍着巨大的情绪波动，将眼睛瞪得大大的，紧紧盯着视线前面那片混沌的黑暗，紧紧盯着因车灯的照射才露出的那一小段光亮的前方。

电话又响了起来，是妻子杨莺。

第一章　暗流涌动

"你死哪里去了？"妻子的声音就像是从地狱里传来的一样，尖锐但无力。

"怎么了？"陶晋的话刚刚问出口，他便猛然惊醒。他想到了自己出门时刹那间的迷茫，想到了煤气灶上的那壶水，想到了沉睡的女儿。陶晋腿一软，后背"忽"地惊出一身冷汗。而杨莺的哭声断断续续传来，忽而大忽而小，随之号啕大哭。

可哭声刹那间又戛然而止，杨莺咒骂的话传了过来："你这个畜生，你赔我森森。"

"森森怎么了，她怎么了？"陶晋一个急刹车，心口像是瞬间刮进一股痛彻肌骨的飓风，他把胸口紧紧贴着方向盘，小心却又急切地追问。

"森森煤气中毒，森森她……"

杨莺的哭声在这清冷而又烦乱的夜里格外触目惊心。而她悲愤说出的"森森煤气中毒"的事实，更如惊雷一般无情地劈向了陶晋，将他的人生瞬间干脆利落地劈成了两半，一半在天堂，一半去往万劫不复的地狱。

"你这个刽子手，你还我的森森，你这个……王八蛋，畜生！"

电话那端的杨莺该是哭倒在了地上，电话被无情地挂断，周遭一片死一般的寂静。

妻子的电话再也打不通。

"森森你没事吧？森森啊，你可别吓爸爸，你可千万不能有事啊！"

陶晋带着哭腔重复自语的声音在狭窄的车厢内部盘旋着冲不出去，悲伤、自责、悔恨和愤怒的情绪快要将他淹没。他恨自己酿成错局，更恨自己此刻无能为力。他想要飞奔到妻子和女儿的身边，可他却没有翅膀，上天又无情地折断了女儿的翅膀。

半晌才稳住心神的陶晋重新发动汽车，他要调转车头回家。理智告诉他，当医生的杨莺绝对是在第一时间抢救了女儿之后，才会质问他这个杀人者。情感告诉他，女儿已经抢救回来了，也或许就要抢救回来了。他不信那个活泼可爱的女孩会这样不声不响地离开他，就像从来没有来过一样，就像假装带不走任何幸福和快乐一样。

　　左转车灯打亮的时候,陶晋的脚搁在油门上,却半天没有动弹。他抹干眼泪,深呼一口气,在心里默默祈祷:"淼淼啊淼淼,拜托你一定要活过来。也拜托你原谅爸爸的无情,因为你还有妈妈陪着,但厂里刚刚去世的两个叔叔,他们需要爸爸。否则……淼淼啊淼淼,爸爸不是为了仕途,而是本着肉长的人心……可是淼淼,你要爸爸怎么办?爸爸千错万错,可爸爸必须做出选择……"

　　苏兴海赶到的时候,陶晋已经按着他的指示,将事情了解清楚并做了初步的决断。

　　令他无比震惊的是,他天天在厂里面强调和考核的安全管理,竟然在这天晚上如同儿戏一般,被当班的工人忽略和无视,并最终导致了惨剧的发生。

　　一直以来,全球所有公司冶炼黄金的技术,靠的都是传统的工艺提金。即通过化学药品氰化钠的反应,将金子从原矿中提炼出来。但这种技术在生产过程中,含氰溶液会积累杂质,降低浸金效率。因此,必须对其进行定期的净化除杂。即向含氰的溶液中加入浓硫酸,将贫液的PH值降低,使杂质沉淀。可贫液中的氰化钠又会生成沸点仅为26℃且极易挥发的氰化氢。再将氰化氢还原为氰化钠溶液,重新返回工艺流程浸金使用。

　　这样的过程,必须全部在密闭的系统中循环进行。正常情况下,氰化氢气体不可能发生泄露。但这种剧毒且对人体和环境能产生极大破坏的化学药品,每年却因操作不当和工作失误酿出过不胜枚举的惨剧。最近,某公司一起氰化氢泄漏事故导致三名工人丢了性命,就是因为操作人员在做酸化处理的过程中,在中间槽内加碱量不足,致使含有大量氰化氢的酸性溶液流入敞开的泵槽。在循环泵尚未及时开启的情况下,酸性溶液只得由泵槽向外溢出大量浓度过高的氰化氢气体。之后的抢救过程中,因处置不当,又造成九名工作人员中毒。

　　自上任以来,从不敢对此掉以轻心,却防不胜防还是会酿出惨剧!

第一章　暗流涌动

苏兴海指示，在做好员工后事处理的同时，要彻查事故原因，绝不姑息任何违纪行为。

"该打的打，该罚的罚！绝不姑息，绝不姑息！你们懂吗？"苏兴海瞪着以陶晋为首，围着他站成一圈的精炼厂的高管们，语气极为严肃地继续说道，"小陶，我还要严厉地批评你，你们精炼厂的内部管理问题很严重。不，是混乱到了极点。这件事情刚发生，就被捅到了媒体，这就是实证。我不想知道是谁干的，但是……你，你陶厂长，必须知道是谁干的！"苏兴海额头的青筋"突突"地跳动着，他的手呈四十五度指向斜上方，眼睛却凌厉地盯着陶晋。

陶晋使劲点了一下头，一脸凝重。他的心里隐隐升起的不好的猜测，此刻稍有清晰。但他也明白，现在不是决断的时候，因为实证不会轻易得到。否则，事情便会变得无比简单。

可人生本是一件复杂的事，处于人生旋涡之中的事业轮盘，怎会平常而又波澜不惊？

第二天中午，稍能分身之时，陶晋便急急赶到妻子所在的梨州市人民医院。他终于可以做一个负责任的丈夫和父亲了，可以一脸关爱地陪伴在妻女身边。可雄心壮志真的能让如常的美好重新回到身边吗？

他第一眼就看到了妻子。不，准确的说法是半趴在女儿身上的妻子的背影，以及遮掩在女儿身上的那块白色的薄被。他看不到妻子的表情，但他知道，妻子的脸上一定没有表情。因为当女儿差一点离去的那一刻，妻子便绝难再对他露一丁点笑容。他也看不到女儿的表情，看不到女儿的脸上是否还残留着努力赢回生命时的挣扎与慌乱、无助与绝望。他更看不到女儿的衣服有没有皱，头发有没有乱，原本红扑扑的脸上有没有沾染这人间的灰与尘……但他知道，女儿小小的身子一定很孤单很孤单地躺在病床上，眼睛一定很紧很紧地闭着，插着针管的手一定很凉很凉，因为她是被自己的父亲无情地推向了死亡的边缘。虽然那个父亲口口声声地说着，他是那样地爱着自己的女儿呀！

沽 金

　　是啊，陶晋爱女儿，像任何一个深情的父亲一样地爱着女儿，也愿意为了女儿的欢笑而毫不犹豫地给予长久而又恒定的父爱，本能的父爱。可是……

　　陶晋的腿一软，突然便不敢再跨步向前。因为他知道，只要跨出那一步，女儿无助而又悲伤地与这个世界抗争的结果，便被无情而又残酷地证实。而他，作为一个父亲，却是最不可宽恕的罪犯，以邪恶的双手亲自葬送了女儿刚刚如花苞一般初绽的人生。女儿才刚刚十一岁，她的人生才刚刚开始呀！可严重的煤气中毒，会让女儿的人生发生怎样的改变……

　　陶晋眼前一黑，人便直挺挺地晕了过去，以与春天诀别的姿势。那"嗵"的倒地声，像是告别的挽歌，伴随着初春乍暖还寒的冷峭与萧索，无趣与沉闷。

　　杨莺将一切都怪罪到陶晋的头上。她认为陶晋只要稍微有点爱，有点心，便不会在煤气灶上烧着水，女儿刚刚睡下的那个晚上，因为接到厂里打来的电话，便急慌慌地将女儿一个人丢弃在家里。如果没有如果，女儿便绝对不会……陶晋心里有愧，悔不当初。可世上哪有一次可以重新回来的如果呢？

　　女儿发生意外以后，杨莺便再也不让陶晋碰她。即使后来两个人的关系稍有缓和，陶晋有心再插秧一棵时，杨莺仍然坚持女儿世间只有一个，她绝对不会把这唯一的爱再转移给他人。末了，她还甩出一句刻薄的话刺向陶晋。她说她做不到陶晋那般薄情，女儿都那样了，他竟然还有心情男欢女爱，如此和动物有什么区别！

　　杨莺如此决绝，她眼神里如厌瘟神一般的憎恶让陶晋心底泛出冷颤。

　　就这样，夫妻二人再也没能回到春天。

　　陶晋不知道自己昏睡了多久，不知道杨莺看向自己的目光带有怎样的厌恶和仇恨，不知道急匆匆赶来的自己的父母、妻子的父母，还有……更不知道那两个同样因为意外而决然离去的兄弟，他们的家人是怎么悲伤地哭成一团……他不想醒来，想用这样的方式与自己对抗，对抗与逃避自己弄乱的这一切，他的春天成为一首怅然的挽歌。

第一章　暗流涌动

2. 不想成为风景

　　林希是厂里的销售骨干,是陶晋看重的下属。不知道领导听到林希吵架时的彪悍,会不会退避三舍。

　　因为此刻林希就像个泼妇,在电话里和即将成为前男友的男人吵架。

　　越洋电话可贵着哩!可林希顾不了那么多了。她这个人就是这样,不把架吵痛快了,绝不罢休。男友郑小宇吵不过她,便嚷嚷着干脆分了拉倒,免得光有名声还吃不到肉。林希便不依,非要和郑小宇掰扯明白,她怎么就成肉了?郑小宇被她逼急了,自断后路说他谈恋爱就是为了满足肉欲。别扯什么精神至上,那些扯犊子骗无知少女的话,他早十年就不说了。他也早就厌倦了这种隔着十万八千里,连林希乳房长什么样都快忘了的生活。他就是一个特俗的男人,就想过一种俗不可耐到每天晚上都能被两只鼓胀的乳房压在脸上的生活。

　　郑小宇还故意问林希,知道那是一种什么样的感觉吗?就是甜丝丝带着青草味的唾沫流进胃里,再顺着奔流的血液浸遍全身后,早上醒来浑身的关节都像干旱的秧苗被滋润了一般的抖擞和欢腾,一种特爽的,充满着无尽生机和力量的感觉。

　　林希咬着后牙槽,咒骂着郑小宇"无耻",心境如同翻江倒海,脑子里却未停止搜索杀伤力更强的战斗词汇。

　　可不等她把子弹射过去,郑小宇便又把话抢了回去,质问林希是今天才发现他无耻的吗?到底是他无耻还是林希装得像个圣女?林希自己说的,过了十八岁,谁都不会为了一朵云、一阵风、一枝玫瑰、一阵絮语去笑?他一点也不高尚,只希望能和林希一起,在滚滚红尘中自甘堕落,自甘毁灭。

　　郑小宇一通肉与欲的辩驳让林希无法再听下去了。哪来的爱情?都是诗人和哲学家拿来骗普通人的把戏。

沽 金

工作上的事情也不是今天才开始烦躁的。这一年以来,金价跌得太不像样子了,一些大的外购客户便被跌傻了眼,想要低价囤、高价卖,赚回点亏空。可谁知,自以为极为稳当的低价却在第二天变成了高价,不仅没能弥补亏损,反而赔得更甚。长此以往,一些原本彼此竞争的大供应商,便联合起来抱成了团,想要与精炼厂对抗,适当地提高付款比例。否则……否则当然两败俱伤!林希很明白。可这又不是小孩子过家家,金子的价格说升说降都全凭一张嘴。当然,作为直接业务经办人,林希应该向厂里反映这个情况。但她更清楚的是,越是这种情况,厂里越不会做让步。但私下里,她还是向分管厂长凌瑞峰作了非正式汇报。可凌瑞峰一句话就把她顶了回来,极少在平常发脾气的凌厂长,那天竟然还爆了一句粗口,将那帮外购客户骂成了龟孙子。

因为双方都不让步,整个外购金的业务链条便进入恶性循环。金价越跌,外购金的量便越少。量少了,精炼厂能赚取的利润便少了;交易所定价的卖与买的利润自然也就少了。银行那儿的情况也好不到哪里去。老百姓总觉得金子还会跌,黄金产品的销售量便始终上不来。如此一来,又影响到了精炼厂的黄金产品供应量。

可想而知,市场部的指标便像这金价的走势一般,始终与震荡同行。不,是始终下行。

在这混乱的状态里,自然便有一些想要趁火打劫的龟孙子。林希觉得凌厂长的形容真是贴切,那帮王八蛋的原则就是能多赚一点就不客气地多赚一点。

比如说,林希前一天根据与外购金客户沟通好的送金量,准备好足够的资金后,结果,到了第二天中午或是下午,客户突然打电话来说,量不够了或是量多了。量不够了便牵涉到了预算资金剩余;量多了便牵涉到预算资金不足。可按照合同,精炼厂必须按照与收金重量相对应的比例付款,少一分都不行。

没有办法,林希便只有一边不停地与客户沟通,一边请求财务部经理张大禹的援助。张大禹明里暗里多次表示过对林希的好感,希望两个人能有百年好

第一章　暗流涌动

合的那一天。但林希怎么可能看得上这个只懂得算计的男人？更何况这个男人还顶着离异的名分！

可客户得罪不起，张大禹也得罪不起，她林希便只能窝囊地活着。

银行那儿的客户也不让人省心。

精炼厂最大的合作银行是全国布点的东方银行。银行虽大，小鬼却不少。比如直接与林希对接业务的贵金属业务部的经理刘成。

刘成提拔到这个职位不过两个月。急于求成的他，便想要策划几款有分量的新产品迅速树立威信，也赢得领导的信任。与林希的几次对接，他都表达了这个强烈的意愿。有业务当然是好事。林希也没有含糊，马上便安排产品策划和设计跟进此事。

一番努力，新产品很快成形。谁承想，等到他们将打样的新产品呈交给刘成时，却被告之，银行的领导认为现在这个季节是黄金销售的淡季，金价又跌得这么厉害，库存的金子都卖不动，没有理由再上新品，以免徒增资金压力。

因为产品没有最终敲定，所以，与银行方面的单款产品定制合同便没有签下来。产品虽说不做了，设计也可以不计算成本，但模具费、打样费还是要和精炼车间结算的。

可想而知，不仅没有赚到钱，反而赔了一屁股的林希，岂能不火大？

如果只是这样的无名火也就罢了。林希这一天却无意中听同行提起，说东方银行的刘成正在到处找贵金属供应商定制新产品。其中已经签了合同的一款，竟然就是林希他们创意的新产品的高仿品。只不过，产品的形状和理念都做了一些改动。

自己的东西，改头换面竟然成了别人家的创意？林希气不过，想找刘成理论。但同行劝她说，有什么意思，难道还真能撕破脸，从此老死不相往来？见林希仍然一脸气愤不平，同行终于点题说，林希应该知道自己输在哪里？都说船小好调头，可像精炼厂这样的大企业，一分钱的账务都不能不明不白。更何况……

沽 金

同行的话林希终于听明白了,原来自己是输在了回扣上面。

这样的哑巴亏,除了老实吞下,别无他法。谁让她现在站着的这艘大船,不允许她出一丁点儿的错。当然,也不是说小企业就能为所欲为。只不过在相同的规则面前,方式却可以灵活许多。

看,时间过得就是这样快。一转眼,便又是一年的初春。没有了爱人,一个人独自快活。

晚饭后,一个婉转而不失落寞的背影沿着精炼厂绿化带的石板路心不在焉地慢慢走着。她俏丽白净的脖颈间搭了一条艳丽的丝巾,头发随意披在肩头,一袭双排扣大衣更显得她的身姿婀娜多姿。这正是厂花林希,自从她了悟爱情后,感觉一切都变得通透起来。

一串阴阳怪气的声音打破了这份美丽和宁静:"林经理,你可真有雅性,一个人走了这么久,也不怕这春天的小风闪了你的小蛮腰。"

张大禹阴阳怪气的声音一传来,林希的心里便"噌"地冒出了厌恶。可她的脸上却什么也看不出来,只是淡淡回应说:"张经理不是一样的有雅性,也一个人跑这儿吹风来了。"

"我可不是一个人跑过来的。我是过来陪你的。"

张大禹的脸上堆满了媚笑,眼睛大胆而又热烈地看向林希。他自然知道林希很不喜欢他,可他更知道林希不敢得罪他。不仅不敢得罪,还得面上带笑地应承着他。原因很简单,他的手里握着掌有市场部资金生杀大权的一支笔。此刻,他便很想用握笔的那只右手,趁机在林希的肩头做一次停留。如果林希不明显拒绝,他或许能够得逞。他已经无数次地想象过那样的美妙,从肩头的滑动只是开始,往下,往纵深,都是他渴望触及的战栗。

"说吧,明天的钱还能不能凑够?"张大禹的小心思在林希的眼里一清二楚。她不想和他浪费任何时间,而是直截了当,想快点结束这冷风中的对话。

"我的姑奶奶,什么叫能不能凑够?是根本就不可能够。我今天能保证你

第一章　暗流涌动

的八千万就已经阿弥陀佛，烧了高香了。你竟然还得了便宜又卖乖，将明天的七千万改成八千万。这可是整整差了一千万呢！姑奶奶，我又不是孙悟空，吹口仙气就能变出金山银海。再说了，这财务部也不是我张大禹家开的，说多少就能有多少。要果真是我自家的，你林希要什么，我就给什么。别说这区区的几千万，就是要我的性命，我张大禹也都毫不含糊地给了你。"

张大禹一脸委屈的表情，半是抱怨，半是推卸，末了还不忘一番露骨的表白。好像所有的女人都会喜欢与男人的雄性荷尔蒙紧密相连的表白似的。更何况，林希这个待嫁……不，是恨嫁的老姑娘。

"你解决不了是吧？那我直接找李总去。"林希转身便往办公楼的方向走去。这样毫无征兆的猛然转身，让刚刚从脖颈间滑下来的丝巾，在她的胸前划出一道美丽的弧影。如此惹得张大禹脖间的喉结上下急速地窜动了一下，但马上又极为识趣地挺回在了原处。

"你别拽我。"林希瞪了一眼一把扯住她胳膊的张大禹，高声嚷道。

"我不拽就是了。可你能不能别这么着急上火的，动不动就翻脸不认人。你明明知道我的心意，最见不得你为难，就算把我为难死，我也得先帮你。"张大禹长长叹出一口气，故作为难，继续说道，"你就别老折磨你老哥我了，我这天天为你左右为难的，心脏都快梗死了。"

他竟然作势将手捂在了胸口，还试图去把林希的手一并掠来。只是，他的右手刚刚探出去，林希便迅速留给他一个决绝的背影，急步离开。张大禹脸上先是浮出一丝被羞辱的晕红，又有一种习惯性的不甘。他站在冰冷的春风里，进退两难，十分尴尬。

这一切，都被站在窗前的陶晋看了一个明明白白。

今天晚上是陶晋在厂里值夜班。因为市场部还有一笔款项没有付出去，所以，此刻的他哪里也去不成，只能在办公室里干等着。

沽　金

　　说干等一点也没错。通常情况下，市场部当天外购回来的黄金原料，也就是他们说的金子，在精炼车间称重、熔炼、抽样送检后，入库员便将入库单传到市场部和财务部。市场部根据重量和预计品位填写付款申请单，财务部则审核单据并按照资金计划和付款比例付款。这中间，所有的审核环节都不能省，包括车间、监熔、入库、化验、结算、出纳、资金……只要金子到不了厂，进不了车间，变不成一张入库单，所有的人便只能干等着。

　　另一方面是因为黄金属于贵金属，从离开客户的那刻起，便进入了保险流程，路线、时间、押运人员等等一切信息都绝对保密。就算市场部想要向客户催促，都无处下手。

　　等着的同时，陶晋想把常务副厂长凌瑞峰、财务总监李晓韵及市场部经理林希等几个肩上扛着经营指标的部门负责人叫到一起，开个专题会议，研究在首季"开门红"竞赛活动的结束的时候，如何完成指标，现在的完成情况离集团的期望差距太遥远。

　　陶晋把自己的厂长办公室整成了会议室，所有人围着沙发坐了一圈，又拉来几把椅子。他还亲自泡了一壶上好的龙井茶，茶香四溢。

　　凌瑞峰一进门便感慨："陶厂长这是演的哪一出？我看不像圆桌会议。"说着便一脸寻求声援的表情问道："胡主任，你觉得呢？"

　　"陶厂长的茶好喝。只要有茶喝，我就丧失思考的能力了。"精炼车间主任胡坤压根就不接茬，一番自嘲惹得大家伙"哈哈"大笑起来。

　　"凌厂长，泡了一壶茶以显摆我这个毛二胡子老谋深算，没承想却被你这个秦二侉子一语叫破似的。"陶晋用了《儒林外史》里的一个典故，打趣自己，也将凌瑞峰给嘲弄了一番。如此一来，厂长办公室里一下子便如盛春一般温暖起来。

　　陶晋逐一将各人面前的茶杯斟了一个七分满，只见他率先端起了自己的那杯茶，语带双关道："咱们中国人做什么事情都有讲究。就说这个倒茶吧，偏偏要来一个茶倒七分。那意思是说，做人做事不要做绝，说话不要说尽，要懂

第一章　暗流涌动

得为自己和别人留有余地，正所谓水满则溢，月盈则亏。"说到这儿，陶晋作了一个请喝茶的手势后，继续说，"这人的一生，如白驹过隙，也如草露风灯，短暂得就像这片茶叶的生命一般。所以，我们不要刻意计较人生中的得失，要活得实在、活得真切、活得淳朴、活得坦然。正所谓功名利禄不过过眼云烟，大可不必为了追求短暂的大红大紫而穷尽一生……"

见除了凌瑞峰和财务总监李晓韵，大家伙都是身板挺直地坐在沙发上，一副听自己指示的表情，他的脸上温和一笑。

听到厂长这番带有哲思的开场白，精炼厂的这些高管和中层不明所以，都一脸丈二和尚摸不着头脑的表情看向陶晋。

难道厂长要通过这种方式收买人心？坐在陶晋正对面的林希也敏感地想到了。

3. 指标非儿戏

坐在厂长办公室，听着陶晋这收买人心的开场白，林希和所有人一样，也在暗暗揣测着厂长陶晋的意图。

对于这个上任四年的陶厂长，林希其实算不上很熟悉，更说不上很亲近。这不仅仅因为他们中间隔着一个分管副厂长，林希工作上的事情要直接向凌瑞峰汇报。也因为隔级上级的命令正如这隔级的越权汇报一样，在这个层级严格的大型私企少有发生。林希一向又喜欢多一事不如少一事，平日里宁肯在自己的办公室里发呆，也绝不愿意去领导的屋里犯傻。

对于陶晋的事情，林希多多少少知道一些。比如三年前，氰化车间氧化钠泄露事件的当天，陶晋的女儿意外煤气中毒。如果陶晋不急慌慌地往厂里赶，如果陶晋的妻子能再早一些回家，根本没有值班……可人生是没有如果的。

当时林希还对母亲刘梅感慨，这人的命都是天注定的，人这一辈子总要在

沽　金

各种各样的阴差阳错里努力抗争。可抗争归抗争，人终究是抗不过命的。为此，母亲还埋怨林希太悲观，说命运掌握在自己手里，那信命的话，都是些封建老迷信，给自己找理由罢了！

和林希的观点完全不同，陶晋从不相信一切自有安排，而相信一切都在他的掌控之中，他的掌控才是他的命运。

这次临时会议，陶晋没有开门见山地讲工作，反而论起了人生朴素至极的大道理。当他说到功名利禄如同过眼云烟时，最先响应他的是凌瑞峰。

"陶厂长说得极是。人生这一辈子再怎么奋斗，就是赤条条地来，再赤条条地去，谁都不能有二。还是活得实在和淳朴一些为好。不过……"凌瑞峰看了众人一眼，又看向陶晋，"陶厂长，您今天下午把我们大家伙叫来，该不会就为了以茶论道吧？"

陶晋自然而然地接过凌瑞峰的话，沉声说道："我倒是想以茶论道，让这个下午茶变成真正的下午茶。也想和各位聊聊，这人生到底是个什么东西。既然凌厂长直接问了，我就明白说吧。各位，咱们肩头上的指标压力一直不小。眼瞅着开门红就这么接近了尾声，咱们的利润表不好看，集团那儿不大好交差。"

"陶厂长，集团的通知我们都看到了，大家伙私下也都在议论，集团这是要把我们的骨头砸碎了还要再熬成汤的节奏呀！"

"去年报的指标已经很踮脚尖了，还要让我们再将奋斗指标当成日常指标。重报奋斗指标？这不是开国际玩笑吗？"

"虽说集团掌握着咱们的生杀大权。可是，这真金白银的事，也不能上嘴唇碰碰下嘴唇，不负责任地一通胡说吧！"

"就算我们再使劲，再努力，可满打满算就只有一个月的时间了。恐怕……恐怕我们就是难为自己也完不成啊，因为从一开始就是不合理的指标设计。"

此时说话的是财务总监李晓韵。她说话有个习惯，就是手不离笔地在纸上随手写出一个又一个的数字。此刻便是，只见她在纸上重重写了一个"8000万"

第一章　暗流涌动

后,又在后面加上了一个大大的感叹号。紧挨李晓韵坐着的林希一侧身便瞥见了这个数字,心里一惊,那叹号的墨色竟然如此沉重!

因了这样的沉重,林希在心里长长叹出一口气。

这指标扛在市场部和各个车间的头上,就是她和胡坤等人的一唱一和。看到李总监讲出指标设计不合理时,她的心里还是生出一些感激。同时也明白,这事根本就没有退路,大家伙发一通牢骚,还得按照集团的指示,闭门造出一个新指标,应付领导,压榨员工。可这么紧的时间,这么重的任务,能完成既定的目标就不错了,还要再加新任务,这恐怕……

坐在对面的胡坤附和着,一副想要撂挑子的模样。副厂长凌瑞峰不动声色地看了一眼胡坤后,更是摇头不止。

"我们大家伙都知道不好干,可这事还必须得干,我们没有别的选择。当务之急是要想怎么干,而不是只想干不了。"分管综合工作的副厂长于岭一边与陶晋的眼神交换一下,一边朗声说道。他算得上陶晋的"小棉袄",觉得必须明确队列,摆明态度,力图扭转现在一边倒的局势。

于岭的话音一落,李晓韵又把话接了过去:"时间紧任务急,只能想办法在每一个流程里抠利润。除此,没有别的好办法。不过……"李总监替于岭说出了解决方案答案,但话锋一转,"细节里抠利润,也不是一时三刻就能完成的。各车间得重新测算怎么想办法再提高一点回收率。只要提高一个点,再往上提一提利润也是极有可能的。如果说车间提不了,那……这事也只能像胡主任说得那样,撂挑子不干了。"

"李总监说得对,只能在细节里再抠利润。市场部这儿的利润,也没有别的好办法,只能加大外购金的收购力度,增加银行的订单。不过,话再说回来,光一味地买金子回来,集团得把钱保证喽!别只要一说到钱,财务就是预算啊预算,我们头都是大的。对不对,林希?"

凌瑞峰突然接话过去并将林希提溜到刀前,企图把林希推到阵前,开脱自己。

沽 金

林希心思一转，打着太极答道："都是凌厂长带着市场部往前跑，困难和问题都替我们考虑在前了。"

凌瑞峰眉毛挑了下，接话说："和厂里的利润大头相比，市场部不值一提。还得张厂长那里想办法才好。"

凌瑞峰临门抽射，把皮球踢到生产部去了。大家伙都看向分管生产的副厂长张井然，等待着他接茬说，可他并不接招。整个厂长办公室陷入片刻的沉静。

陶晋心里隐隐有些奇怪。张井然的表现有些不同寻常，一副自始至终置身事外的样子，鼻尖眉角都藏着一些不易觉察的不苟同。

陶晋不再等待，干脆利落地拍板说道："既然如此，那就按大家伙刚才讲的，我们两条腿同时走路。散会后，各车间重新测算回收率，想尽一切办法，用尽一切手段，包括激励在内的手段，尽可能地将潜能发挥到极限。根据新的回收率，将指标按照通知要求进行调整。市场部也要自我加压，重新预算外购金的数量，银行那边再加把劲。实在不行，凌厂长就带着大家伙出去跑跑路子，不要在一家银行的树上吊死，东方银行不行，咱们就找西方银行。财务部在明天中午以前，将各部门调整后的指标汇总到我这儿。明天下午咱们就开会专题研究，定下来后报给苏总审定。"

陶晋用目光扫了下全场。看到胡坤那儿时，胡坤脸上露出一层喜色，马上语速极快地响应说道："陶厂长，我们一定按您的指示上调指标，也会想尽一切办法将任务完成。只不过……"

"只不过什么？"

"只不过得问您要一句准话。"

"什么准话，说来听听？"陶晋不明所以，一脸严肃的样子看向了胡坤。

胡坤突然站起身来，一副要上刀山下火海的大义凛然："您刚才说激励的手段可以用。那我就想知道，这激励的事到底能不能兑现？"

"与指标相关联的激励是厂办公会定下来的，怎么叫能不能兑现？是一定能，肯定能！"

第一章　暗流涌动

"陶厂长，有您这句话我们就放宽心了。有钱赚，车间这帮小子吃奶的劲都能使出来，谁都不会跟钱过意不去。所以，厂里就等好吧！"说完这句话，本便已经站起身的胡坤，一脸阴谋得逞的样子又故意发号施令说："那就这样，都散了吧！哪来的哪去，都捋巴指标去。"

他的话音落定，众人便纷纷站起来，一边笑着说他，好你个小子，这是想篡权的节奏呀！一边冲陶晋打着招呼，说那就回去弄指标了。

如此一来，不足半个小时的临时会议落了帷幕，却决定下了影响精炼厂全年的一件大事。因为军中无戏言，指标非儿戏。

说起这激励，陶晋其实有些小小的得意。在陶晋履职精炼厂厂长之前，精炼厂在东南矿业下辖的所有企业里面，是思想不够主动、步伐不够大胆、发展极为缓慢的企业之一。别说先进的管理理念了，就连能者上、庸者下、多劳多得、不劳不得的绩效考核都没有完全落实到位。这对一家朝着上市目标奔跑着的矿业公司而言，是有些不可思议的。发展如此平平，怎么看都是东南矿业这桌盛宴上的苍蝇。奇怪的是，在一个以效益定英雄的大型私企，这样的公司竟然能活得好好的！

陶晋新官上任烧的第一把火，就是把人力资源管理的旧框架打了一个底朝天。首先，不考虑背景，只考虑机会，通过竞聘上岗，选拔了一批能干成事的年轻人走上了中层管理者的岗位。胡坤和林希都是在这样的竞选中脱颖而出的管理新秀。然后，他又将国内先进矿业公司的绩效考核制度落到了实处，能力、态度、业绩成为考量一个部门和一个员工绩效的必要条件。虽然考核主线还是大锅饭，但从厂级下沉到了部门和车间。厂部根据指标和任务的完成情况，确定部门的绩效权重；人力资源部则根据当月的考核结果，按月计提激励金额；考核的权限下放到了部门管理者。因为直接领导最了解每一名下属的工作状态，由他进行的绩效分配也最为合理。不合理的地方，还有厂级这个层面的控制和

沽 金

调整。

基层员工亲眼看到了多劳多得不是新厂长画出来的大饼，实实在在的考核激励就摆在眼前，只要多干活，就一定能多赚到钱。如此一来，一股干事创业的风潮迅速形成，精炼厂的精神为之大振。同样得到提升的自然便是员工的收入水平，远远地将东南矿业下辖的兄弟企业们甩到了身后。

一脸深思模样的凌瑞峰见众人都走了以后，将门一关，用一副极为担心的语调说道："陶厂长，这指标的事情，我个人建议，最好不要再做大调整。"

"噢？说说你的想法。"陶晋沉声响应。

"咱们去年报的指标，说实话，已经有些不太符合实际，得兄弟们努努力才能完成。再说了，这开门红活动全集团都完成得不好，又不光是咱们一家。可大家伙哪个没有尽力？当然了，这就好比打仗，只能全凭胜利或是失败来定性功与过。开门红没红起来，领导的日子就不好过，因为他们也要面对上级领导的脸色嘛！可咱们做企业的，还是要本着从实际出发的原则去做事情。领导安排了，咱们也都尽力去做。只是，最终能不能做到领导的心坎里，也不是咱们能做到的。您说，对吧？"凌瑞峰一脸掏心掏肺的样子看向陶晋。

"你说得非常有道理，我也认真考虑过这个问题。说实话，我打心眼里也不想动指标。不过，看这趋势，不动也躲不过去。"陶晋表明态度，一脸无奈。

"这事是躲不过去。但咱们还是可以讲究一下策略的。"凌瑞峰说。

"你有什么好主意？"陶晋脸上不动声色，心里却猜测起凌瑞峰想要说什么。

"说白了，这指标就是收入减去成本，计算一个会计利润。既然收入上不去，咱们何不从成本上想想办法。这样，兄弟们不用扛着太大的指标压力，咱们的报表也不会太难看。"凌瑞峰一脸打定了主意的模样。

"你的意思是……"陶晋隐隐明白了凌瑞峰的策略是什么，但他没有明说。

"对，就是人工成本。"凌瑞峰直截了当地回答。

第一章　暗流涌动

"这事不妥吧？"陶晋眉头一皱，反问凌瑞峰。

"有什么不妥？您没有听说过各大矿山都是怎么说咱们厂的？"凌瑞峰脸上的神色一冷，原本一向沉稳的脸在此刻现出内心愤慨的冰山一角。

"都是怎么说的？"陶晋浮出一抹意味深长的笑容看向凌瑞峰。

"各大矿山的工资都降了，各项补助和福利也都停了。当然，是政策大趋势所致，更关键的原因是效益持续下降。可咱们厂呢，您一直坚持员工待遇不能降，各项激励还马不停歇地轮番上阵。刚才胡坤就是在'将军'。军中可没有戏言，到时候，精炼车间几十号人跑您这儿要奖励，您可就骑虎难下了。咱们根本就没有多余的预算去支付额外的费用。精炼厂的日子从来都是丁是丁卯是卯，没有半点富余。您说，对吧？"

凌瑞峰期待着能获得陶晋的肯定和附和。陶晋有些不满凌瑞峰的出发点，可回复的语气里，还是尽可能地表现着平稳和沉静。

"对也不对。过日子是要精打细算，可应该给员工的钱还真就得大大方方。这就好比集团给你我承诺的待遇，到年底了，咱们都等着拿钱回家过年了，集团一句效益不好，这些钱不发了，你高兴吗？"

"您说的和我说的是两码事。咱们是拿大盘子的绩效薪酬，可这员工就是干活拿钱，工资的构成就不应该是绩效占大头。"凌瑞峰反驳。

"哪有什么不同？咱们天天讲的'公平'难道只是面上的'公平'？"陶晋不想再继续讨论下去了，话里还是露出了一些质问和不满。

"我不是这个意思，只是替您着急，出发点是为了咱们大家都好。"凌瑞峰辩解了一句，也觉得无趣，马上又转换话题说道，"说回这调指标，您打算怎么调？"

"先看看各部门的意见。咱们只能给政策，具体干活还得靠底下这些人。一个篱笆三个桩，一个好汉还得三个帮呢！"陶晋若有所思地回答。

送走凌瑞峰，陶晋又兀自坐在那儿喝了一会儿下午新泡的茶。这茶经过两泡才出了正儿八经的茶味，可如今只有他孤伶伶地坐在那儿品着茗香。几杯茶下肚，陶晋胸腔里的那股郁气终于呼了出来。因为凌瑞峰刚才刻意留下来说的那席话，其实让他极不痛快。当然了，这样的不痛快并不是第一天，第一次。从他开始实行这一系列新的举措之时，不，是从他上任以后，凌瑞峰便没有痛快地支持过。但这一点，陶晋一直看得很开。因为管和被管从来都是矛盾的共同体，一个厂长和一个副厂长更是一把利刃的两个面。所以，每一次的不舒服，不痛快，陶晋总是尽可能也最自然地遮掩着。

凌瑞峰是想通过这次指标调整，把员工的待遇给降下来。他的把戏其实并不难猜测，就是想让陶晋失去人心，成为孤家寡人。

然后……然后会怎样？他凌瑞峰主政以后，王子和公主便过上幸福的生活呗！

田德志说，作为一个企业的一把手，只需要做好三件事便算尽了职。即搭班子、定战略、带队伍。当然了，搭班子的事情，集团已经替陶晋干了。定战略的事，集团也给了明确的规划和方向，陶晋只需要用结果去实践。所以，他陶晋要去做的，就是带好队伍。

"别小瞧了这带队伍。"田德志一脸语重心长地说，"说得不好听，你就是这精炼厂的'土皇帝'，你的决定，你的失误，都有可能会改变一些人一生的命运。"

见陶晋重重地点头，田德志继续告诫说："所以，你要牢记身为厂长的目标和责任，除了带着队伍去打仗，没有任何别的出路。当然了，如果说十仗能胜七仗，你也就算得上一个优秀的指挥官了！"

田总的话字字入了心里，但没有人知道那一刻陶晋内心最真实的感触。可毫无疑问，作为东南矿业的一员干将，作为东南矿业总经理田德志的一个有力臂膀，陶晋获得了一个新的起点。在这个起点上，他可以凭己之能，凭己之力，给精炼厂带来更多变化，给队伍注入更多活力，让深刻带有陶晋印记的管理和变革来得彻底、到位、猛烈，实现他的抱负，也得到兄弟们的真心。

第一章　暗流涌动

所以，在陶晋看来，临时开会是最没有章法的管理之举，虽然他崇尚创新，但他更喜欢遵从秩序。但顶头上司苏兴海正在那儿虎视眈眈地盯着，要陶晋明天上班就给他一个数据，一个真金白银的承诺数据。陶晋不能闷头造车，只得把大家伙召集到一起，商量一个对策。

苏兴海的电话是中午打来的。电话里，他半是玩笑半是斥责地说："都说这春天是万物生息的春天，可你陶晋够有能耐的，非得煞了这春天的风景，背了这春天的命运。"

陶晋不知道苏兴海想说什么，但心下一转，便已猜出苏兴海一定是来者不善。所以，他也不反驳，也不追问，只是"嘿嘿"笑了两声，算作附和，只待苏兴海继续说下去。

苏兴海该是有些不满陶晋不响应的态度，所以，话锋一转便马上说道："别以为'嘿嘿'两声我就不编排你了。我是说你一个大老爷们，又率领着一帮大老爷们，却非得把指标弄流产了才畅快，才得意呀？"

"苏总，我们可是奔着生孩子去的，一直绝无二心地想要生个胖娃娃呢！"

苏兴海把话说到这个份上，陶晋便赶紧接话过来，并故意顺着苏兴海的话往前延伸了一下，想要缓和缓和这瞬间有些僵硬的气氛。他不知道苏兴海为什么突然如此指责，但他猜测，多半是苏兴海因为他们精炼厂受到了委屈。所以，这是要过来撒气呢！

"你也别怨我说你们，怨我对你们不满意。但这事实就摆在眼前，我也没有办法替你们打掩护。你说，这都开春多久了，往年这个时候，开门红的指标都完成得差不多了。可今年呢？我可是在领导面前拍了胸脯的，说谁家日子过不下去，咱精炼厂的日子也得红红火火地过下去。结果呢？集团这次把指标进展情况一摸底，我的脸便硬生生地给臊成了一个大花脸。太不好看了，比这大盘的行情还难看。"

"这……"陶晋给出自己的态度，却不往下接着说。

苏兴海也不等陶晋再表态，而是话锋一转，语重心长地继续说道："小陶，

沽 金

我知道你们压力很大。可集团上下谁的压力不大？这黄金的价格一直跌跌不休，也不知道哪天能跌到头。照这个样子下去，各大矿山别说利润了，就连采金的成本线都快保不住了。可上头的领导管这些吗？他们才不管呢！他们只看利润报表。咱要是当领导，咱也会那样。屁股就是能够决定脑袋的。可话又说回来，好歹咱们精炼厂是靠金子的加工费和交易费活着的，日子怎么说也要比矿山过得轻松一些吧？"

"苏总您说得极是！"陶晋赶紧拍马屁道。

"所以说，危难之际，能够大显身手的，才是真正的大英雄。这个时候精炼厂要是不冲上去，不替集团把重任扛起来，不把兄弟矿山的燃眉之急给解喽，还算哪门子的狗屁英雄？这样的期望和要求不过分吧？"

苏兴海将话停顿到这儿，意思很明显，他在等待陶晋的响应。电话这端的陶晋便赶紧将身子坐正，马上毫不含糊地回复说道："苏总您教导得对。先不说集团对我们的厚爱，这么多年，矿山老大哥的确待我们不薄，我们就是靠着他们的养活才走到今天的。要是没有他们送来的金子，我们这上千号兄弟别说吃香的喝辣的，恐怕就连西北风都喝不上热乎的。"

陶晋故意用"养活"二字来表达态度，他知道苏兴海喜欢听这样的话，喜欢以救世主的姿态在高高的椅子上面安稳地坐着。所以，不管心中是否心甘情愿，他都要在此刻慷慨陈词。

当然了，他这句话说的也是事实。因为国内并非只有他们一家精炼厂，他们厂的加工费也并非国内最低。还有一点也很重要，那便是金精矿中既能选出金子，也能选出银、铅、锌等其余好东西。金子是要返给矿山的，但其余的，可就是精炼厂自己口袋里的宝贝了。

这个账，东南矿业大大小小上十座矿山并不是不会算。只不过，大家伙都是一个链条上的自家兄弟，吃的是同一锅饭，硬是要非出一个彼此和生分，谁的日子便也过不舒坦了。

再说了，虽说加工费用稍高，附属产品也不返还，可精炼厂就紧挨着这些

第一章　暗流涌动

矿山，金精矿的运输成本大大降低不说，黄金这个玩意的精炼，可来不得半点虚假和糊弄。自家企业冶炼自家的金子，彼此的信任是最起码的。所以，既然千金难买一个放心，左口袋掏右口袋的钱，反正掏的都是东南矿业口袋里的钱，这些矿山谁还会到外面的企业里瞎折腾呢？

如此一来，精炼厂便因了这些矿山黄金产量的持续攀升，有了芝麻开花节节高的今天。

所以，这样的马屁话一说完，苏兴海"嗯"的声音传过来时，陶晋便听到了余音里的轻微上扬。他又继续说道："苏总，指标的事您放心。集团下发的紧急通知我们收到了，通知要求各单位重新调整指标，要将奋斗指标当作日常指标去完成。我们已经在准备这件事情了，一定会查漏被缺，加压奋进，想尽一切办法交一个漂亮的答卷。"

"小陶，我就知道精炼厂的潜力最大，最有可能让人眼前一亮。你们呢，就好比一眼山泉水，只要挖一挖，泉水便会叮咚叮咚地冒个不停。所以，信念和方法都很重要。"

说到这儿的苏兴海，自觉用到了一个很有趣也很恰当的比喻，兀自先大笑起来。陶晋便赶紧附和着，并让自己被引发的笑声透露出钦佩的意味。

苏兴海该是满意极了，所以，笑声一停，他便率先回到正题继续说道："那你们就尽快内部通通气，把调整后的指标给我看看。当然，还是要本着从实际出发的原则，有多大力气就种多大的田，不要干放卫星的事情。不过……"苏兴海语气停顿了一下，马上又干脆利落地说道，"这事还是越快越好，最好明天就能给我一个调整后的初稿。"

陶晋原本以为苏兴海听到了自己想要的答案，便会麻利地将架在陶晋脖子上的那把刀拿开。没承想，苏兴海是有备而来，不见血流成河誓不罢休。没办法，陶晋只好爽快地回答说："放心吧苏总，我们今天就开会研究。"

"很好。我就知道当初我力荐你陶晋当这个精炼厂的一把手，你是能够挑起这个大梁，绝不枉我信任你一场的。"苏兴海突然毫无征兆地给陶晋戴了一顶高帽子。

事实也确实如此。陶晋能被提拔成精炼厂的厂长，苏兴海确实功不可没，虽然苏兴海并不是因为看中了陶晋德才兼备，只不过是在那场政治斗争中，他想要找一个毫无背景和靠山的人上位，给他的死对头来一个釜底抽薪，再杀一个落花流水，而当时恰好是陶晋出现。

当然，如果说陶晋是毫无背景和靠山的人，也不完全对。总经理田德志便对他一直有知遇之恩，他从矿山技术员一步步走到高管的位置，田总才是最功不可没的人。

虽说如此，陶晋也一直以感恩之心对待着苏兴海。包括自己上任后，在并不严重违反原则的前提下，对苏兴海许多恰当或是不恰当的"提议"都做了及时的响应。

陶晋隐隐有种预感，苏兴海今天的这通电话，绝非只是为了谈指标而谈指标。当然，作为精炼厂的直接上级，苏兴海的职责里面包括对精炼厂的工作给予正确而又及时的全面指导。可如此兴师动众地为指标而指标，绝对有点借鸡下蛋的意思在里面。

果真，陶晋还没有对苏兴海抛出的高帽做出反应，苏兴海的话锋便已经一转，语气沉稳地又说了下去："对了，还有件事我得和你先说一下。"

"苏总您指示。"陶晋不知苏兴海葫芦里卖得什么药，语气里便只表达着对领导的恭敬。

"咱们外购的客户里面是不是有一个叫史宏鹏的？"苏兴海的话里带着问询，似乎有些拿不准，其实是已经了然于胸。

"史宏鹏？"陶晋重复说出这个人的名字后，马上便肯定地回复说，"史总是咱们厂去年新发展的一个客户。每天的供应量不大，但十分稳定。"

"噢？很稳定？那便很好，很好。"

陶晋只将话说到了这儿，他不知道苏兴海突然这样问的缘由。所以，他要静观其变。可苏兴海的疑惑被答复了之后，他竟然没有再继续说下去，只将话

第一章　暗流涌动

顿在了那里。陶晋听出了一些端倪。他隐隐猜测，这个叫史宏鹏的人，有可能和苏兴海有瓜葛。否则，以苏兴海的身份，怎么会贸然提及并热切关注一个小小的黄金原料供应商？

"小陶，我个人有一个小建议。当然，如果说得不对，你也就姑且这么一听。"

"苏总您尽管讲，小陶认真听着呢！"

见自己的停顿并未引起陶晋的积极响应，电话那端的苏兴海终于又继续说了起来。陶晋这回没有含糊，而是干脆利落地把自己的态度及时传递过去。

"我在想，对于一些客户的等级评价，除了合作年限的考量，在合作期内的供应稳定性还是可以加大考量的力度的。这话是什么意思呢？就是说，有些客户虽然合作时间不长，但合作的质量高，绝对算得上优质的客户。那么，是不是就可以破例上升一个等级？这就好比咱们新招进一名员工。这个人有没有两把刷子，其实很快就能看出来。何必非要等到半年或是一年的试用期过了才给人家转正？对于一些有志气的员工，有可能等着等着就把人的心给等凉了，把人给等跑了。当然了，我只是这么一建议，具体是否可行，还得你们自己拿主意。"

苏兴海绕了半天，虽然没有明说想给新客户史宏鹏升一个评价等级，但他的意思陶晋却听了一个明明白白。要知道，这上升一个等级，付款比例可就直接提升了足足5%。

这意味着什么？意味着原本只要预付一百块买来的东西，现在要多付出去两块。别以为两块钱微不足道，如果它后面的单位变成了万元，或是更大的金额呢？好比一笔四千万的预付款，付款比例提高了5%，一下子便要多付出去两百万。这两百万要是存在银行，一天的利息会是多少？直接付出去，精炼厂的资金使用成本又增加多少？一天就是两百万，那一年呢？这新增的资金成本恐怕便成了天文数字了吧！

这么大的事情当然不是陶晋能够擅自作决定的，他的职业操守也不允许为了讨好上级领导而直截了当地给予不合规的承诺。更何况，黄金的采购流程极为严谨，品位、重量、信用、年限、等级等等，都是客户评价体系中的重要约束条件。任何一个脱节的行为，都有可能导致整条火车脱轨。因为精炼厂可不是只有史宏鹏这么一个客户，牵一发而动全身的道理陶晋明白得很！

陶晋打定了主意，既然苏兴海不明确指示，他也可以来一个曲线救国。所以，略一沉吟，他便给了一个似乎模糊也似乎肯定的答复："好的苏总，小陶明白怎么做了。"

想到这儿，陶晋突然"哈哈"大笑了两声。这声音从口腔里一迸发出来，便在空旷的厂长办公室里打了一个旋，直直地再撞进陶晋的耳里。陶晋被自己的笑声吓了一跳，他意识到了自己的失态，以为预知到结局的狂妄的失态。

陶晋刚将脸上的表情和内心的情绪平静下来，桌上的电话便应景一般响了起来。

"陶厂长，我是史宏鹏。"对方开门见山，直报姓名。

"史总您好。"陶晋没有含糊，爽朗问好。

"有您的关照，我必须好。"史宏鹏毫不客气，却也恭维了一下陶晋。

"要是关照，也是您关照我们精炼厂。但更准确的说法，应该是合作共赢。"陶晋说。

一边这样说着，一边暗自揣测着史宏鹏来意的陶晋，马上想到的是史宏鹏临时作难的事。因为那样的事不是一次两次，也不是一天两天，尤其今年以来格外频繁。不仅仅是凌瑞峰，就连一向谨言的李晓韵也单独向他发过牢骚。

今天凌瑞峰又来找他时，他便明里暗里说过很多次，资金的事情务必要协调到位，因为这真金白银就在来厂的路上了，不能让它们再拐了弯回去。当然，回去的成本太高，史宏鹏也不会那么傻。他提醒凌瑞峰，必须以这样的事情为戒，和史宏鹏重新定规矩，绝不能让他的随心所欲坏了精炼厂的业务流程和资金秩序。否则，各个供应商纷纷效仿，业务乱了套，精炼厂便只有被人牵着鼻子走的份了！

第一章　暗流涌动

陶晋脑中突然划过一道闪电。因为资金的事情只是精炼厂层面的事情，他史宏鹏只要等着便可坐享其成，大可不必直接打来电话。除非……除非是苏兴海在电话中点题讲到的付款比例上调的事情。

果真，史宏鹏的话里没有任何过渡，寒暄结束后便直接说道："陶厂长，今天苏总跟我讲，咱们精炼厂经过认真研究，觉得我这个客户的质量还不错，还算没有给他老哥丢脸。所以，准备在付款比例上给一些上浮。我打电话来，就是为了听您亲口说一声，我也好跟我的下游客户结算。只有金子源源不断地流通起来，咱们才能实现真正的合作共赢。"

史宏鹏的话音一落，陶晋便毫不客气地纠偏说道："史总这是只讲了其一，没有讲其二。"

陶晋没有接茬上当，是因为他不仅不想被苏兴海牵着鼻子走，更不想被史宏鹏牵着鼻子走。苏兴海在电话里好像和史宏鹏很不熟的样子，可在史宏鹏这儿，话中却是另有一番滋味了。

"此话怎讲？"史宏鹏疑惑地问。

"苏总确实建议抛开所有的条条框框，综合考量您的实力，做一个适当的上浮。我们也认为通过这一年的合作，史总您的企业有实力，为人又仗义，是可以长期合作下去的优质客户。但就算这个建议可行，可还得履行程序不是？最起码，特事特办，我们也得有个经营会的会议决议。再然后，市场部和您重新签一个补充协议，将付款比例等一干事项重新约定，如此才能照章办事。您也知道，我虽说是一厂之长，可也只是一个高级打工者，什么事都马虎不得，尤其是在钱上。史总生意做得这么大，一定比我还明白！"

陶晋一番解释，不明说没有这回事，也不肯定答复这事就这么准了，只将一切都推到程序和纪律上。他料定史宏鹏那儿也不能太强作难，至少在此刻不会。

果真，史宏鹏干笑两声，接话说："我史宏鹏也是爽快人，只要陶厂长这儿爽快，我就全力以赴继续支持咱们精炼厂的工作。"

史宏鹏的电话刚挂断，张井然便敲门进来，一副情绪不高的模样。

"怎么了，像是被秋后霜打的茄子，蔫不拉叽的？"陶晋故意问。

"要只是被霜打了，也就好了。"张井然深深叹了一口气，眉头紧紧地皱到一起后，语气里露出满腔的无奈，脸上也是一副萧瑟的意味。

"噢？那还被什么打了？"陶晋觉得张井然的情绪事出蹊跷，却仍是打趣地询问。

"陶厂长，我今天有些不痛快，得找您叨叨几句。您帮我分析分析，这事我得咋办？"

张井然不再含糊，语气突然慷慨激昂起来，他一屁股坐到了陶晋办公桌对面的椅子上，又觉得椅子和桌子之间的距离过近，把自己的双腿给委屈着了，又猛地站起身，把椅子往后一拉，这才又重新一屁股坐下。

"那就叨叨！"陶晋脸上一笑。

"陶厂长，我这个人性子软，不愿意跟人计较，平时能忍过去的，咬着牙忍忍，也就过去了。可有些人，你越给他脸，他就越不要脸。这不，都快踩到我的头上拉屎了。您说我忍还是不忍？"张井然突然发问。

"你张井然脾气好，厂里上下都知道。我陶晋心里明白，其实你那是顾全大局，不想在计较里伤了和气，损了厂子的利益。能让你过来找我叨叨的，一定也是忍不下去的。不妨说出来我听听。"陶晋眼神肯定地看向张井然，一脸鼓励的神情。

"都说背后告状是小人行径，今天我就人品恶劣一回。是可忍孰不可忍！"张井然给自己找着借口，待陶晋冲他点头示意之后，便滔滔不绝地说了起来。

"陶厂长，还记得您刚来厂里那年，氰化车间出了事故，不仅死了两个员工，还被捅到媒体的事吧？当时苏总很恼火，发狠要让您调查，要查出是谁在幕后主使。但您当时刚来厂里，千头万绪的，也没顾得上，此事也就那样不了了之了。"

第一章　暗流涌动

张井然竟然没有任何铺垫直接提起了三年前的那次事故。而他激昂的话语就像是点燃往事的导火索，"轰"的一下，便把陶晋一直隐忍在心底的激动情绪炸了出来。可陶晋努力控制住了自己的神情，努力抑制住了在心底翻涌奔腾着的悲痛，脸上没有任何波动，仍然一脸平静认真的表情。

"其实我们都知道，那事就是凌厂长干的。真的，绝对是他。"张井然意识到自己的话说得过于绝对，又补充说道，"我不是说事故是他指使的，估计借他两个胆他也不敢，毕竟这是人命关天的大事。我是说向媒体爆料的事情，一定是他干的。就算不是他干的，肯定也是他指使的。这几年您肯定也看出来了，凌厂长一直觉得自己劳苦功高。精炼厂能有今天，全靠着他带着市场部打的天下。集团空降了您过来当这个一厂之长，让他的打算落空，他心里不服气啊。"

陶晋并没有表达任何主观情绪，也没有积极及时地表达回应。张井然很识相地把语速放缓一些，激昂的情绪并没有丝毫减弱。

"陶厂长，按理说，这些事都与我没有关系。我干好自己的活，管好自己的兵，一切平平安安的，我也就尽到了一个副厂长应尽的本分。即使他凌瑞峰这几年一直把自己当成厂里的老大，动不动就对我们指手画脚，我们也都能忍受。但这一次……他实在欺人太甚了。你知道他背着我干什么了吗？"

"噢？"陶晋终于回应了一个字。

张井然好像受到了莫大的鼓励似的，说话的口气更加激愤："他请我们车间里的那几个老员工吃饭、喝酒，对他们一阵鼓吹，说我就只会做表面文章，背地里可一句他们的好话也没有说过。还说集团有了意向，要把我调走。还说今年厂里的日子肯定不好过，好好干活也拿不到钱。不那么拼也少不了钱，这绩效考核还不是部门负责人一句话的事？搞好关系，比好好干活重要一百八十倍……陶厂长您说说，他是不是太过分了？动不动就想离间我和这些底下员工的关系。我到底哪儿得罪他了？他一而再再而三地跟我过不去。反正这事我是憋不下去了，您得给我伸张正义。我就不信了，他一个小人还能在这通天的大道上一直像个王八一样横着走？"

沽 金

不用听，陶晋也明白他俩的矛盾。这两个人的关系不好，也不是一天两天的事了，陶晋一来精炼厂便听说了他们彼此看不顺眼的事。

追溯起原因，据说还是两个人在同一座矿山当技术员的时候，喜欢上了同一个姑娘。可这个姑娘却谁也没有看上。没有恋爱便同时失了恋的两个人，便都以为是对方搞了鬼。一来二去，彼此便铆上了劲。后来工作调动，不在同一座矿山工作了，两个人倒也相安无事。可偏偏机缘巧合，两个人竟然一前一后被派到了精炼厂搭班子。虽说都这个年纪了，应该能看透很多事情了，可偏偏就这个弯绕不过去，依然彼此看不惯，即使表面上两个人倒也客客气气的。

张井然性格温软，一向低眉顺眼的。这次竟然跑来告凌瑞峰的黑状，估计实在忍不下去了！凌瑞峰是个长脑子的，想要背后做点小动作，绝不会让并不工于心计的张井然轻松觉察到。

张井然今天突然提到的前几年的事，陶晋也曾怀疑过凌瑞峰。当年苏兴海让陶晋调查到底是谁把事情捅给媒体时，陶晋心里盘算过厂里的这些高管，也就凌瑞峰最有可能做出背信弃义的事情。可还真如张井然所说，当时的他，忙得焦头烂额，又是生产整顿，又是安全整改，还有管理上的改革，一系列的事情让陶晋陷入无穷无尽的忙碌之中，他真没顾上去查凌瑞峰可能露出的蛛丝马迹，此事也就不了了之，画了一个并不圆满的句号。当然了，凌瑞峰对他陶晋有情绪，陶晋一向心知之明。因为上任之初，总经理田德志便特意对他讲过，说这凌瑞峰仗着有省里的关系，又自恃功高，找集团要过一厂之长的名分。但集团综合考虑，还是选择了陶晋。凌瑞峰因此记恨在心，不敢在生产上做手脚，转而从外面使点坏，发泄点仇恨，也是极有可能的。

"那你想让我做什么？"陶晋摸不准张井然的意图，只能借机试探下，"你不是让我帮你伸张正义吗？那你说说，你想让我做什么？是把凌瑞峰叫来对质，还是把他揪过来按下先打三百板子？"

"陶厂长，我并不是让你做什么，我就是想要给你提个醒，别像我一样着了他的魔道。"

第一章 暗流涌动

张井然把双臂撑到厂长办公桌的台面上,身子前躬,表现出独属于他的忠贞和真诚。

陶晋指指自己的头,笑着回答:"张厂长,这树大自然直,野风怎么可能吹倒大树?再说了,出来混早晚有一天是会还的。你管那些个妖魔鬼怪干什么?坚持做你自己,堂堂正正地做事,走自己的路让别人去说吧。你只要记住这一点,凡是给你讲这些事情的人,一定是怀有自己目的的人。否则,谁愿意蹚进浑水,把自己整得上不了台面也不利落?所以说,你着的道,根本不是你那假想敌的道,而是你自己的道。"

张井然看着陶晋一副明白的样子,脸上有些挂不住。觉得自己有点替古人担忧,仍然强辩:"厂长,这防人之心不可无啊。"

陶晋避重就轻地说道:"人都是有私心的,但凡有私心有私欲,他就会想着法儿的去做一些外人不可说的混账事。但我们也有自己的坚持啊。这个世界上其实本来是没有什么冲突的,但当我们只是站在自己的立场上考虑问题的时候,冲突便发生了。人生最大的遗憾,是你坚持你是对的,而忘记了你想要的。即便你对了又怎样?其实仔细想想,'我是对的'是一切冲突的根源;'我是对的'也是一切痛苦的根源。其实'我对了'在很多时候并没有我们想的那么重要!"

陶晋从办公室的内斗谈到诗词歌赋,谈到人生哲学,对着这位木讷的副厂长推心置腹。

"陶厂长,我懂了。人们最常犯的一个错误,就是用别人的过错惩罚自己。我绝不能当那样愚蠢的人!"张井然的心魔不会因为陶晋的这一番人生大道理而消失,但是他说这话的时候,心情不再那么沉重了。他竟然冲陶晋鞠了一个躬,才轻快地开门而去。

看着张井然离去的背影,陶晋不禁面露苦笑。这技术出身的人当领导,说到底还是单纯。玩不转权谋之术,便不如专心地研究技术,别去蹚什么浑水。

陶晋对张井然说的这些事情并不是完全没有警醒。在一个被喻作凶险无比的官场,凡事总得有个理由,问一个目的。就好比警察断案子,也得先弄明白作案的动机。就算凌瑞峰想把陶晋赶走,那他从张井然身上下手,恐怕也太笨了点。这可伤不到陶晋的半点筋骨,一是陶晋并没有在厂里拉帮结派;二是就算张井然被调走了,还会调来一个刘井然,关陶晋这个厂长的位子什么事?

高处不胜寒,就是这么个道理。陶晋没在怕的,他才不会为这样的事情浪费心神。关于指标调整的事情,他想再好好听一听财务总监的建议。

李晓韵似乎早就做好了被陶晋叫过去的准备。她一进到厂长办公室,便将手上的报表递给了陶晋,一脸凝重的表情开口说道:"陶厂长,我初步算了一下,如果按这个表来调整的话,是有可能实现的。如果说调整的指标超过这些数,我李晓韵是没有能力在报表上做文章的。"

李晓韵先用自己的职业操守将歪门邪道的路给封了个不留幻想。虽然她也知道,陶晋不会做那样的事情。但保不准上头有些领导会动这种心思,陶厂长到时顶不住压力,为难的还是她。再说了,作为一个老大姐,陶厂长一向敬她三分,她的建议陶厂长还是会认真听的。

陶晋一边点头表示认同,一边接着李晓韵的话头继续说道:"咱们凭本事吃饭,靠指标说话,只要我陶晋当一天厂长,任何歪风邪气就坚决不允许出现。天皇老子来了也不行。"

看到李晓韵脸上现出一些动容,他知道这个老大姐是打心眼里为了厂子好,也信他这个厂长能把厂子干好。所以,她才会一直忠贞地当着陶厂长的财务重臣。

这要认真说起来,从精炼厂建厂起,李晓韵就在厂里干会计。这中间,精炼厂换了好几次东家,直到换成东南矿业这块金字招牌,企业才算终于稳定下来。原本李晓韵和丈夫冯大新会变成人人歆羡的一对高级白领,可偏偏冯大新时运不济,在并到东南矿业的第三年,也就是他刚刚当上副厂长的那一年,在外出游玩的时候出了车祸,高位截肢瘫在了床上。没有哪一家私企会养一个闲

第一章　暗流涌动

人、一个废人，更何况，这次事故还算不上工伤。但出于人道主义，东南矿业还是给了冯大新一笔钱。如此一来，李晓韵的收入对他们这个风雨飘摇的家而言，便变得极为重要。所以，李晓韵为人踏实，工作敬业，除了性格使然，也有这方面的原因。

当然，李晓韵能坐上精炼厂财务总监的位子，与冯大新当过副厂长并无太大关系。不说别的，东南矿业全部的注册会计师加起来，用不了一个巴掌，李晓韵就是其中一个。

可能是年龄大的原因，李晓韵过于严谨和刻板的性格，让厂里许多领导和部门经理都不痛快。包括陶晋在内，有时候也会觉得和她沟通憋屈，没有办法理论。换一个角度想，如果财务没有这样的把关者，很容易出乱子，尤其是精炼厂这样每天都有上亿资金进出的企业。所以，无论于公于私，无论别人如何非议和挑拨，陶晋都打心眼里敬重着李大姐，也力保着老大姐稳稳地坐在财务总监的位置上。

此刻，陶晋将李晓韵递过来的报表快速翻看了一遍后，用手指着李晓韵重点圈出的那几个数字说道："市场部的外购金利润，照现在每天来料的情况来看，确实有很大的上升空间。只要资金能保证到位，这一块的利润还是可以保证的。银行方面的利润，目前来看，依然难度很大，可以不做重点考虑。不过，你提出的零售金的利润，有点意思。如果不是看报表，我都没有注意到，仅零售这一块，竟然占到了二月份市场部利润的近三分之一。"

"我原来也没有发现。主要原因应该是金价一直跌，老百姓便觉得应该是跌到了谷底，便都想着买些金子回家囤着。包括打首饰的个体商户，也大量囤起了金。只是，银行那儿的金产品，始终不如咱们这没有中间环节的价格实惠。尤其是浇铸金条，几乎没有多余的费用。所以，最近零售的业务火爆，利润变得可观，也是意料之中，极为正常。"李晓韵解释。

"那咱就看一看凌厂长和林经理那儿怎么调整。咱们想得到的，他们应该也想到了。"陶晋赞许地点点头，补充道。

沽　金

得到了陶晋的认可，李晓韵又响应说："我与林经理私下沟通过，她也在想这个问题。"

"那很好。"陶晋一边回应着李晓韵，一边顺着报表又往下说道，"你这表上的磨浮车间回收率的上升，也值得做一做文章。你把这个报表呈报给各分管厂长，让他们作一个参考。明天再开会定盘子的时候，大家的思路便会比较统一。"

"好，我马上去办。"李晓韵肯定地回答。

"我要谢谢老大姐尽心尽力地为厂里着想呀！"陶晋突然动情地说了一句掏心窝子的话。

"陶厂长过奖了。我呢，还是老一辈的价值观，干一行爱一行，要么不干，要干就得干好。可能观念有些落伍了，不过，这心可还是火热地跳动着。"

严谨而又刻板的李晓韵突然说了一句激昂而又时髦的话，一脸认真的表情看向陶晋。

陶晋非常赞赏李大姐的这种工作态度。谁说老一辈的价值观有错？到任何时候都要干一行爱一行。要么不干，要干就要干好。陶晋就是这样的人，即使历经风雨跌宕，也不会更改初衷。

只是，这个世界还会喜欢这样的人吗？

林希不喜欢这个叫史宏鹏的客户，打心眼里不喜欢。也不用深究原因，摆在台面上的，一个是史宏鹏尖嘴猴腮的长相，用老辈人的话来说，这种面相的人一看就不是什么好东西；二是史宏鹏的强势。就因为他给精炼厂送金子，他便处处把自己当成了上帝，那种凌厉之气可没少让市场部负责结算的小姑娘潘云芳受委屈。

电话里的史宏鹏开门见山，话竟然有些反常地客气。

"金子有可能得晚点到。"史宏鹏说。

第一章　暗流涌动

"晚多少？"林希问。

史宏鹏说，具体晚多少，他给不了确切的答复，因为他们那儿大雾锁城，所有的飞机都没有起飞。他还宽慰林希说，这是天公不作美，他老史也没有任何好办法。说到这儿，史宏鹏又故作轻松地说，今天的金子送的量有些多。他让林希做好心理准备，可能得多至少四千万的钱。

"什么，四千万？"

即使拼命压制，林希还是讶然相问。但她马上语气一缓，又客气地问道："史总，怎么一下子多了那么多？"

"我老史人缘好，又讲信用。所以，大家伙都乐意把金子送给我呗！"史宏鹏打着"哈哈"，满腔的敷衍。

"那敢情好。史总一向讲信用，说送金子从来没有过差池。这一点我林希也是佩服。"

林希决定和他斗一斗法，便顺着史宏鹏的话往前接了一接。但她马上又半是委屈半是无奈地继续说道："只是您也知道，凡事都得讲究一个计划。没有资金预算，恐怕多一分钱都付不出去。看在咱们合作了一年且极为愉快的份上，您一定也不想为难我吧？"

"我是不想为难你，恐怕是这金子要为难你喽！"说到这儿，史宏鹏话里带出笑声："飞机虽说没有起飞，可金子都装到了飞机的肚子里。这云开雾散不过是一转眼的事，再一转眼，金子就到了你们精炼厂的精炼车间。你林经理想不收，恐怕也不妥。"

"给我几个胆我也不敢不收。客户就是上帝，我巴结还来不及，哪敢拒之门外。只是，这钱……"林希将被史宏鹏带跑的话题绕了回来。

"钱少一分也不行呀！你为难，我也为难。我的客户可一直等在我这儿拿钱的。拿不到钱，我也交不了差。你也知道，他们都是些莽夫、土财主，说翻脸就是上下眼皮一眨的事。他们要是结起盟来以后不给我送金子了，那咱们之间的合作恐怕也就很难愉快地进行了。"

沽　金

　　史宏鹏摆明了架势，要让林希主动顺着台阶妥协。可不待林希响应，他又自顾自地继续说道："当然了，你们精炼厂财大气粗，是座大庙，也不在乎我这仨瓜俩枣的。要是真瞧不上咱这点金子，今天的钱给不了也就给不了了。不过，到时候……"

　　史宏鹏语气顿了顿，他知道此刻的林希不会接话，所以，他便任由自己的话突然停顿了两秒之后才继续说下去："恐怕到时候就不是我一家不给你们送金子了。要真有那么一天，就算是你们凌厂长来求我，也是不好使的。你明白对吧？"

　　"我自然明白，您史总是我们精炼厂的衣食父母。您跺一跺脚，我们这儿就得震上三震；您一发威，我们便都得饿着肚子。只不过，话说回来，钱这事，在我这儿真不好使。您又不是不知道，我这小小的市场部经理，就芝麻大的能量，分分钟就油尽灯灭了。所以……"

　　林希没有把话说明白，可她得把球踢出去。她不能当这样的好人，她当不起，也不能当。她只是一个执行者，不能代替厂领导做这样大的决策。

　　果真，她的话音一落，史宏鹏便痛快地回应说道："林经理是个爽快人，我老史也不含糊。你就等着指示吧！"说完，他便率先挂断了电话。

　　史宏鹏尖利而又急促的嗓音突然在耳边消失，林希还有点不习惯，嘴角往上撇了撇，耸耸肩，作了一个莫名其妙的表情。她知道，不出几分钟，凌瑞峰的电话便会打进来。再过一小会儿，张大禹的人便会跑过来。因为一切都乱套了，为突然增加的四千万临时资金。

　　可她林希只能由着这一切乱套，因为她没有能耐摆平这一切，也没有任何决策权。哪怕是选哪个客户不选哪个客户，她都说了不算。所以，她何苦让自己在这滚烫的油锅里煎一遍又一遍呢？更何况，她也不是第一天主政这市场部，活究竟怎么干才能干漂亮了，干出彩了，她心里有数。比如该装孙子的时候就绝对不能装爷，该装爷的时候也绝对不能装孙子。

　　当然，这也是林希的悲哀。当她只能任由这像旋涡一般的圈纹层出不穷，

第一章　暗流涌动

无休无止之时，她其实已经对这个社会公认的商业规则妥协了。即一切商业活动都是利用其资源，增加其利润的活动。而人，是这样的活动中最微不足道的个体。

凌瑞峰在电话里一副商量的语气，说财务那边他会尽量想办法，但也希望林希这边能做做客户的工作，因为如果钱实在不能全部到位，恐怕便只能挤一些要付给其他客户的钱了。

"但原则只有一个。"说到这儿的凌瑞峰，语气坚定地对林希继续指示说道，"史宏鹏这个客户不能得罪。别看现在只合作了一年，但这家伙的能量太大了，保不齐哪天就能把天给捅破了。所以，咱们明哲保身为好，别为了公家的事把不该得罪的人给得罪了。"

凌瑞峰将话说到了这个份上，其实就是为了动摇林希对他的质疑。一个堂堂的常务副厂长，竟然会被一个客户牵着鼻子走？林希心里明白，可她绝对不会将话说破。但她也明确地告诉凌厂长，挤其他客户的钱几乎不可能。因为昨天的预算中，史总这儿是大头，其余的量很少。根本挤不出来多少，除非不付款。可现在都快中午了，已经有一半的金子到了车间。

林希相信凌瑞峰心里有数，因为所有付款的凭证，凌厂长都要在分管领导那儿签字。少一个签字，财务也不会把钱付出去。情势所逼，只能自上而下去想办法，她林希无能为力。

凌瑞峰的电话挂了没一会儿，张大禹便黑着脸进了林希的办公室。自然是为了钱而来。

他明白地告诉林希，别上嘴唇动动下嘴唇碰碰就拿领导来压他。四千万元说得轻巧，又不是天刮大风，一刮就能刮来。他见林希一脸冰冷的表情沉默不语，并不响应他的话，语气马上变得更加愤慨起来，说就算让他去想办法，他也是"马尾穿豆腐——提不起稀了的泥"。所以，谁有能耐谁要钱去。大不了一拍两散，他不干这狗屁的财务经理。说完，他便狠狠瞪了一眼依然不响应他的林希，又像刚才那样黑着脸怒气冲冲地摔门出去。

沽 金

关门声"砰"地撞进耳里，林希的脸上泛出一丝苦笑。她知道对付张大禹最好的办法就是冷漠、不附和，一丁点软的响应的态度都不给。否则，张大禹这种性格的人，会将林希狠命地踩在脚底下，还得让林希嘴里说着舒坦，仿佛受了莫大的恩惠一般。

可林希也知道，即使张大禹这么怒气冲天，该想的办法他还是会想，错不了差池。因为命令不是她林希下的，也不是市场部下的，是市场的命令，是领导的命令。就算他是一个孙悟空，也不能逃脱如来的神掌。说得再难听一点，这叫拿人钱财为人办事。说得冠冕堂皇一些，拿人家工资，凭什么不按人家的意志办事？再说了，大家都是一介草蚁，哪来那么多的自尊不能践踏？

忙碌的一天终于接近尾声，换下工作服的工人们纷纷走出工厂大门，满心欢喜地踏上回家的路。可陶晋和林希他们还下不了班，因为史宏鹏的金子还没有送到工厂。

下班前十分钟，市场部结算员潘云芳敲门进来，手上照例是一堆要签字的单子。

"史宏鹏的料还没有到吗？"陶晋一边签字一边问道。

"这才刚刚日落西山，他那儿从来不骑快马，怎么可能这么早就到了？"潘云芳叹了一口气，一脸愤然的表情。

"既然得月上西山才能到，那就别催了，催也没有用。"陶晋将签好的单子递还给潘云芳后，一脸配合地嘱咐道。

"谁敢催？除了我们林经理敢摸那老虎的屁股，谁都不敢摸。谁摸灭谁！"

潘云芳知道陶厂长在打趣，可还是忍不住抱怨起来，一脸的鄙夷加愤怒，手上还做起"咔嚓"的动作，好像那样的动作真能替自己把一切不平和愤慨打倒似的。

"看来挺有情绪嘛！"陶晋给了一个响应。

第一章　暗流涌动

"哪儿敢有情绪？只是且行且珍惜罢了！"潘云芳扮了一个鬼脸，脚步又如刚才那般急匆匆地离开。

看着潘云芳离去的身影，陶晋心里不禁感慨，年轻真好！自己年轻的时候好像也是这样无忧无惧的。只不过，随着年纪一天天增大，心事便越装越多。尤其是有了一官半职以后，似乎总是自觉不自觉地成了双面人。

对此，杨莺极为不屑。她甚至评论说，陶晋之所以常常有一种直不起腰来的感觉，就是因为总被这些乱七八糟的情绪和表情压着。还鄙夷地下了定论，说现在的陶晋已经不是当初的陶晋，只剩下虚伪和客套。

陶晋当然知道"官"是什么，无非就是一张皮囊，冷暖自知。除了以此"真"面目示人，还可以另辟蹊径吗？

只能且行且珍惜。

除了为官之道，他和杨莺的夫妻之路其实更应该且行且珍惜。

今天中午他给杨莺打电话，说自己晚上在厂里值班，嘱咐她下班后认真吃饭时，杨莺在电话那端除了"嗯"和"好"，再无别的语言。

说实话，陶晋早已习惯了妻子的冰冷和漠然。尤其是两个人结婚六年才生下了宝贝女儿，可女儿却因自己不可饶恕的过错而不幸煤气中毒。虽说人是抢救回来了，但却留下了严重的后遗症，原来活泼可爱的女孩变得反应迟钝，还间歇性头痛。妻子怨恨他，憎恶他，越来越冷淡他，远离他，将全部精力都放到女儿身上。陶晋为此一直深深自责，也能理解妻子的态度。他们夫妻二人的关系确实是太不正常了，简直到了分崩离析的边缘。两个人偏偏还相敬如宾，谁都不去捅破那层脆如薄翼的窗户纸，任由这段婚姻自生自灭。陶晋极为珍稀这个被称为"家"的地方，杨莺如果能变得热情开朗阳光明媚，该多好啊！

想到这儿，陶晋吓了一跳，赶紧甩甩头，命令自己从突然节外而生的思绪中跳离，重新回到工作之中。可刚想到工作，他便想到了史宏鹏，想到了凌瑞峰，想到了苏兴海，心里反而更加烦躁起来，干脆起身站到窗前。便看到了林

沽 金

希一个人在厂区的绿化带来回走着。不一会儿，又看到了张大禹一溜小跑地跑了过去。但他也看得真切，林希似乎很不待见那个张大禹，因为她自始至终都是冷冰冰的样子。还将张大禹一个人丢在风中，自顾自地走回了办公楼。

虽说并不直接分管林希，但对这个能闯敢干的市场部女经理，陶晋还是极为欣赏的。潜意识里，他反倒有些喜欢女孩子泼辣一些的。妻子杨莺恰恰相反，性格属于文静内秀型。

如果杨莺是和林希一样的性格，他们夫妻的日子应该会好过许多吧？脑子里突然闪过的念头吓了自己一跳，一个杨莺已经够让他分神的了！

林希这段时间，出镜率蛮高的。厂里的张大禹对她穷追不舍，她妈妈那边却变相逼婚。那个老太太，着实有趣。林希也真是定力十足，场面都戏剧成那个样子了，竟然还能不惊不慌地向遇到的每一个人介绍说，这是她妈妈给她介绍的相亲对象。因为她没有时间见面，所以，就安排到了厂里。

她的母亲专门挑了一个她不在的日子，带着相亲对象将所有的办公室都转了一个遍，连厂长办公室都不放过。

那一天，陶晋刚好在。于是便听到了老太太的一番请求，希望厂里面能为女儿的终身大事做主，自己退了休没了组织，只能在精炼厂里找组织的关怀……

陶晋啧啧称奇。林希绝对算得上模样周正、气质不错的女孩。打眼看上去，挺温婉可人，没有太多犀利，也没有丝毫骄横之气，感觉还是这样的女孩应该会比较吸引成熟男性的，不该愁嫁。可偏偏这样的女孩还是被自己的母亲逼了婚。

那个相亲对象竟然能如此配合林希母亲亮相，也是够奇葩的。或许，这本就是林希母亲导演的一场戏，无非是将林希逼到梁山。可这是别人的人生，与自己有何干系呢？

第一章　暗流涌动

这一天傍晚，在等待付款签字的陶晋，就在这些乱七八糟的情绪翻滚中，再次等到了潘云芳的敲门声。潘云芳手上拿着今天的最后一笔付款单——史宏鹏的来料付款单。

陶晋将所有单据大体翻看了一遍，见林希、张大禹、李晓韵、凌瑞峰等人都已经签字确认，他也没有任何迟疑地签下了自己的名字。

打心眼里讲，陶晋承认史宏鹏确实是一个大客户，这一年的送金实力足以证明这一点。可这样的客户能否像其他客户那样持续供应，现在还不好论说。而且，陶晋还隐隐听到一些不好的传言，说是史宏鹏现在的客户，基本上都是从精炼厂老客户李德通那儿挖墙脚挖来的。所以，对于付款比例他才会如此在意。因为钱越多，他周转的才能越快，才能更好地笼络给他送料的客户，才能彻底将李德通打垮。

说来也奇怪，即使被挖了墙脚，李德通这一年的送金量并没有受到明显影响，和往常的比例和频率差不太多。依然如往常一般，所有事情都只是经办人去操办。而他本人，则依然一直生活在幕后，从不露面。

猫有猫的道，狗的狗的招。陶晋怎能管得了那么多？能把自己精炼厂这一亩三分地管好，能把头顶上那尊叫苏兴海的大神伺候好就已经万事大吉了。陶晋一直如此告诫自己。

付款的字签好了，潘云芳并不急着离去，反而是一脸纠结的表情站在陶晋的办公桌前，一副欲言又止的样子。当领导的似乎都喜欢绷着一张脸，以显现自己的威严，人前的陶晋基本上也是这个样子。但在潘云芳面前，他还是不自觉地像一个长辈那样流露出和善。此刻便是，他猜到了潘云芳这是有话要对他说，所以，干脆便直接开口问了起来："这刚才还好好的，怎么一会儿就晴转多云了？说吧，谁惹你了？"

"陶厂长，我想换个岗位。"潘云芳咬了咬嘴唇，好像极其为难才说出了自己想说的话。

沽 金

"干得不顺心了？"陶晋不知这潘云芳唱的是哪一出。以他对她的了解，应该不是一时赌气，定是有了什么为难的事情。

"反正就是不想在这个岗位上干了，不想被同流合污！"潘云芳的脸憋得通红，好似费了好大的劲才吐露了艰难的心声。

陶晋眉头一皱，却还是打趣问道："这上一秒还阳光灿烂，下一秒狂风大作，就不想被同流合污了？"

"就是不想被同流合污！"潘云芳肯定回答。

"只要不想被同流，便不会被合污。不过……"陶晋看了一眼潘云芳手上的单子，提醒道，"这事恐怕还得改天再细说。"

"似乎是只能改天再说。"潘云芳将付款单据拿到眼前，叹了一口气后，又一脸不屑的表情说道，"我现在的确得先把钱付出去，这是天大的事。要不，大老虎便要出来乱吃人了。"

潘云芳突然一改刚刚的表情幽了一默，惹得陶晋脸上一笑，赶紧朗声催促道："那还不赶紧去，情绪无妨，可性命要紧呢！"

潘云芳走后，陶晋给自己倒了一杯水，在房间里踱了半天步才坐回办公桌前。他仔细回想起潘云芳所谓的"同流合污"，其实已经猜到了是怎么回事。只是，这事在他这里说破并不合适。可田总又将潘云芳托付给了他照顾，他不管似乎也不合适。

之所以会对潘云芳格外亲近，其实是因为潘云芳的背景。当然，陶晋并不是一个见人下菜碟的人，但这潘云芳实在是有些特殊。

潘云芳是总经理田德志的外甥女。当初陶晋大学毕业初到东南矿业的矿山当技术员时，田德志还是矿上的副矿长。因为赏识陶晋的才能和为人，那些年没少帮助和提携陶晋。认真算起来，陶晋在东南矿业官场的通畅程度与田德志的升迁之路，基本上节奏一致。所以，潘云芳也算是陶晋看着长大的一个孩子，打心眼里有一些特殊的亲近便在情理之中。

第一章　暗流涌动

潘云芳是在北京读的大学。读到大四的时候，突然迸发了想要出国的念头，并迅速谈了一个留学生当男朋友。田总一见情况不妙，便让自己的姐姐装病，把小姑娘骗回了梨州，并安排在了精炼厂工作。与此同时，田总找人对潘云芳的男朋友作了一番调查。这一查不要紧，那个家伙竟然在国外有老婆和孩子。到中国留学，无非是家里有钱，想要玩乐一番，没有想过和潘云芳双宿双飞。

这个无情的事实一下子浇醒了潘云芳。原本聪颖的小姑娘想明白后，便在精炼厂安稳地待了下来。只是，谈恋爱这件事情，却好像元气大伤了一般，再无进展。就连驻上海交易所的交易员王元拼命追了她三年，她也似乎未有所动，仍然一门心思地扑在外购的结算当中。

想想这小姑娘在精炼厂兢兢业业工作的这三年，不仅从来没有出过差错，更没有给陶晋找过任何麻烦，算得上一个省心且能干的小姑娘。

说她能干，还因为结算岗位实在重要。谁都知道，外购结算是直接掌握着客户生杀大权的关键岗位。客户来了多少金子，定价的量是多少，支付了多少款项，保证金的比例和金额变动情况……所以，当初将潘云芳放到这个岗位上，陶晋是思虑再三才下的决定。他自然想用自己的人做这么重要的事。可他也知道，凡事有利就有弊，只要潘云芳稍不争气，他陶晋恐怕向田总负荆请罪也不足以挽回一切过错。

潘云芳还真没让他失望。跟着自己的主管实习了一年以后，便将结算的全部活都弄了一个清楚明白。她的主管正好一直心有去意，潘云芳能够独当一面之时，她便顺理成章请辞调到了别的岗位。

陶晋打心眼里为潘云芳的成长感到高兴，可一定会有人恼恨不已。那人是谁，陶晋非常明白。因为结算这个岗位的确太重要了，仅看市场部外购结算的那一套表格，便能将人看糊涂。更何况每个月的金属平衡表，结算这儿关系着金属平衡的所有数据。与客户勾结，能动手脚的，毫无意外便出自这些数据。哪怕是小数点后面的数字变化一点点，都会祸患。

这次，潘云芳提出调岗肯定事出有因。陶晋并未感到太意外，但还是觉得有些突然。陶晋决定先把此事沉一沉，他得好好想一想，是使劲托一把，还是任由泥潭把有污点的人拉进去再把清白的人送出来呢？

4. 吞金会死人

回到值班领导宿舍时，已经是晚上十一点。陶晋决定十二点换岗的时候，和当天晚上值班的中层干部一起去车间查岗。

此时，正是夜班交接的时间，陶晋决定把今天查岗的顺序倒过来，从生产最末端的精炼车间查起来。各车间查过之后，他再去食堂和宿舍看一看。

自从陶晋上任以后，他便规定每天夜里四点钟给上夜班的员工加一顿餐。食堂做好后，用送餐车送到各车间。一是缓解夜里工作的疲劳感；二是体现厂里的人文关怀。可这加餐绝对不能糊弄，必须和正餐一样标准。没承想，这一个小小的改变，竟然引发了陶晋始料未及的一个效应。那便是有个别的员工，竟然为了这一顿加餐爱上了夜班。除了夜班补助，还能吃到一顿美味，何乐而不为？

陶晋一行到达精炼车间的铁门时，平时一站便会自动打开的铁门，竟然在按过门铃半天之后才开。陶晋心里有些不悦，他猜想值班室看守监控的员工应该是打了盹，才没有第一时间看到监控器里的他们已经站到了铁门之前。可更不正常的是，第二道铁门打开的速度却比想象得快。刚抬手去敲，门便已经"啪"的一声从里面推了出来。

"怎么回事？"一进到精炼车间监控室的外间看到乱哄哄的场景，陶晋张口就问。

"我们抓到一个偷金子的员工。"驻精炼车间保安室的队长孙联身子一挺，一脸严肃的表情答道。

"什么，偷金子？"陶晋心里一惊，难以置信。

第一章　暗流涌动

"就是他。"孙联用手一指,陶晋这才看到值班柜的角落里,蹲着一个只穿着睡袍的人。

"对,陶厂长,李福生偷了金子。"现场几个陶晋叫不上名字的员工七嘴八舌地附和着。而被认定为小偷的李福生则一直老老实实地蹲在角落里,一脸悔不当初却又极其惶恐的表情看向陶晋。再细看,他的嘴角隐隐有些血丝。陶晋猜想应该是孙联他们动了粗。

孙联顺手将已经用取样袋装起来的那一点点金子呈到陶晋的面前,开始说明原委:"李福生把车间的金子含在嘴里,想要偷出去。之前他报备过嘴里有镶的假牙,报警器会有反应。我们便让他重新过了一遍安检,还以为一切正常,准备放他过去。我突然想起前几天他说过他儿子上学的事情,便顺嘴问了一句。结果呢,他死活也不开口回应我。我觉得不对,命令他张开嘴巴。结果,他不仅不张嘴,反而想往门口跑。被我们几个人一把抓住,撬开嘴巴便发现了这些小金子。"

陶晋指示孙联,一是按照应急预案继续进行,但要加快速度,尽快完成精炼车间的员工离岗安检,不要造成不必要的恐慌;二是暂时先不要通知派出所介入,内部调查清楚后,再作决断。

如此一来,原本混乱的场面终于重新变得井然起来。

回到值班宿舍之时,已是夜里三点。这一晚上的折腾,让陶晋已经毫无困意。他干脆倚靠在床头,随手翻开了一本书。可虽说眼睛盯着那一行行的方块字,脑子却已如脱缰的野马一般,撒欢跑了出去。

自上任后,为确保万无一失,他亲自整改了安保系统。即使现在来看,也绝对算得上行业内的最高安保标准。

员工想要进入厂区,就必须先过一道指纹打卡的关卡。进入精炼车间要通过的关卡更不止一处。当然,并不是所有的人都可以随便进入这里。除了精炼车间的员工,来访的领导和值班的管理者,所有临时进入者,都要提前将身份证信息在经过一套签字会审流程后，报备到安保部。获得身份准入的许可以后，方可进入。

进到精炼车间的第一关，是车间外的监控铁门。二十四小时有人盯守的监控室看到来访者与准入的信息相符后，便按下监控开关。大门打开后，便进到第二关，即值班室的监控外门。第三关则是进到值班室后，将所有的衣物、鞋子，包括手机、手表等一一除下后，换上统一的服装后，依次登记在册。

第四关是通过进入内室的红外线报警通道，获得准入。此时，内室的保安员便会按下开门的按钮，车间的值班员收到信息后用钥匙从内室里面插入，双锁齐开，第五关这才通过。进到精炼车间的员工将在外室统一换上的服装，去内室更衣室换成工作服后，进入工作状态。来访者则按照规定的路线，在统一的引领和安保员的全程监控下，完成走访。

第六关则是下班后的员工，在完成工作交接之后，去更衣室沐浴，将工作服再换回外室统一服装，按照进入的流程一一过检，安全无误后方可离开车间。

这样严谨的流程，就是为了一个警醒，让人不敢心生歹意。没承想，还是防不胜防。

凡事都有两面性。对于邪恶的灵魂而言，那是捷径之后的追悔莫及。可对于伟大的灵魂而言，苦难又仿佛是保持豁达和平静的必经。

终于睡着的陶晋，最后想到的这句话，像是在迎合他还要经受的更多的命运起承和转折！

老舍曾经说过，生活是种律动，须有光有影，有左有右，有晴有雨，滋味就含在这变而不猛的曲折里。这一年开始后的陶晋，似乎便合着这样的节奏，走进了仍在薄凉里的初春。

刚刚上班，李晓韵和凌瑞峰几个人便过来找他。每个人脸上的神情都不同，尤其是于岭和张井然，脸上的表情更为丰富。陶晋心里明白，大家伙这是为着李福生的偷金事件而来。

第一章　暗流涌动

果真，没有任何寒暄，于岭摆正姿态，开门见山便入了主题："陶厂长，各位领导，昨天晚上发生的事，主要原因就是我们的安保工作不到位，请你们严厉批评。"

"于厂长，你这是干什么！百密还有一疏，你何必这么自责。"于岭话音一落，凌瑞峰便立马出声支援。

"于厂长这是替我们承担责任。要说起来，其实是我们的员工管理不到位，才会发生性质这么恶劣的事情。要说处罚，得先处罚我们车间。"张井然接话将责任揽了过去。

陶晋一直绷着脸听着，一见大家伙全都是一副争揽罪责的模样，便有些生气地说道："又不是什么光荣的事，别争先恐后地往自己的脸上贴金了。"

"现在不是追究责任的时候。更何况，要认真论起，正是因为于厂长你们的安保工作做得太到位了，才没有跑掉一条漏网之鱼。从这个角度来讲，厂里还得给你们戴朵大红花呢！话又说回来，你们把事情都了解清楚了吗？"本想一直严肃下去的陶晋，但说到这儿，还是故意活跃了一下气氛，因为他不想大清早就被弄得心情沉重。果真，他的话音一落，于岭便不好意思地先"嘿嘿"笑了两声，凌瑞峰等人的脸上也都现出淡淡的笑意。

"了解清楚了。这个李福生呀，"于岭叹了一口气后，看了一眼凌瑞峰和张井然等人，又继续说道，"说实话，还真是有点可怜。我也是今天才知道，他的老母亲前阵子得了绝症住进了医院。农村老太太，看病花了不少钱，但没怎么见效。李福生他老婆早几年也得病没了，一个大老爷们带着一个半大的孩子，日子过得不大容易。"

"谁过得容易，谁不是可怜人？"张井然接话过去，愤慨地反驳说道，"不容易就得偷公家的金子，不容易就得从宽发落呀？走遍天下也讲不出这样的道理。再说了，如果这次不严厉处罚，恐怕以后还会有人铤而走险。"张井然的态度很明显，要从严处理，以儆效尤。昨天刚向陶晋告过黑状，这种时候即使心有善念，也不会白白地给别人留下把柄。张井然这个时候绝对不会偏袒李福生，毕竟这是他分管的人。

陶晋并未响应他，凌瑞峰开口了："我个人觉得，这事还是内部严肃处理一下就算了，就不要把人送去入刑了。理由有三：一是家丑不外扬；二是好歹也没有损失；三呢，也不能赶尽杀绝，还是要给人一条活路。"

"我原则上同意凌厂长的处理意见。下午开经营会的时候，把这个事情做个议题，形成决议。这事说大也大，说小也小。说大是因为的确性质恶劣，不能姑息和纵容；说小则因为是初犯且金子的价值不大。如果说我们的企业是一艘大船，我们便要允许什么样的人都能在船上谋到一份生计。但我们坚决不允许任何改变大船航向，或是毁坏大船安全的事情发生。大家都知道千里堤坝毁于蚁穴，意思是说，很长的一段堤坝，最后都能因为一只小小蚁虫的啃噬而被摧毁。道理相同，一个人如果不能够做到自制，一点一滴的小错累积也会使整个人的人生毁于一旦。所以，我建议，严肃处理不是罚款调岗，而是要将李福生这个人开除。开除表明的是我们绝不偏袒，也绝不姑息。但开除并不是不管不问。鉴于他家庭情况的确特殊，我们厂可以与街道办事处联系一下，看看有没有无关利益的岗位可以安排安排。"陶晋以凌厉的目光扫视了一圈围在他身边的高管后，又以无奈、沉痛的语调说道："我们毁灭一个人，可也要拯救一个人！"

陶晋长长叹了一口气，语气稍有停顿，转身看向于岭后又强调说道："劳动纪律这一块，于厂长你得再费心牵头整顿一下，坚决不允许再有类似的事情发生。"

"好，我去落实。"于岭响应回答。

"这事就这样处理，也这样翻篇过去，不能影响到员工的情绪，也不能影响到正常的生产经营。"陶晋语气严厉地说。

说实话，如果从为官谨言的角度去讲，陶晋断然不会明白说出"开除"两个字，毕竟这是得罪人的事情。即使是私企，也没有哪一个高管愿意如此决绝。可他也明白，只要他不说，谁也不会去做这个坏人。而且，相对于整个经

第一章　暗流涌动

营的大盘子，开除一个普通的员工，其实是一件小到不能再小的事情。国有国法，党有党规，厂也有厂纪。他堂堂一厂之长，难道连处理一个严重违纪的员工的权力都没有吗？当然有，也必须有。否则，那么多人拼命往更高的位置上爬，除了"权力"二字，还有更具诱惑的动力吗？当然，陶晋不是那样的人，他的本心是想要成就一番事业。可他也明白，这样的路途极为艰苦，因为外力与内心的磨合、对抗与妥协，非有过人胆识而不能完胜。比如此刻，他就必须毫不犹豫地盖棺定论。因为凌瑞峰已经提到了"不送官"和"给人一条活路"。表面上看，凌瑞峰这是要内部处理。实际上却是在大送人情，同时也将陶晋置于一个必须决断的尴尬境地。想想他凌瑞峰话都说得那么明白了，可又明摆着并没有越权替一把手做出论断。陶晋难道要装傻让大家伙再乱七八糟地一番决断吗？陶晋不能由着大家伙的性子把精炼厂这艘大船往前推着走，他才是舵手，他才是方向。

陶晋话锋一转，便将大船的航向扳回正轨。他先是环视一圈众人，半晌之后才语气沉沉地又说道："各位，我们现在是重荷缚身，任何事情都不可掉以轻心。只不过，现在最着急也最重要的事情，还是要集中全部心力，去想想怎样完成指标。大家伙都明白，咱们这样的企业，咱们这些人，是没有大锅饭可以吃的。"

第二章 剑拔弩张

1. 把好汉逼上梁山

众人离去不一会儿,苏兴海便打来了电话。陶晋刚把电话接起来,于岭又敲门进来。陶晋便冲于岭摆摆手,示意他坐沙发上等一会儿。这边,苏兴海的声音已经传进了耳里。

"小陶,一个紧急通知。早上田总通知我,他临时要出趟国,这次'中国黄金与贵金属峰会'便改由我代表集团出席并做主旨发言。田总要我们认真准备,有的放矢,一鸣惊人。你也跟我一起去,并就如何聚焦黄金主业打造核心竞争力,准备一下精炼厂的材料。"

凝神听着的陶晋,一脸认真的表情回答说:"没问题,苏总您放心,我一定认真准备。"

苏兴海满意地"嗯"了一声后,又叮嘱说道:"酒香也怕巷子深,何况咱们的酒酿得还不够香。和国内几个黄金大鳄相比,无论是资源储备,还是综合体量,也包括科技水平和人才规模,咱们的差距还是很明显的。所以,这种扬名

第二章　剑拔弩张

立万的事情一定要做好，做出彩来。关于这次大会，办公室也在着手准备，通知很快就会转发过去，到时你留点意。"

说到这儿，苏兴海语声突然一顿，再开口时，话题便转回到了精炼厂的指标上面。只听他语气干脆地问道："小陶，你们指标调整的事情进展得怎么样了？"

"我们昨天开会研究过了，今天早上已经有了汇总的初稿，下午班子会再把把关，便提报给您。"陶晋的脑子飞快地旋转着，将苏兴海的问题回答了一个明明白白。

"那我不妨也把调子定得再明确一些，免得你们又做重复工作。"苏兴海"噢"了一声后，却这样说道。

苏兴海语气里听不出满意还是不满意，但当他说到"调子"和"重复工作"这两个关键词时，陶晋的脑袋却"嗡"的一声被炸了一个底朝天。他突然意识到自己犯了一个严重的错误，那就是昨天接受工作安排时，不仅没有去讨要领导的明确论调，还想当然地以为领导所说的"本着从实际出发的原则"，便真的可以"有多大力气就种多大田"。所以，当李晓韵把报表拿给他看时，他心里的感觉除了较为满意以外，还有一些宽心，因为还没有把兄弟们压榨到不能喘气的地步，精炼厂还有轻松便能挖出来的一些潜力。可此刻，苏兴海的想法似乎并没有他以为的那样简单。

果真，苏兴海故意换成轻松的语气指示道："这次指标调整杨董和田总都非常重视，也在内部会上明确表了态，保利润是重中之重，再上新台阶是锦上添花。所以，领导们希望各单位，尤其是精炼厂，在奋斗指标转为正常指标之后，新定的指标要在奋斗指标的基础上，再上浮10%。对，就是上浮10%。"

"噢？"虽说已经猜到了会有大山突横到胸，可陶晋还是忍不住感慨出一个语气词。

"怎么，你很惊讶吗？"电话那端的苏兴海敏锐地觉察到了陶晋的情绪变化，毫不客气地质问道。

沽 金

"苏总,我这脑子总也跟不上嘴。今天早上还想给您打电话请教调整比例的事情,这一瞎忙,又给忘了。幸好领导总是为我们把事情考虑到了前头,现在我是顿觉豁然开朗。"陶晋没有明白回答自己的情绪已然发生了剧烈变化,反而是马屁一段,为一个平安盛世。

"你们指标没按这个数据调整是吧?那小陶我现在告诉你,这其实只是一个底线数。如果连这个底线都碰不到,恐怕……"

苏兴海话里话外的意味深长,陶晋立马便听明白了。如果说陶晋这次遂不了领导的意,那他的官路恐怕就要戛然而止了,这中间,绝对没有人情可言,更没有可以商量的余地。

"苏总,您放心,我们不会让组织失望的。"心里想要骂娘的陶晋此刻只能爽快表态。

电话一挂断,一直坐在沙发上静静听着的于岭马上便感慨说道:"陶厂长,是苏总的电话吧?他又对咱们的经营指手画脚了?"

"人在河边走,要学会谨言,懂得慎行。尤其是不能评论和妄议领导,这是大忌。"

陶晋不满于岭的问话,他知道于岭这个人心直口快,藏不住心事。但他还是要提醒一下,免得这话传出去。

"我知道,就是有些时候看不惯。"于岭解释说道,"不过话说出来,我总有种直觉,这苏总不信任您。而且,也不大待见您。"

陶晋心里一惊,脸上依然不动声色地用刚才的语气说了一句:"不是说了不非议领导的吗?怎么前面说了后面就忘了?你是小学生呀!这么没有记性。"

"我就是看不惯嘛!"于岭讪笑一下。

"好吧,让你放肆这一回,下不为例。说吧,找我什么事?"陶晋将被打岔的情绪中回转过来。

"我真是高瞧了我这记性,差一点就把找您的正事给忘了。"于岭赶紧稳稳情绪,请示说道,"李福生的处理意见我们已经拟好了,您先过过目。如果没

第二章　剑拔弩张

什么问题,下午的会我就按这个意见汇报。"于岭把手上的文件递给陶晋。

陶晋接过来通读了一遍后,沉声说道:"这个意见可以。另外,严肃纪律的事一起上会讲一讲。会议通过了,就下发执行。当然,我们要明确一个原则,这不是说没有人性的严管,而是在合理的框架下,让所有的员工明白,不仅要去做正确的事,还要正确地做事。"

于岭眉头紧皱,一脸担忧的表情说:"不过,陶厂长,您真决定开除李福生呀?我怎么总觉得心里不得劲,会有后患呢!可能是我想多了,但就是有这种不好的预感。"

"后患?能有什么后患!"陶晋沉声问道。

"我说不好,就是有一种不好的预感。以前我并不是很了解李福生这个人,只知道是一个可怜的人。这次,他其实认识到了自己错得很离谱,也很想好好改正,希望厂里能给他一个悔过自新的机会。因为他要是丢了工作,别说他老母亲的病没有办法继续治,就连他孩子的学恐怕也……更重要的是,您也知道,这人言可畏,左邻右舍要是像躲瘟疫一样避着他,他还怎么在社会上继续做人呀!"于岭一口气说道。

"这怨不得别人。"陶晋叹了一口气,继续说道,"这就好比我们看到一朵很漂亮的玫瑰花,可摘花的时候却忘了有刺,手便被扎伤了,流血了,便悔不当初了。可花已经摘了,花还能自个儿再长回去吗?肯定不能。谁都不是别人的救世主,自己酿的苦酒都只能自己去喝。"

"话虽如此,可我还是有一个担忧……"

"有什么当讲不当讲的,怎么跟一个老娘们似的,但讲无妨!"

"陶厂长,那我就直说了。我于岭一向不怕得罪人,只要光明磊落。不过,在处理李福生这件事上,您虽说做得敞亮,可恐怕……恐怕还是得罪人了。我担心会有人从中故意使诈挖坑,最后……"

"干企业还怕得罪人?如果事事前怕狼后怕虎,就什么事也不用做,直接回家卖红薯得了。"

沽 金

"陶厂长，我们谁走到今天这一步都不容易，就跟过独木桥似的，一个闪失就掉进了深渊。所以，还是小心一些为妙。如果有一天咱们真摊上事了，您放心，我于岭赴汤蹈火在所不辞。"

于岭一脸担忧的模样，他是怕陶晋硬生生斩断了一个可怜之人的命运之绳，如此便落下了被人利用的把柄。那些心存不良之心的人，有可能借此故意挖坑，让陶晋跳进去，成为另一个可怜的人。

陶晋不信这样的担忧会成为事实。道理很简单，如果一切真会变得那样糟糕，如果我们只能一次又一次地领教这个世界是何等凶顽而无力回击，便再无可能得知这个世界其实也可以拥有温存和美好。

陶晋不信这样的悖论，他只信他看到的世界，只信每一个人的内心深处一定有山高水长，也有春光明媚和无限美好。

于岭的一番慷慨陈词让陶晋心里极不舒服。他从于岭的话里感受到了浓重的不安，好像于岭已经预知到了他的处罚决定埋下了一枚随时都要爆炸的炸弹似的。于岭提到苏兴海不待见他，是事实，却也不是事实。

说不是事实，是因为所有企业都讲究站队，讲究序列。很显然，他陶晋是田德志队列的人。而苏兴海却不是田德志队列的人，那么，陶晋自然也不可能是苏兴海队列的人。可苏兴海却把他一直当作自己队列的人。事实很微妙，大家心知肚明。

说是事实，还因为陶晋有几件事办得让苏兴海不太高兴。

苏兴海有一个远房侄子，想到东南矿业集团大楼工作。但这事得田德志点头，否则，即使他苏兴海是堂堂副总经理，这事也办不成。可又必须得办，苏兴海便想到了一个曲线救国的法子。他找到陶晋，让陶晋送他这个人情。陶晋不能拒绝，虽然这事较为棘手，因为只要是正式员工，身份的审核就得通过集团的人力资源。如此，还是得通过田总。当然，这事也不是办不了。只要有正式员工辞职，把名额顶了也就成了。所以，既然不得不去做，也不是大的原则

第二章　剑拔弩张

问题，陶晋便顺从地把这事给办妥了。

没承想，为个苏大侄子进到精炼厂工作没多久，便四处宣扬他有苏兴海这层关系，张狂不已的他，还不止一次酒后上岗，车间主任根本管不了。终于有一天，出了一次不大也不小的安全事故。事故报到陶晋这里，陶晋很恼火，重重责罚一番。可谁知，这边人刚被停岗，那边苏兴海便兴师问罪来到了精炼厂。陶晋无奈。结果，苏大侄子一见苏兴海撑腰果真管用，自此更是三天打鱼两天晒网，一天班也不好好上，把整个车间弄得乌烟瘴气，不得安生。副厂长张井然和车间主任不止一次来找陶晋告状。

事情终于有了转机，是因为苏大侄子有一天竟然公开调戏车间一名女职工。女职工的丈夫哪肯受这个气，不管三七二十一便把苏大侄子在厂外揍了一顿，还扬言见一次就打一次。谁知，这个苏大侄子更不能受这样的气，第二天便纠结了几个有老鹰文身的家伙把女职工和她丈夫堵在了家里。也活该苏大侄子出事，女职工的左右邻居都是警察，正好被逮了一个现形。苏大侄子吃了牢饭，精炼厂的工作理所当然便丢了，苏兴海那里肯定不痛快，对陶晋自然生出埋怨。

还有一件事，也让苏兴海极为不爽。

苏兴海介绍了一个外购客户，可合作几次之后，精炼厂怀疑金子来路不正，便否定了这个客户。苏兴海大怒，指责陶晋拿鸡毛当令箭，什么叫资格不够，什么叫送标准金锭到厂就是来路不正？要是照陶晋这个理论经营，精炼厂早晚得关门大吉。苏兴海的话说得很重，陶晋也不好辩驳。虽说外购客户送金子给精炼厂，精炼厂只需管金子的成色和重量，无须问其出处。可一个客户每次提供的金子都是标准金锭，有的还印有明显的企业LOGO，无非是走一道重新熔炼和浇铸的过程，改换门庭，便成了合法的新东西。陶晋心里猜测是在洗赃钱，不好明说，暗里还是指示把合作给停了。如此断人财路的事情，能不招惹来仇恨吗？

还有一些大大小小的事情，大多也都与工作有关。无非都是苏兴海插手精炼厂的经营和管理之中，陶晋能闭眼睛的时候也闭了眼。但凡牵涉到原则和底线的问题,他从未让苏兴海逞威,更别提完全遂了顶头上司的心意。

  当然了,要说陶晋一次违反纪律的事情没有做过,也不完全是事实。毕竟他还受人家管,水至清还无鱼,人至察便无徒,这样的道理,陶晋也还是明白的。

  大体而言,苏兴海不怎么待见他,陶晋门儿清。更重要的事实是,抛开人情恩怨,从技术岗位成长起来的陶晋,对于一个企业的发展理念,与管理出身的苏兴海有极多不同。苏兴海总在强调陶晋是他提拔起来的干部,但陶晋在履职的这几年,在未征得苏兴海原则上同意的情况下,对精炼厂原有的条条框框做了许多大大小小的改革。刚开始,苏兴海并没有对陶晋的改革表示不满或是发表看法,有时候在汇报会上,他还会向陶晋点头示意,私底下,也会拍拍陶晋的肩膀。陶晋便觉得,苏兴海对他是充分放权的,是信任的。于是,便更加大刀阔斧地干了起来。直至有一天,苏兴海让秘书通知陶晋去集团找他。

  没作重要指示,也没有发威,苏兴海只是面带微笑地对陶晋说了一段话,便端茶送了客。

  苏兴海问陶晋是不是精炼厂之前的管理存在太多不可取之处,如果是这样,他们可以尝试着分步实施。还明确表示,陶晋现在的做法不是不可以,只不过如此做对公司的益处并不大,起码现阶段实施起来有困难。

  虽然谈话内容平淡如水,但陶晋的心里还是泛起层层涟漪。苏兴海让秘书通知陶晋,要在最快的时间赶到集团,就为了讲这么一段话而别无他意?这来回六百公里的路途成本也未免太高了点吧!这是在对他"示威"。

  陶晋明白,摆在他面前的选择只有两个,要么坚持己见,拿苏兴海的话全当耳旁风;要么俯首称臣,全力辅佐苏兴海。

  陶晋偏偏是一个从不轻易服输的人,喜欢挑战未知,喜欢对抗强势。他甚至还想到最坏的可能,要么因为业绩突出被集团提拔,要么改革失败被东南矿业开除。思来想去,陶晋还是凭借本心选择了后者。

  事情并没有按照陶晋的意愿去发展。因为上任的第二年年末,集团派人找

第二章　剑拔弩张

他进行了一场秘密的谈话，询问他上任以后的工作情况，其实是尽职情况调查。看似是正常流程，但陶晋明白，这是苏兴海的再次示威。

这件事给陶晋提了一个醒，他现在的位置所能够决定的，除了他自己，并无其他。倒不司马光在《资治通鉴》开篇所言："天子之职莫大于礼，礼莫大于分，分莫大于名。"因为中国几千年封建制度的日积月累，其上下承接的社会秩序早已形成了一套无言的默契。那么，既然怎么活都会有窝囊的地方，倒不如随时随地送给上级领导一张笑脸。

陶晋谨记"教训"后，决定低调做事，高调为人。他知道自己或许就要变成他不喜欢的那一类人了。幸运的是，陶晋一直没有变成那一类人。也或许，这为官之道就是这么微妙。有的人因利益而纠结在一起，也因利益而分道扬镳。有的人不因利益而苟同，也因了不卑不亢而做到了不离不弃。为官的乐趣似乎就在这样的过程里，正如鹰飞得再高，总有一个影子真诚跟随。

下午的班子会，果真有波有澜。当陶晋讲到苏兴海的明确指示，即指标调整的幅度要以 10% 为底线时，会议室里一下子便炸开了锅。

"陶厂长，咱们不能被集团当成软柿子捏来捏去。什么集团领导？不就是苏总一拍脑袋的事。陶厂长，咱谁都不用怕，大不了一拍两散不干了，谁有能耐谁就来当这破厂长。"凌瑞峰竟然第一个一脸愤然不平的表情率先开了口。

"凌厂长，你这话说得太绝对了。也就咱们几个关上门这样说说，千万不能外传出去。别以为官大一级压不死人，领导跺一跺脚，咱们这儿都得地震半天。"于岭接话过来，一脸语重心长的好心模样提醒道。

"于厂长说得对。咱们今天开会就是为了定指标，说其他的都没有用。"一向严谨的李晓韵竟然也插话进来。

"那指标就按领导的意思调？昨天晚上他们加了一晚上班弄的，又白弄了？"凌瑞峰还一副在自己的情绪里面出不来的表情。

沽 金

"我上午已经将指标汇总到了一起，离领导的要求差距并不是很大。只要稍微再做一些调整，还是可以的。"李晓韵从财务的角度宽慰道。

"差距不是很大，还是有一定的差距。这个指标已经很难为人了，这是要逼人上吊的节奏！我老凌干不了了，谁有能耐谁干去吧！反正我就坚持一句话，指标一个字也动不了了！"凌瑞峰态度强硬，一脸的不妥协。

凌瑞峰一直自顾自地发泄着不满。张井然没有接话，他很明白，牢骚从来都无益，还不如温和地等待命运的抉择好了。

陶晋来个顺水推舟，语气不带任何回旋余地地说道："凌厂长说不调了，那咱就不调了。多大的事，又不输房子不输地的。大不了就像凌厂长说的，一拍两散，脖子上面不架这个官帽子就是了。"

厂长语出惊人，原本喧闹的会议室一下子便安静下来。众人面面相觑，不知厂长葫芦里卖得什么药。

"什么情况？"

"陶厂长怎么了？"

张井然和于岭已经用眼神交流起了彼此的疑惑。凌瑞峰也是一头雾水，摸不着东西南北的模样。李晓韵则认真地在本子上划拉出了"不调"两个黑色浓重的方块字。

"说不调了，原因有二：一是指标确实非儿戏，咱们不能为了指标而指标，硬是不管不顾拔苗助长，到头来，苦的不是咱们几个，是整个厂子的上千号兄弟。大家想一想，如果说咱们把指标给悬到了天上，大家伙跳起来都够不着，集团打板子咱倒也不怕，可这制度如山，必须得按实际的完成比例去提绩效工资。兄弟们辛辛苦苦一个月，到头来却荷包瘪瘪。我觉得不公平，也不应该。第二点，整个社会都在强调科学发展。什么是科学发展？就是本着从实际出发的原则，以人为本，实事求是地去制定生产计划。凡事都要充分留有余地。"

"那上面问责怎么办？"有人低声发问。

"上面问责我一个人担着。"陶晋将笔重重在本子上一点，转身对李晓韵说

第二章　剑拔弩张

道,"李总监,你就按大家调整后的这个指标上报。天塌不下来。"

陶晋话音一落,便率先起身从会议室里快步走了出去,远远地将其余人都甩到了身后。

于岭和张井然他们不明就里,毕竟这样公开地违背上级指令不合常理。凌瑞峰现在满肚子都是火,本来想强出头维护自己的利益,没承想,却被陶晋利用了一把。这个哑巴亏他可不想不计后果地囫囵吞下去。他很明白,这个指标的上调比例是苏兴海定的。他可以明着暗着得罪陶晋一次又一次,可他不能得罪苏兴海,一次也不能。

陶晋如果按苏兴海的意思上调了指标,由此带来的一连串的负面效应会让整个厂子士气大挫,元气大伤。人心要是散了,他一个光杆司令还带什么队伍?坚持不调,实事求是地谋发展。苏兴海想打肿脸在领导面前充胖子,他可不陪着玩,苏兴海还能自己动手把陶晋的脸打肿了不成?

还没等他回到办公室,他便被人硬生生地拦在了楼梯拐角的走廊上。竟然是被"开除"的李福生!

李福生从走道里斜冲过来,"扑通"一声扑到陶晋面前跪下,双手同时如钳一般紧紧圈住陶晋的双腿,嘴里则不停地哀求着:"陶厂长,求您高抬贵手,给我一条活路,给我一条活路,求您……"一边号哭一边哀求着的李福生,还把自己的身子别扭地与陶晋的双腿形成九十度的直角,额头则不停地撞向陶晋脚下的地面,试图以赤裸并坚硬的碰撞求得宽恕。

"李师傅,你这是干什么?快起来,快起来,有话好好说。"

陶晋吓了一跳,一边弯腰去拽李福生,一边嘴里不停地劝慰着。可李福生好像铁了心要通过这样的方式找回生存的可能似的,任凭如何拉扯,他就像定在了陶晋面前一般,不仅拉不起来,反而加快了将头撞向地面的速度。

张井然和于岭等人一见这突发的状况,也都急步走了上来,一边劝着李福生冷静,一边也试图去将人拽起来。

沽　金

"陶厂长，求您给我一条活路呀！我保证再也不偷了，我以我老娘和孩子的命保证呀！"

李福生的声音突然高抬八度，像是从胸膛里挤压出来一般，带着凌厉的呼啸，在长长的走廊里回旋着又俯冲下来，直直地撞进所有人的耳里、心里和眼里。

走廊两侧的办公室一下子探出来许多脑袋。可他们一看是陶晋这些厂领导，便又赶紧把身子缩了回去。但又不肯真的离去，都挤在门口侧耳听着动静。只有办公室的几名员工，因为维护办公秩序是职责所在，已经大步跑了过来，想要凭己之力给此刻的混乱一点平和与安宁。

"李师傅，你快起来。否则，咱们没办法谈。"

陶晋知道，无论李福生是真心还是假意，他的目的只有一个，那便是让自己更改决定。陶晋还知道，以李福生的智慧，他应该不会想到用这样的方式抗争。因为昨天晚上他和李福生沟通时便已经明白，从本质上讲，这不是一个坏人，不过是鬼迷心窍。即便如此，在选择开除还是留厂察看的左右摇摆中，陶晋最终选择了开除。陶晋深信行为的恶劣与价值不能画等号，公平和警示更应超过对人的怜悯。

就在这混乱的状态中，陶晋突然用余光瞥到了凌瑞峰的表情。只见他一直就不远不近地站在那儿，似乎想要上前一步帮帮忙，又似乎一直站在那儿按兵不动，一副看笑话的模样。

陶晋心里的直觉突然就清晰起来，稳稳心神，弯腰蹲下对李福生诚恳地说道："李师傅，咱们到我办公室，单独谈谈好不好？"

或许是终于感受到了陶晋的诚恳，也或许是为了找个台阶下，听到陶晋的邀请，李福生竟然停止刚才剧烈的运动，乖乖站起身来，抽搐了一下鼻子之后，便弯着腰，低着头，跟在陶晋的后头，朝厂长办公室慢慢走去。

于岭一溜小跑跑到前头，回头与陶晋的目光相碰后，见陶晋摇了摇头，他的脚步便停了下来，并示意后面的人也都停下，目送陶晋和李福生两个人一起

第二章　剑拔弩张

消失在厂长办公室的门前。

陶晋和李福生关门密谈了整整一个小时，谁也不知道他们谈过什么。但门再次打开的时候，只有李福生一个人一脸凄凄的表情走了出来。

只见他弓着身子，慢慢挪着步子，一点一点地穿过长长的走廊。像是留恋，又像是不忍再见，面对每一张门前等待他的或好心或假意的面庞，头在刚刚想要轻轻转过去的时候又马上垂下。是啊，他连自己都面对不了，又如何面对这些共事过许多年的同事呢？

在走廊转弯下楼的地方，李福生遇到了副厂长于岭。于岭一句"李师傅"刚喊出口，李福生便猛地一个鞠躬，身子一矮，语气低低地说道："于厂长，多谢您这些年的关照。厂里的决定，我服。我以后一定好好做人，一定好好做人。"

这句话一说完，李福生便不等于岭的反应，脚下一快，冲着楼梯便跑了下去。只留给所有人一个带着不堪的自尊仓皇逃离的背影。

陶晋坐在办公桌前，端起水杯，如卸重担。他很真诚地讲明了他的出发点，讲明了这件事情李福生必须承担的后果，讲明了他并非针对李福生他这个人而作如此决定，只是他在这个位置上，必须这样去做。

陶晋的推心置腹感染了李福生。他没有想到厂长这样大的人物，没有架子，也不虚伪，更不是别人上午告诉他的那样，是想要置他于死地。偷金子这件事情，他的确错得太荒唐，错得太离谱。而厂里正是想要给他一条活路，才不把他送官，还想着与街道办事处沟通，再给他谋一条生路。

就在这样平等而又真诚的交流中，李福生弄明白了，也心服口服了。所以，他怀着悔恨的心情深深地向陶晋鞠躬致谢，看到手里突然多的那个沉甸甸的信封涕泪纵横，那是陶厂长给老母亲的一点心意。他告诫陶厂长小心身边的人，因为坏人都是在背后射冷箭，一不小心便被暗伤了。

凌瑞峰、于岭等人纷纷来到厂长办公室想要问一个究竟。陶晋只是打趣地说了一句，将心比心，冰山也可化也！

沽 金

见陶晋似乎并不愿意多谈，众人便也极为识趣地没有追问下去，可他们却并没有起身离去的打算。环视了众人一圈，陶晋明白，大家伙这是等着他对指标发表高见，可他并不打算就此再说个明白。所以，当于岭带着一脸担忧的表情将话题转回到指标之时，陶晋也只是说了一句，管不了那么多了，走一步算一步吧！

话说到这儿，似乎便没了再继续说下去的必要，众人这才纷纷起身离开厂长办公室。

从办公桌前起身，往前走了几步，目送各位厂领导出门的陶晋，特意将凌瑞峰离去的背影多看了几眼。李福生事件发生以后，原本有些不解的事情在那一刻有了一些笃定的意味，只是……

陶晋稳了稳心神，拨通了苏兴海办公室的电话。

苏兴海说话的兴致极高，即使听到陶晋汇报了最终的结果之后，也并未改变。他语重心长地表示，这个指标如果是精炼厂最大限度的调整，那就按这个数据上报。作为分管领导，他也得事事替兄弟们着想。苏兴海的态度竟然和预想的完全不一样！

陶晋挂掉电话，有些不明所以，不敢置信让他们焦虑了整整两天的事情竟然如此轻松便迎刃而解。但他马上猜到，一定是有别的事情冲淡了苏兴海对指标的关注度。他想起了上个月去集团见总经理田德志时，田总无意中提到董事会可能对他们这些人有一些调整。

就算董事会要对经营班子进行调整，一向为人谨慎且人缘极好的田总也一定会无碍的。不说别的，上任三年以来，在董事长杨光的带领下，集团取得了值得肯定的许多成绩。股东会也好，董事会也罢，对田德志这个经营班子认可度还是很高的。而杨光和田德志两个人在表面上的关系也极为融洽。当然，私底下是否是真心相待，那只能是另当别论。但仅从这些表象来分析，这件事情不应该会有什么差错。

第二章　剑拔弩张

即使苏兴海临时取代田总参加中国黄金行业级别最高的峰会，只是因为田总临时要出国，分身乏术，这并不能说明任何问题。自己还有很多参会材料需要准备，无暇琢磨这些权力更替的事。

这次峰会的主题是如何聚焦黄金主业打造核心竞争力，这可是陶晋的一块心病。

技术是一个生产企业的核心竞争力。陶晋上任之初，便动了把精炼厂现有的老旧设备一步步淘汰置换下去的念头。现有的设备老旧，用的人工工时多，生产效率不高。另外，这些老旧设备根本生产不出市场化程度更高的产品，以现有的产品在市场上竞争，难度可想而知。更为重要的是，精炼行业是安全环保的高危行业，一不留神，便会酿成恶性事件。众所周知，设备的性能高了，对安全环保的影响也就低了，目前这是精炼厂必须弥补的不足，陶晋责无旁贷。这样的安全环保理念并非陶晋一个人的价值信仰，任何有良知的精炼厂都只明白要真金白银，绝不能要带"血"的黄金！

说起这带"血"的黄金，国内外触目惊心的惨剧一直从未间断。世界上没有一处金矿是可以直接挖出纯金的。一块含有金物质的矿石，在变成名副其实的"金娃娃"的过程中，必须经历采矿、选矿、冶炼和精炼四个过程。假如一吨矿石里有4克黄金，传统作坊精炼后能得到2克黄金，回收率在50%左右；现代化的提炼技术可达到90%以上，得到约4克黄金。可想而知，采矿和选矿的过程对生态和环境有着怎样的破坏，冶炼和精炼过程中排出的废物，对人和环境又有着怎样致命的威胁。前不久，国家环保部便曾下发通牒，通报处罚了十一家存在严重环保问题的上市企业。其中，国内某著名黄金矿业公司便因放任环保问题酿成重大环境风险而名列榜首。

当然，这样的破坏绝非我们的肉眼能看到的，但一定是人为能够努力控制的。因为在任何一家高度自动化运作的精炼企业，金精矿被送到精炼厂后，经过磨碎得到矿浆，在矿浆内加入化学药剂，通过化学反应使黄金沾在泡沫上浮上来，得到金泥。在金泥里加入氰化物通过高温熔化后，将黄金从杂质中分离出来，成为金液。最后把冶炼出来的金液熔铸成金锭以后，黄金才算真正产出。在这样的生产过程中，人的肉眼所能看到的全部，除了车间的技术监控人员，便是各式各样或巨大或精巧的机器及输送带，间或闻到一些化学药品味。可想而知，人通过优良的技术设备来把控流程是何等重要！

前年，陶晋跟随田德志一起出国考察的时候，便特别留意了国外先进的精炼设备，并将自己的想法向田总作了简单汇报。田总当时便表扬他考虑问题的思路具有前瞻性，也很清晰。同时也建议，这个技改方案在推进之前，务必在征得分管领导的同意之后才可实施。即使陶晋现在是主政精炼厂的一把手，不要只考虑怎样左右企业的全部命运，还要考虑如何辅佐好分管领导。

当时，陶晋隐隐有些不解，不能相信自己一向恭敬的领导会如此。在他的意识里，一个企业的主要负责人就应该全方位地统筹和定位这个企业，站在全局的立场上去考虑发展的问题。

回国以后，陶晋依田德志所嘱，将自己想要技术革新的想法向苏兴海作了专题汇报。苏兴海认为，现如今黄金价格始终不稳定，现在看着是在大涨，可万一进入持续的震荡下行，精炼厂除了要节能减排，更要降本增效。所以，完全没有必要花那么大的力气上马那么贵的设备。行业形势万一不好，资源不够了，一下子吃不饱的精炼厂，恐怕会因此背上一个甩不掉的重包袱。苏兴海建议陶晋不妨沉一沉，再多考虑考虑。

苏兴海的态度如此明确，设备更新的事情便没有办法再继续推进。陶晋心里很明白，现在的精炼厂一天不进行技术革新，它的生命力便会一天落后于时代。先别说自动称量的天平，无秤差的油压机，仅无尘无振动的生产环境便实现不了，这一切都必将阻碍精炼厂的发展。所以，即使苏兴海让他沉一沉，但技术改革的火种还是固执地在他的心底潜生暗长。

想到要在规模如此盛大的峰会上作主旨发言，要重点讲明核心竞争力，陶晋便再次想到技术革新的事情。可他也明白，他最不能提的却正是技术革新。要知道，东南矿业的综合实力虽说排不到国内前五，可也差不了太多。对一个

第二章　剑拔弩张

黄金企业而言，最重要的，除了黄金的产量和利润，资源的储备也是关系着可持续发展的战略问题。因此，相对整个东南矿业的大框架，精炼厂所占的比重其实很小。只不过整个东南矿业就这么一个精炼厂，它也是东南矿业一直以来所打造的完整的黄金产业链的最后一环。更重要的是，精炼厂也是东南矿业战略规划中所强调并立志要实现的"聚焦产业附加值最高的环节"。倒不是说物以稀为贵，而是一直以来精炼厂存在的必要从未被小觑。所以，只要是对外的公开汇报，便从未遗漏过精炼厂的部分。

2. 心老了一点点

太阳打西边出来了，杨莺竟然破天荒地主动给他打电话。岳母大人造访，无事不登三宝殿，这老太太唱得不知是哪一出呀！

说实话，结婚十多年来，陶晋对这个岳母一直喜欢不起来。可能因为岳母当了一辈子人民警察的缘故，看人总喜欢在眼镜片后面琢磨着去看。即使陶晋的工作是天天跟人打交道，他的心里不知为何还是有些害怕和抵触岳母的目光。好像就在那样审视的目光里面，就算他光明磊落到极点也会无处遁形一般。

不仅如此，自从女儿出了事以后，陶晋和岳母本就不热乎的状态，变得更加冰冷。即使他在最初赔着笑脸对着老太太，老太太也总是斜眼回来，恨不得把陶晋活剥生吃了。当然了，老太太的修养从未让她做过对陶晋破口大骂的事情。可这冷暴力杀起人来，人的热血反而冷得更快！杨莺便完美地继承了自己母亲的这一性格特点。

陶晋将车从停车场里驶出来时，天地已经混沌成了一片，一切都变得影影绰绰，夜幕掩映下，一下子倾覆掉了整个春天一般。整个世界除了混沌，便是不可测的神秘。

从厂区门前的柏油路右拐，便会进到省道。沿着省道直行三十公里，才能到达梨州市区。只要不是值班或是出差,每一天的陶晋都要在这样的路上寂寞地行走半个多小时。

就在拐往省道的三岔路口,林希穿着一件米色风衣,系了一条大红丝巾,站在路灯底下,显得格外醒目、耀眼。看她的样子不像是等人或是无事,反倒有些焦虑。陶晋一踩刹车,车子便在林希正前方的路边缓缓停了下来。

"林经理,要捎你一段吗?"

"陶厂长,您才走?"

"是呀!我捎着你吧?"

"那个……那就太谢谢您了。我这正着急呢!但进城的中巴车等了半天也不来。"

"这个点中巴车恐怕不好等了。你今天没有开车吗?"

"车坏了,也不知是哪儿的毛病,就是发动不了。心里着急回去,班车又早走了。所以,便不得不弃车而归。"

"好一个弃车而归!"

"让陶厂长笑话了。不过,就是弃车而归嘛!您看呀,我是它的主人,可它不听我的指令,我还不让它哪儿凉快哪儿待着去!"

"我是说这都进入春天这么久了,天气还暖和不起来。原来是有的车子头脑发热,需要冷空气给降降温呀!"

"没想到陶厂长和想象中差距这么大。"林希完全被陶厂长少为人知的一面感染,禁不住开起了玩笑。

"差距?怎么着,我平时都是戴着面具故意让你们看不清的吗?"

"哪是您戴着面具,是您威仪四方让人不敢直视,如此才看不清的嘛!"

"你不干市场部,恐怕厂里就没有人能担起这份责了。"

"可让我重新选择,我还真不想再做市场了。"

"怎么,工作上有想法?"

"不是有想法,是非常非常有想法。不过……"

第二章　剑拔弩张

"闲着也是闲着，那就听你发发牢骚吧！"

"这可不妥。我这一发牢骚，就相当于在您陶厂长的面前告了小黑状。想我林希从来都是光明磊落、坦坦荡荡、一身正气、无牵无挂的……女汉子！我才不做这背后的勾当。"

"这么巧，本厂长也从不强人所难，尤其是不为难小女子，以及……女汉子！"

二人说话间你来我往，好不痛快。一个故作正经，一个抖机灵，饱含着明快和轻松。狭窄的车厢内笑声不断。可笑声终究平息，竟然再也找不出话继续下去似的，静寂成了那一刻横亘在两人之间的唯一主题，尴尬的气氛继续蔓延。

过了好大一会儿，陶晋才像想起什么似的，伸手打开了车载广播。好听的音乐刹那间流淌而出，尴尬的静寂变得有些柔和。

林希的目光不自觉地看向陶晋的右手，当陶晋去按广播的按钮时，那目光只是短暂停留，没有探寻，没有回应，只是给予短暂的碰撞，之后便将目光长久地投向窗外。

而陶晋也在用余光去捕捉林希，当音乐响起的那一刹那。此时的林希已将目光投向了窗外，所以，陶晋看不到林希脸上的表情，林希像是在随着音乐遐想，又像因为不知如何与陶厂长继续交谈，便干脆将自己置身于这荒凉却也生机潜生的夜色之中。只是，天都那样黑了，林希能看到什么？只能看到玻璃映照出来的自己吧！陶晋忍不住暗暗猜想。

此刻的林希，能看到的，只有自己的人影。可自己有什么好看的？更何况，旁边还坐着陶厂长。如果她一直盯着玻璃中的自己看，岂不就成了赤裸裸的顾影自怜？她才不要。所以，不过十多秒，她便扭转回身子，全神看向了路的前方，被车灯照亮的那一小块的前方。

当林希将目光定在前方，思维陷入片刻的遐想之时，广播里的音乐换成了万芳的歌声，一首她每听一次，心都要疼一次的《从前》——"从前有过一段

沽 金

爱恋，我量不出它的深浅，只觉晕眩……很久的从前，他曾捧着美丽的誓言，到我面前，是我胆怯，埋头，蒙眼，是他伤悲，昂头，就走远，就在那一瞬间，心老了一点点……"

林希疼痛，是因为音乐轻松便穿透了她的伤悲，她不由自主地想到了她的过去。

她始终不能理解，曾经的美好竟然能一下子戛然而止！她和郑小宇那样的亲密竟也有一天会成为陌路！究竟是败给了时间还是距离，抑或败给了彼此看向远方的视线再无交叉的明天？林希说不明白。她还不明白的是，原本还爱着的一对恋人，竟然能被一通电话分到了天涯的两端。而两个决绝的人，便真做到了从此再不联系，再无瓜葛。

三年了，三年了呢！林希叹了口气。

说实话，以她的性格，断然不能接受如此被动。可难道真的是因为不爱了，才不愿意努力去争取了？所以，那通电话不过成了借口，一个让两颗努力支撑的心都找到停歇的借口。

想到这儿，林希又更深地叹了一口气，鼻子也不自觉地抽动了一下，心里一酸，就像有泪要滚落一般。但她马上惊醒，意识到自己正坐在陶厂长的车上。本就职级相差甚远，平日里也都是各自绷着，如若此刻让陶厂长看到自己窘迫的另一面，岂不尴尬死？

回转过神的林希，扭头看了陶晋一眼。

此时的陶晋正神情专注地看向路的前方。林希的心里突然一个激灵，这一幕竟然似曾相识！她好像不止一次梦到过这样的情形：一个身材挺拔的男人，正带着自己驶向远方。目光坚毅，神情专注，而她只要安心地坐在一旁就好了。她不用担心前途迷茫，也不用担心路途遥远，身旁的那个男人都可以替她挡起一切的风雨，她只要安心地做她自己就好了。

这样的梦，这个无数次做过的梦，虽说不能清楚地辨别出那个男人的相貌，但清晰可辨的，绝非前男友郑小宇。

第二章　剑拔弩张

就在这样的惊诧中，林希毫无预警地打了一个冷颤，肩头随之抖动了一下。

敏感捕捉到这个抖动的陶晋，禁不住脱口问道："有点冷对吗？那我把空调打开。"这样说着的他，手已经按到了空调的按钮上。指头一用力，一股热风便"嗡"地一声冲出来，将林希那句"不冷"的话淹没在了汽车发动机的转动声中。

一路再也无话，两个人回到了工作时各自绷着的状态，防备和试探，漠然和远离。

车子刚进入城区，一直沉默着的林希便开口对陶晋说："陶厂长，把我搁前面的路口就好了，我就在那儿下车。"

"前面，超市那儿吗？那儿离你住的地方好像有点远吧！"

陶晋知道大部分员工都住在公司自建的住宅小区里。当然，他是一个例外，他和杨莺住在医院分的那套两居室的商品房里，为的是杨莺可以步行上下班，每天多睡一会儿。

"我先不回家，有点事要去办一下。"林希回复给陶晋一个解释的笑容后说道。

陶晋便没有再多问，在林希指定的地点将车子缓缓停稳后，见林希抬腿下了车，并站在路边冲他挥了挥手，他便脚上一使劲，油门一踩，车子又缓缓地滑行了出去。

林希急急地闷头往前走着，刚刚一路的静默在此刻变成了焦躁。母亲刘梅昨天晚上等她回家以后，便一脸兴奋地告诉她，又给她安排了一个相亲。这次的相亲对象一定会符合她的恋爱标准，因为长得就像那个演员……她知道林希喜欢钟汉良那种硬朗却不失文气的男人。功夫不负有心人，她相信女儿这一次一定会中意自己的安排。

没承想，林希竟然一脸的不情不愿，一晚上都对她爱答不理。可即便如此，她今天下午给林希打电话，提醒女儿别忘了晚上的约会时，林希虽说仍是满腔的敷衍和不耐烦，可不管什么态度，她还是答应了晚上一定会去见面。

沽 金

　　此刻的刘梅，就在家里盘算着女儿的终身大事能够顺利解决，她得以了了心事。她微微叹了口气，有些埋怨造物弄人。她多么希望女儿的生活能够一帆风顺，心想事成。可凡事似乎总难顺心如意。算了，她当人家母亲，只要尽心尽力就好了。只要尽了心力，就算有一天见了马克思，也没什么好遗憾的了。

　　林希急匆匆地赶往咖啡厅，比约定的时间晚了足足半个多小时。迟到这种事情在林希的字典里很少出现，可这次不同，正好可以给对方留下一个不好的印象。林希不禁佩服起自己的应变智慧，顿时觉得有丝春风拂过了脸庞，心情稍有好转。

　　对面的男人一见到林希，便一脸紧张的表情站了起来，嘴里同时已经小声问候道："外面冷不冷？快过来坐，喝点水吧！"还将自己面前的另一杯柠檬水端起来，递到林希的手上后又说："喝点热水。你说你晚半个小时到，我刚让服务生新换了一杯热的。"

　　林希的心一动，没想到相亲男人如此有心。而他这一连串的忙活又让她有些不好意思，所以，她极为顺从地将水喝了一小口后便轻声说："真是抱歉，车子坏了，所以，来晚了。"

　　林希的致歉让相亲男人一下子局促起来，他推了推鼻梁上的眼镜，本就交叠在一起的双手来回紧张地搓动，声音又紧又涩地说道："是我来早了，来早了，不是你晚了。"

　　他好似鼓足了勇气，大胆抬头看了一眼林希，见林希脸上浮出一层浅浅的笑意，便"嘿嘿"笑了两声，没有再如刚才那样将头低下，而是大胆地继续看着林希。

　　"那个……你比相片上好看。"这样的一句话，这样的笑，竟然一下子缓解了林希心头的抵触情绪。一丝愉悦和舒服的感觉也在这样的开场白中，悄悄四散包围了咖啡厅这两个还陌生着的男女。

　　"那我们正式认识一下吧，我叫林希，在精炼厂市场部工作，今年三十一岁。"

第二章　剑拔弩张

"我叫杨哲，今年也是三十一岁，在市环保局工作。咱俩一样大，可你看起来比我小好几岁。你长得真好看。"杨哲好像再不会说别的情话一般，将这句话又重复说了一遍。如此简单，如此直白。

林希的心又微微动了一下，就好像春天的柳条长啊长，长到了湖面上，风一吹，便撩拨出水面的一层波纹一般，浅浅淡淡的，却也舒舒服服的。突然想到母亲给她看杨哲的相片时，她凭第一眼缘做出的判定。仅从长相来看，杨哲是一个内向而无趣的人。要是和这样的人在一起生活，不憋死，也得闷死，虽然他眉眼之间确实有点像钟汉良。

"谢谢。我记住你了。"林希难得又露出一个笑容。

林希的话让杨哲又"嘿嘿"笑了几声。他马上又像想起什么似的，关切地问道："饿了吧？先点东西吃吧！你爱吃什么？听说这儿的牛排很好，要不要尝一尝？"

杨哲一连串的问题抛过来，林希招架不住一般连声说："怎么着都好，那就牛排吧。"

可当浓香四溢的牛排摆到两个人的面前时，那种沉闷的感觉开始包围他们。林希将所有的注意力都集中到了刀叉之上，杨哲想要找一些话题，可此刻的他，好像刚刚的寒暄已经用尽了所有的智慧一般，竟然再也说不出一句让林希如刚才一般微笑满面的知心话。

晚餐结束，两个人在咖啡厅门前分别，杨哲突然没头没脑地问了句："能不能再联系呀？"

"好。"或许是杨哲的简单和直白让她觉得无须设防，也或许是她想要给母亲一个交代，也或许……她只是想要给自己一个机会。

回到小区的陶晋，将买好的礼物和食材拎到手上，迈着稍快的步子往家里走去。

沽 金

这是位于医院家属区最里面的一幢七层的楼房，陶晋和杨莺住在顶楼。楼房的外层由于长年累月的风雨侵蚀，已经变得老旧。这套两居室也因为近十年来没有重新装修过，再加上并非南北通透的户型，推开门便仿佛进入了上个世纪一般，老套而又陈旧的装修，笨重而又灰暗的家具，让本已失去生机的小家，变得更加沉闷无趣。

女儿出事的那一年，陶晋曾经生出过换房子的想法。而且，他在履职精炼厂之前，便在开发区买了一套三居室的商品房，条件和环境要远远强过这套房子。所以，他便提议把这套房子租出去，一家三口换一个环境，重新走回仍应好生继续的生活轨迹。

谁知，杨莺却驳回了他的提议。只是将女儿紧紧地搂在怀里，好像生怕自己一松手，宝贝女儿又将陷入险境一般。杨莺不光对未来的新生活漠然，在无数个失眠的夜里，她也会逃离她和丈夫的卧室，搂着女儿在粉红色的床上静静地睡着，仿佛只有那样，女儿才会好好地和自己的母亲在一起。

一开始陶晋还试图说服杨莺，可时间一长，他自己也麻木起来。他也会在某些心烦的时刻，在女儿和杨莺都不在家的时候，进女儿的房间里坐一坐。将女儿最喜欢的叮当猫玩偶抱在怀里，或是整个人伏在女儿的床上，默默却努力地，与女儿的气息融合在一起。他的朋友和同事，几乎没有人会到他的家中做客。好像谁都不忍触到那个始终不能完全凝固结疤的伤口，谁都害怕瞬间便会有汩汩流出来的血重新淹没一个人对这个世界的期望和憧憬一般。可是，他们哪里知道，不触碰、不提及，并不代表有些伤口便不会血流不止了呀！

岳母张一珍的高嗓门便骤然在耳边响起："回来了？"

"嗯，妈，我回来了，买了些东西给您，您看看喜不喜欢？"陶晋知道岳母的职业对她的生活产生的影响，平日里的岳母极不讲究，既不化妆也不烫头，让她穿一件新衣服就如受刑一般难受。所以，他买的礼物不过是一些茶叶、补品之类。

第二章 剑拔弩张

"让你费心了。"张一珍一边接过礼物，一边往客厅走去，语气依然如刚才一般高亢。

"莺子呢，在厨房里吗？"陶晋跟在岳母的后面往前走，中途他扭身往厨房那边看了看。

"刚才接了一个电话，说是有一个急诊，让她去看一看。莺子不在家，咱娘俩聊一会儿。"张一珍将礼物放到餐桌上后，拍了拍身边的沙发让陶晋坐下。

"妈，您这路上受累了。"陶晋一时有些发懵，不知这两个人今天演的是哪一出！

"我一个老太太，有啥好累的，不上班，不种地，也就是带淼淼那一会儿。"张一珍自然而然地回答道。

提到女儿，陶晋的脸上有些尴尬，往女儿房间开口喊道："淼淼，淼淼，你在房间吗？外婆来了，过来陪外婆坐一会儿。"

"轻点声，淼淼睡了。下午带她去了一趟游乐场，有点累。"张一珍打断陶晋解释道。

陶晋像是不知如何往下接话似的，过了半天才转移话题说道："妈，晚上您想吃点什么？我一会儿去给您做。前阵子刚学了一道新菜，做给莺子吃，她说味道还不错。今天我便专门买了食材，也做给您尝尝。"

"不忙不忙。"张一珍摆了摆手，依然一脸郑重的表情看向陶晋说道，"小陶，咱娘俩也不是一天两天了，你就不用那么客套了。"

即使陶晋极力表现得热情贴心，岳母的话里依然并不亲热。听到这儿的陶晋，便尴尬地笑了笑，一脸任其宰割的表情坐在岳母一旁，听岳母继续说下去。

"小陶，你和莺子结婚这一晃都十五年了吧？"她不等陶晋回答，又自顾自地说道，"时间过得可真快，你们结婚那天就还跟昨天似的，怎么一眨眼，莺子都成孩子妈了，我也成了一个糟老太太了呢！"

张一珍突然抬起衣袖擦了擦眼角，语气变得急切起来："小陶，咱们一家人也不说两家话，我就实话给你实说了吧，不管怎么样，你妈我是真心为你们两口子好。"

张一珍叹了一口气，似乎在思忖怎么再继续下去似的，停顿了好几秒才又继续说道："我也没有啥好挂念的，除了淼淼这孩子。不过，淼淼的事你也别再自责了。都是天意，咱们拗不过命的。可咱们也不能就这么认命下去。我在想，莺子年纪大了，也不能再生了，但淼淼这个样子又让人放心不下，等我们都百年以后，终究得有个亲人照应着她，我们才能放得下心。所以，想来想去，倒不如，你们俩抱养一个孩子回来？"

"抱养？孩子？"陶晋心里一惊，一脸愕然地接口问道。

"对，抱养一个！"张一珍肯定回答。

"这……"陶晋话里迟疑起来，不知如何继续说下去。

"我已经让几个老家的亲戚在帮着打听了。谁家要是有姑娘未婚先孕，或是……或是生了娃不想养的人家，咱们就抱来，当自己亲生的养。"

"你放心，妈是公家的人，心里有数，绝对不会做任何犯法的事情。只要有这样的机会，妈就帮你争取来。妈知道你和莺子工作忙，也没有精力想这样的事，更不会主动去做这件事。所以，妈会帮着你们，把前前后后的手续都处理利落了……"她说的每一个字都好似已在心中斟酌过千百遍似的，每一个字都铁板钉钉地砸向陶晋，不容他质疑、抗辩，也不容他琢磨、消化，便硬生生地砸进了他的胸膛。

陶晋当然吓了一大跳。他怎么也想不到，岳母竟然会自作主张替他和杨莺把这么大的一件事给"定"了。往好处讲，他确实一直想再要一个孩子，尤其是现在想开了，只要有个孩子在眼前热闹着，维系着他和杨莺的婚姻，至于孩子是不是亲生的，似乎也不那么重要了。

"妈，莺子是什么态度？"陶晋想要从岳母那儿听一听杨莺的态度。

"莺子能有什么态度？我说什么她听什么。"张一珍语气上扬，一脸被小瞧了的模样。

"那她是同意这件事了？"陶晋想要听到肯定的回答。

第二章　剑拔弩张

"由不得她同意不同意，你同意，这件事情我就去办。"张一珍的语气变得更加激昂。

陶晋基本明白了杨莺的态度。以他对杨莺的了解，她没有选择再生一个孩子，自然更不会选择去抱养一个孩子。

稍有思忖，陶晋便认真地对岳母说道："妈，我得谢谢您总替我和莺子着想。不过，孩子是件大事，我和莺子好好商量商量。您也知道，我工作忙，莺子也忙，只养不教还不如不养。更何况，还有森森呢！"

"你这是什么话？工作忙就是不养孩子的理由了？你们没有时间，我有得是时间。就你这个态度，你和莺子的日子真是快要过不下去了，快过到头了。你要是有什么打算，尽管说，我们莺子和森森绝不耽误你。"

"妈，您这是说到哪里去了？我不是这个意思，我是说，这件事情我希望莺子和我一起做决定，毕竟养一个孩子不是儿戏，得认真对待。"陶晋一脸诚挚的表情解释。

"道理我能不懂？我就是想，你要是同意了，莺子她能不同意吗？"张一珍脸色一冷，但语气从刚才的凌厉又变得一下子凄凄起来，"妈也真是没有办法了，不想你们这一个家就这么冰冷，这么散了。以我的性格，能做出这样的事情……唉，也真是没有法子呀！"

"妈，我知道您是为了我们好，我也打心眼里感激您为我们做的这些事情。可您给我们一点时间，让我们好好想一想，成吗？"陶晋的心里其实已经乱成了一团麻。岳母带来的消息，似乎给冰冷的季节注入了一些春风。

3. 战斗就要开始

第二天一大早，陶晋刚刚发动车子准备上班之时，苏兴海打来了电话。电话里的苏兴海语气极为高亢，一腔子掩饰不住的兴奋。说自己下午要陪一个重

沽 金

要的客人到精炼厂，只说是能给精炼厂带来新效益的大客户，还让陶晋做好接待准备。

这没头没脑的一通电话弄得陶晋有些茫然，再加上昨天晚上岳母跟他讲的事情让他心绪难宁。所以，虽说一路上专心致志地开着车，心里实则翻腾出了各种各样的情绪。

就在这些情绪的层出不穷里，他突然想到那本叫作《惶然录》的书。

这是葡萄牙作家费尔南多·佩索阿的"仿日记"之书。虽说早在上大学的时候陶晋便读过，但前几天又翻到此书时，他还是禁不住重新又读了起来。因为他始终不能理解的是，一个人的立场怎能如此变化多端？因为在书中，作者有时是一个精神化的人，有时又成了物质化的人；有时是个人化的人，有时又成了社会化的人；有时是个贵族化的人，有时又成了平民化的人；有时是个科学化的人，有时又成了信仰化的人……

在这其中，当作者成为一个精神化的人时，他希望能够远走，逃离他的所知，逃离他的所有。所以，作者才会说，他想出发，去任何地方，不论是村庄或者荒原，只要不是这里就行。他向往的只是不再见到这些人，不再过这种没完没了的日子。他想做到的只是卸下他已经习惯的伪装，成为另一个自己，以此得到喘息。可不幸的是，作者在这些事情上从来都事与愿违，他不仅从未得到喘息，他还要独自面对突围，并在刹那间的转换中成为另一个自己。

相比这不幸的作者，陶晋的此刻要强一些吗？他们不是同一类人吗？因为所谓的变中有定，异中有同，是看似自相矛盾的坚定，更是不知所云的明确。

刚进办公室，凌瑞峰便敲门进来。陶晋一边利落地换着工作服，一边问凌瑞峰有什么事？凌瑞峰则以请示的语气回答说，下午苏总要带客户来精炼厂的事情他听说了，因为是市场方面的大客户，所以，他过来问问陶厂长要做什么准备，他好安排市场部去做。

陶晋心里一愣，因为苏兴海都没有告诉他哪路神仙要来，可凌瑞峰看样子却完全门儿清。

第二章　剑拔弩张

但陶晋并没有将不快和讶然的情绪泛到脸上,而是以没有任何表情起伏的声音吩咐道:"先照往常客户接待的标准准备。如果有变化,再临时调整。"

所谓的往常标准,就是客人到达以后,先是引到会议室观看宣传视频,听取材料汇报,了解入厂须知后,去车间和黄金展厅参观,最后是诚挚而又热烈的接待盛宴。

虽然做了这样的常规安排,陶晋还是在话里留了点余地。因为他隐隐猜到,这一定是一个分量很重的客户。否则,以苏兴海的定力断然不会亲自陪同前往。而凌瑞峰又提前得知了详情,只有两种可能,一是苏兴海越级调度,二是这个客户和凌瑞峰有着密切的关联。

苏兴海满面春风地从车里探出身子以后,凌瑞峰便不顾身份和形象,一溜小跑地跑到了另一边的车门,身子前倾,手臂用力,一个肥肥胖胖的身子便在他谦恭的呵护下隆重登场。

热烈的寒暄之后,陶晋便基本弄明白了这个大客户的身份。

被苏兴海一路指点江山一般引领着的胖身子,此人姓温名文生,是国内新近兴起的全国布局的股份制商业银行——财富银行的行长。但这位温行长轻车简从,只带了一个随行的秘书。所以,仅从架势来看,陶晋觉得并不像是来洽谈合作业务的,反倒有点回乡省亲的意味。

这个猜测在晚上的接待晚宴中得到了证实。被苏兴海时刻不停地高高敬着的温文生,虽说酒量不行,但酒品极好。三圈下来,便实打实喝进去足有七八两白酒。人一有了醉态,说话便不由得放轻松了许多。凌瑞峰是温文生的远房表弟,在他回老家祭奠母亲的时候被这个表弟截了"胡"。陶晋一直指示凌瑞峰和市场部要开拓新的银行渠道,凌瑞峰便干脆利落地将温文生笼络了过来。但他也知道,即使有着一星半点的所谓血缘关系,仅凭他的能耐搞不定这尊大神。他便越过陶晋,直接请苏兴海出马。没承想,苏兴海和温文生在省城一见面,聊得极为畅快,两个人竟然还有在同一所大学短暂进修过的经历。一来二去,俩人就熟络了起来。借此机会便陪着温文生来精炼厂走了这么一遭。

沽 金

整个接待，陶晋自知不是主角，一直不远不近地站在苏兴海的身后。苏兴海稍有指示，他便提步上前。苏兴海与温文生谈兴正浓，他便始终恭候在其后。

凌瑞峰则一改以往面上的沉稳，跑前跑后地恭称温文生为"温行长"，话里话外都洋溢着浓重的真诚和热情，还有更多的谦卑和恭敬。这个温行长似乎并不在意他，始终称他为"小凌"，而非"凌厂长"或是"小表弟"。

温文生直到最后才表态，等回去以后，会第一时间向行里汇报合作的事。还说东南矿业是国内最具实力的矿业公司之一，精炼厂也是国内实力极强的精炼企业，财富银行刚刚获准进入上海黄金交易所交易，财富的事业想要有大的发展，离不开东南矿业和精炼厂的一臂之力。

聊到了黄金交易，自然便会有一些牢骚话发一发，借着酒话先聊起来的是温文生。他抱怨说，中国虽不是排名第一的黄金资源储备国，但绝对是实力响当当的产金第一国，黄金的消费能力也是首屈一指。凭什么却决定不了整个金价的走势？非得听那几个外国佬在地球的那一端指手画脚！看得出来，他对整个黄金行业极为清楚，话里话外都在愤愤不平。

温文生的话音一落，苏兴海便端起酒杯面向温文生一脸意气风发的表情说道："这眼瞅着中国一天天强大起来，参与到世界中心成为意见领袖也是早晚的事。但今天晚上这么尽兴，咱们不如只谈风月，不谈国事，不讲经济。"

苏兴海的打趣让温文生极为畅快，他没有客套，端起面前的白酒与苏兴海对碰后，便来了一个仰脖干，在场的一干人刹那间齐声喝彩，连称"温行长爽快"。温文生面色红润地坐在那儿，手一摆，一副将相稳在帐中坐的模样，更是引发了一阵叫好的喝彩。

主宾尽兴，隆重的接待便也圆满地落下了帷幕。站在酒店门前，目送苏兴海和温文生乘坐的商务车渐渐融入夜色之中。与陶晋并肩而站的凌瑞峰打了一个呵欠，佯装酒醉，赶忙打道回府，逃避与陶厂长的面对面。陶晋明知也不勉强，笑着说恭送凌厂长起驾。

陶晋的玩笑话引来了林希的笑声，林希的笑声也吸引到了陶晋的注意。陶

第二章　剑拔弩张

晋这才好似突然间发现，原来林希一直都在。从下午到现在，作为市场部的负责人，她一直都在陪同接待。只是陶晋竟然完全忽略了她的存在，会议室、车间以及刚刚的晚宴，都不曾注意过。

陶晋对着林希苦笑一下，他陶晋和所有顶着官帽的人没什么两样，即使他与众不同地穿了一副有情怀的躯壳，可眼睛也只会盯着比自己官大的人一刻不离。他一点不比别人高尚，在耻笑别人一脸谄媚之相，也不过是以五十步笑百步而已。

直至此时，陶晋才突然间明白过来，如果说白天的会议室和车间走访，他不曾注意到林希，而晚上热闹的酒宴他不可能会忽略掉林希的存在。不管怎么说，整个酒桌就林希一个女人，是很容易成为众捧之星的。如此说来，林希应该只是在接待的现场，并不在接待的酒桌。否则，喝酒这件事是无论如何也避免不了的。不说别的，如果说温文生是尊财神爷，那也是市场部首先要巴结的爷，她林希不好好捧着，还离得远远的，这怎么着也说不过去。所以，只有一种可能，滴酒未沾的林希，是一直等候在了酒桌之外。

关于黄金这个东西，恩格斯曾经这样说过，黄金是白人刚踏上一个新发现的海岸时，所要的第一件东西。所以，当现代科技帮助世人解决了找寻黄金的难题之时，渴望财富的人们便盯上了黄金买卖这笔大生意。

温文生提到的黄金交易资格，始自2002年国务院批准的上海黄金交易所挂牌运行。自此以后，中国人民银行对黄金不再实行统购统配的管理政策，黄金的生产、加工和流通全部通过上海黄金交易市场进行，黄金价格也改由市场供求决定。

但从挂牌运营至今，上海黄金交易所一直采取会员制，即能进场进行黄金现货和纸黄金交易的，只能由会员单位按照"价格优先、时间优先"的原则，在自由报价、撮合成交、集中清算、统一配送的交易方式下，自行选择通过现场或远程的方式完成交易。

沽　金

　　但让很多企业望而却步的，却是它严苛的准入资格。截至目前，所有的会员单位加起来仍不足两百家，且主要以国内从事黄金业务的金融机构、从事黄金、白银、铂等贵金属及其制品的生产、冶炼、加工、批发、进出口贸易的企业法人为主。别看不足两百家会员单位，可会员单位中年产金量却占到了全国的80%，用金量占到了全国的90%，冶炼能力也占到了全国的90%。由此可以想见，上海黄金交易所的准入门槛到底有多高。

　　幸运的是，陶晋所在的黄金精炼厂是第二批获准进入的会员企业。现如今，温文生所在的财富银行也获得了入场交易的资格。从某种程度上讲，这也证明了其银行的经营规模和实力。

　　陶晋心里很清楚，温文生的这个话说得对，也说得不对。说它对，是因为目前排名世界第一的黄金资源拥有国是南非，并非中国。南非已经探明的资源储量是3.1万吨，占到了世界全部黄金储量的四分之一。而中国只有近万吨，不过南非的三分之一。可咱们的黄金开采量却是世界第一。

　　再说回黄金这个东西到底是好是坏？陶晋一直认为应该辩证地去看。先不说这风雨几千年的历史进程中，因为黄金而产生的纷争多不胜数。仅就黄金的开采而言，它对环境所造成的破坏，也绝非是简单的文字所能描述的。不仅如此，这些矿产资源又完全是不可再生的。也就是说，道家讲的一生二,二生三,三生万物，应用到资源上面，便只能是一是一，一没了，整个世界便不复存在了。

　　关于这一点，女儿森森还没有出事时，还曾和他辩论过。

　　那一天，刚刚学了课文《只有一个地球》的森森极为认真地对陶晋讲，她觉得爸爸的工作不好，因为一味地向地球索取是极为自私的行为。她还专门将课文念给陶晋听，说："地球所拥有的自然资源也是有限的。拿矿物资源来说，它不是上帝的恩赐，而是经过几百万年，甚至几亿年的地质变化才形成的。地球是无私的，它向人类慷慨地提供矿产资源。但是，如果不加节制地开采，地球上的矿产资源必将越来越少……"可说到这儿的她，又一脸担忧的样子对陶

第二章　剑拔弩张

晋说，算了，还是爸爸去做这件事情好了。因为爸爸是一个有感恩和敬畏之心的爸爸，总好过那些利欲熏心的人拼命地压榨地球这些宝贵的资源要可靠一些。

森森的话深深触动了陶晋，也让他对黄金这个东西产生了更深刻的思考。在这个快餐文化盛行的时代，陶晋很明白，他的思考也仅仅局限于那一刻的感触。和所有人一样，当他不得不汇集在整个时代的洪流中被裹挟着前行时，他和所有人都一样，不仅难以抽身，更难以抗辩。

近百年来，整个黄金的定价机制都是由欧美的银行作为主体进行的。可最近已有消息传来，20世纪70年代便在伦敦开展起黄金交易的中国银行，已经成为参与新LBMA黄金电子定盘的第八家机构。

拨开历史的云雾，我们便会发现，最初的金价定价制度，并非今天的黄金电子定盘。追溯到1919年9月12日的这一天，伦敦五大金行代表首聚"黄金屋"，以封闭定价形成的伦敦黄金市场定价制度，就此成为世界黄金价格唯一统领。作为世界上最主要的黄金价格，它不仅影响着纽约以及香港黄金市场的交易，其余国家也都是据此根据各自的供需情况对金价上下波动的。

陶晋有一次去英国考察时，还曾特别安排去那间位于英国伦敦市中心的洛希尔公司总部，即"黄金屋"所在的大楼去参观。只可惜，未能如愿。当然了，这间专门用于交易黄金的办公室，并非黄金所建，却能左右全世界黄金的"身价"，其秘密就在于封闭定价。

一般情况下，洛希尔公司首席代表会综合前一晚伦敦市场收盘之后的纽约黄金，以及当天早上香港黄金市场价格定出的开盘价，其余四家公司代表则回传各自交易室火速交易，然后把订单汇总看买卖情况，洛希尔公司便根据供求关系最终制定出调整后的开盘价。

可时代的车轮在滚滚向前，五大金行终于有一天还是被巴克莱银行、汇丰银行、加拿大丰业银行、兴业银行和德意志银行五大银行所取代。虽说五大银行仍然采取每日两次的定价机制，但已经改以召开电话会议的形式决定伦敦黄金的基准价格。可惜的是，这五大银行后来因涉嫌操纵金价的丑闻暴露，旧的

沽　金

封闭式定价过程受到世界诟病，伦敦金融部门下决心改革现有定价机制。于是，伦敦黄金竞价电子平台取代了原来每天两次电话定价的旧模式。

虽说还是老时间，却打破了百年老规矩。而中国声音也在这样的改革中进入了世界中心。

一直等到将所有人都送走以后，陶晋和于岭两个人慢慢地往精炼厂的方向走去。

初春的夜晚比白天又冷了许多，小风吹到脸上愈发地干冷，像是要把人吹透一般。陶晋将手插进了上衣口袋，于岭则一边走一边搓着手，嘴里还自顾自地说，这鬼天气，怎么跟又回到了寒冬腊月似的，耳朵都快被冻掉了。这春风也不知跑哪里去了，尽让那北风在这人世间一个劲地逍遥。这春风要是再不来，他于岭可就被冻成地里的田鼠了，只想刨个坑把自己埋起来。

因为于岭提到了田鼠，陶晋一下子想到了那部叫作《土拨鼠之日》的老电影。

土拨鼠日是北美地区的一个传统节日。每年的2月2日，美国和加拿大的许多城市和村庄都会庆祝。自从1887年以来，一代又一代的土拨鼠便一直担负着预报时令的任务。根据传说，如果土拨鼠能看到它自己的影子，那么北美的冬天还有六个星期才会结束。如果它看不到影子，春天不久就会来临。

电影中，土拨鼠日最大的盛会在美国一个叫苏托尼的小镇。这一天，当地最著名的天气预测员"土拨鼠"菲尔会公布天气预测结果。作为一名气象播报员，菲尔每天除了在摄像机前给观众做风趣幽默的天气预报以外，便是多年如一日地在此播报当地的土拨鼠日庆典。

事实上，菲尔对这一节日相当嗤之以鼻，他也已经开始对自己的工作感到了厌倦。

可这一年，当他例行公事完成今年的播报任务之后，急不可待地想要重返家园之时，一场突如其来的暴风雪却将他耽搁在了原地。第二天醒来以后，菲

第二章　剑拔弩张

尔意外地发现时间仍然停留在前一天土拨鼠日，昨日的一切重新上演。惊讶、不信、刺激、狂喜、烦闷、焦虑、不安、绝望、倦怠等各种情绪轮流侵占菲尔的感官。可无论他如何选择度过这一天，他都始终无法再前进一步，他不得不开始他重复的人生。

更可怕的事实是，同样的早间新闻、同样的路人、同样的事，每个人都是新的一天，可只有他一个人在重复昨日。

于是，无奈的他，几近崩溃，开始过起不负责任的生活。一夜情、偷窃……当第二天醒来，可他并未感到快乐。他又开始追求自己的女同事，他用了无数个同一天，对女同事了若指掌，并设计了完美约会。但每当他真正的欲望暴露的时候，总是会被挨上狠狠的一记耳光。之后他彻底对生活绝望了，他为自己设计并执行了无数版本的死亡。但是第二天醒来总是毫发无伤，又开始同样的重复。

直到他慢慢了解到那么多平时让他生厌的普通人，背后都有着不为人知的痛苦。他变得热情、善良，他开始算准重复的时间去帮助需要他帮助的人，他开始用心去雕琢对女同事的爱，并欣然接纳了不断重复的2月2日的小镇生活……就当他与女同事和衣而睡醒来的那个清晨，他惊奇地发现，今天终于是"明天"了。时间重新开始流动，他的爱终于可以不被遗忘。

沉浸在电影回想里的陶晋，不禁在心里暗暗感慨，我们每个人的一生，何尝不是在这样的情绪里面重复又重复着的？或许，只有接纳生活中的所有并改变自己，生活才会为自己改变。因为无论我们是抱怨还是前进，生活都会一成不变地在那儿等着我们。

听到于岭"啊"了一声，陶晋驻足，才发现一只全身毛发乌黑贼亮的狗竟然出现在了他们的正前方。既不知何时而在，也不知静候了几时。与其说它是一条狗，还不如说它更像是一条狼。因为它头大，脖子很细也很长，两只尖尖的耳朵直挺挺地向夜空中支棱着，身后拖着的那条又粗又短的尾巴则往下垂着，黑色的鼻子却又微微上翘。在黑夜的掩映下，立在那儿的它就像一尊发着耀眼光泽的黑丘，让人只望一眼，便被它的威风凛凛摄走胆魄。可偏偏它那两只闪着警惕亮光的眼，就像镶嵌在眼窝里的两个黑色玻璃球，正虎虎扫视着刚刚才注意到它的陶晋和于岭。

与大狗交逢的位置，距离精炼厂只有不足一公里的路程。在村庄尽头拔地而起的精炼厂，紧邻一座不算太高的小山丘，山上郁郁葱葱地长满了各种树木，看上去荆棘丛生，实则错落有致。它们是精炼厂几代员工这些年的栽种和养护下才长大和繁荣起来的绿色。可是此刻，山风有声，树叶哗哗作响，却也只能是即将迸发的这场恶战的旁观者。

陶晋知道，如果想打赢这场力量悬殊的战斗，此刻的他除了按兵不动，并没有别的好法子。因为人和狗不仅无法交流，也不是等量的对手。他能做的，除了等待，便是伺机而动。

这样的僵持似乎过了很久，其实不过一分钟。见面前这两个大男人一脸的凝重表情，大狗竟然轻轻摇晃了几下尾巴，之后便是傲慢地昂着头往路的另一头奔去，只将惊魂未定的陶晋和于岭留在了原处。

4. 无利不起大早

一转眼，便到了"中国黄金与贵金属峰会"召开的日子。将手头工作安排好以后，陶晋便随着苏兴海一起去了北京。

一路上，苏兴海都是兴致勃勃的样子，似乎对自己代表东南矿业亮相峰会且作主旨发言有着按捺不住的兴奋。陶晋觉得苏兴海如此大张旗鼓情绪外露有些不大对劲，可到底是哪里不对劲，他又没有头绪。

原本他还一直奇怪，这么重要的黄金峰会，应该是董事长杨光代表东南矿业露面。杨董去不了，田总去不了，轮到苏兴海这才不奇怪。可杨光为什么去

第二章　剑拔弩张

不了呢？

到了集团大楼，陶晋去拜访一个老同事时才无意中得知，董事长杨光这两个月身体不大好，说是查出了不好的病。但到底有多不好，给陶晋悄悄透露消息的老同事没有深说下去，只说大家伙都不敢声张，董事长本人也没有公开宣扬。

都说身体是革命的本钱，许多人也都明白这个道理。可这个社会在如此快速地发展着，为了更好的生活，为了丰满的理想，人们不停地去攀登一个又一个的山峰，费尽辛劳和力气为了明天而奋斗。于是，等到自己的身体提出抗议之时才会明白，这身外之物不过是虚无。可悔恨却已经来不及弥补身体的亏空，一切都为时晚矣！

这样的情绪绵延在去往北京的整个路途中，苏兴海想发现不了都难，陶晋似乎也不想瞒着。

"小陶，情绪不高呀！怎么了，说来听听。"苏兴海直白相问。

陶晋坦诚答道："在集团大楼里听说了杨董的事，说是身体不大好，心里头便觉得有些压抑，也有些唏嘘。"

陶晋突然便想到了自己的女儿，想到了那些逝去的亲人，还有意外中离去的同事。只见他一脸诚恳的表情看向苏兴海又说道："苏总，您说人是不是很脆弱？脆弱到自己可能都想象不到的程度，一阵风都有可能会把一个人带走？"

"人的命，天注定，胡思乱想有个球用，压抑有个球用？"

没有任何过渡和安慰，苏兴海竟然直接爆了粗口，脸上的神情也好似晴朗的春日里猛地刮来了一股烈风，一下子便把陶晋刮了个清醒。陶晋很快转过神来，马上响应苏兴海说："苏总您说得对，胡思乱想不中用，压抑也没用，还是打起精神过好自己的人生最要紧。"

苏兴海眉头一缓，接过话头沉声说："都说人在做，天在看。人这一辈子所有的福禄，都拜自己的造化所赐。但要我说，那些都是屁话。根本就没有福报和恶报一说。你看，这历史上多少个十恶不赦的人一辈子都活得好好的，反倒

沽 金

是那些一辈子辛苦劳作的可怜人，穷其一生还是衣不遮体、房无片瓦。所以说，人这一辈子什么样的命，能吃多少干粮，喝多少稀粥，穿多少好衫，都是命里早就注定了的。空想或是挣扎，都不管屁用。就好比你小陶这一生是什么样的命，老天爷也早就安排好了。你只需要好好享受该享的福，好好当你的官。当然了，该受的罪，该吃的苦，一样也不要含糊。"

陶晋故意提着嗓子，学着小沈阳的语气："苏总，小沈阳那句话说得好啊！人不能太抠，知道不？人这一生多短暂呀！眼睛一闭，一睁，一天就过去了；眼睛一闭，不睁，一辈子就过去了！"

陶晋的表情和语气将原本一脸严肃的苏兴海逗得笑出声来，甚至还接口表扬他说道："你小陶是个聪明人，一点就明白。好好干，集团不会亏待你的！"

"小陶能有今天，全靠苏总的提携。这一点，小陶牢记着呢。"陶晋也如那些见风使舵的人一般，赶紧捧出一颗赤诚的心亮到苏兴海的面前。这样的话便如春风拂了面，将苏兴海刚刚的凌厉和恼怒彻底一扫而光。在畅快的笑声里，原本压抑而又漫长的旅途突然变得短暂而又愉快。

到北京的当天晚上，在组委会报到之后，苏兴海便带着陶晋去参加了一个饭局。

也算是见过世面的陶晋，在当晚的饭局上还是开了眼界。先不说接待的规格和标准令他咋舌，到场的客人个个非富即贵的身份，也让来自梨州小城的陶晋不自觉地在心里生出一些局促。说实话，在酒桌上坐定许久，陶晋还是有些纳闷。按照常理，第二天便是黄金峰会的开幕式，那他和苏兴海到达北京的头天晚上，怎么着也应该与行业内的一些主要领导作一些交流，或是到重要的竞争对手那里登门换个英雄帖子什么的。毕竟他们代表的是东南矿业，也算是声名在外的大型矿业集团。可苏兴海却兀自来到这个表面看起来八竿子打不着的饭局，不避讳地带着他陶晋，真不知这他这葫芦里卖得什么药！

既来之，则安之。陶晋告诉自己要稳住身形管住嘴，只把耳朵和眼睛用好。

第二章　剑拔弩张

在这样的观察和倾听中，陶晋很快发现苏兴海和这些人其实并不熟。因为一向自傲的苏兴海一改平时的张扬，脸上的表情盛满谦恭，在席间频繁地敬酒示好，姿态摆得极低，与他平时的飞扬判若两人。如若不是亲眼所见，陶晋还真不敢置信。

陶晋还注意到，端坐在主客位置上的，是一个长得肥头肥脸，一身名牌包裹出一身奢华的中年男人。大家都叫他蒋总，他似乎便是与苏兴海有交集且邀请苏兴海赴宴的人。

再往细里去看，陶晋又弄明白一件事。这肥男人蒋总还是今晚这个局的撮合者，在座的各路神仙都是应他的邀请盛情而来。似乎是为了结识主副宾，又好像只是为了饭局而赴局。这些人看着似乎都各不相干，却在瞬间火热结盟。

陶晋整个晚上认真听下来，看下来，便也最终明白了这个饭局的前因后果。

席卷全球的金融风暴给矿业带来了巨大的冲击和挑战，这不仅使得矿业发展受到严重的制约，也使得一些小的矿业主受到致命冲击。而国际矿业资本市场上受到的冲击则更为致命，几乎和国际投行一样，完全丧失了融资的能力。风险勘探公司大部分停摆或破产，在澳大利亚甚至出现了房地产好于矿业的情况。

当然了，胖男人蒋总在整个局中并没有开门见山地直奔主题，只是本着江湖行走，全靠朋友的本意，让看似不相干的客人们互相交换名片，多个朋友便多条出路。但随着气氛的热烈、酒局的深入，大家伙的话题便全都集中到了这次宴请本该去往的地方。

有的人在感慨，说这矿业和金融行业一向都是息息相关。因为做矿业不仅仅是提供原料，而是在经营实体经济的流动性。这便与金融经济的流动性极为相似，也密不可分。所以，一定要把金融风暴与矿业发展战略、矿业改革紧紧联系起来。这绝对不是牵强附会，而是切中要害。因为矿产资源行业是这次金融风暴在实体经济中的"风眼"，石油价格几乎成为世界金融流动性的标尺，就是最好的证明。

沽　金

有的人则这样说，这次金融风暴告诉我们，矿业企业的发展战略必须要变"摸着石头过河"改为"迎着风浪打桩"，必须花费大资金、大气力、大勇气去打好基础结构的"打桩点"。基础结构说白了，指的就是兵马未动，粮草先行。而在矿业市场，粮草就是资本。

陶晋寻声望过去，这个男人长得一脸官相，定是行业内小有身份的领导，否则，不能这么语气笃定地谋划和定局。

陶晋承认矿业的确具有很强的金融属性，但他却不能完全认同此人所讲的"打桩点"指的只有粮草。在陶晋看来，如果不先改革机制，只是简单地扩大矿业投资，很有可能便会出现占住管不好，占住守不住，占住资源丢掉人心、弱化国家地位和声誉等种种问题。而最坏的可能便是，矿业很有可能成为下次金融危机，甚至政治危机的触发点。

说起这矿业与金融和虚拟经济的关系，陶晋在进入这个行业的最初时期便已经知晓，它们三者的结合一般要通过三个层次：即矿产品的价格通过商品期货市场发现、确立，商品价格直接影响矿业公司矿产资源的资产价值；国际矿业公司都是上市公司，矿业公司的市值及其融资能力通过股票市场以及矿产品市场价格叠加实现；国际矿业公司的股东核心成员是金融机构或基金，一旦矿业资产流动性充斥，矿业便容易形成泡沫，因为许多基金迅速撤资，矿业公司资产缩水便一定是必然。

当然了，凡事都是一把双刃剑，这也正是矿业战略和机制改革的现实意义和历史意义。但陶晋更明白的是，这样的重大决策决非他等之辈的建言所能左右的。既然一直在说胡思乱想不中用，倒不如啥心也不操，只管在当晚的饭局中吃好喝好便罢了。

可有的人似乎吃不好也喝不好，因为他们端着酒杯站起来说话时，明显底气不足，不仅没有附和高端的言论，反而是堆满一脸谄媚的笑，在自嘲中作着一番赤裸裸的推销。说自己小本经营了几个矿，原本以为穷人一乍富，就能过上地主家的好日子。可谁知，这金融风暴说来就来，连声招呼都不打。现如今，

第二章　剑拔弩张

别说吃香的喝辣的了，就连身上这最后一层遮羞布都快被风刮跑了。所以，还恳请各位大侠发发善心把他们给收了。

这样的话竟然引发当场宴请中的第一次小高潮。大家纷纷取笑打趣说，倒不如让风给刮个干干净净，反正这人本来就是赤条条地来、赤条条地走。还有的说，有钱人的钱也不是大风刮来的，不能什么样的矿都买，谁也不能干赔本的买卖。更有的人说，谁买谁卖全凭蒋哥牵线安排，蒋哥不出面，好东西也得砸手里。但蒋哥一使劲，坏东西也能卖出好价钱。

被高捧着的胖男人蒋总便一脸打"哈哈"的表情，说全凭各位捎带着让他发了一点小财。以后呢，还得继续倚仗各位，共同致富，共赴前程。今天这酒席，就是吃好喝好混个脸熟。谁私下有意愿，单独安排。他一定尽心尽力，把所有事情处理周全。

这场饭局的核心就是"买"与"卖"的牵线。买的这头是资本，卖的那头是资源。那个蒋总便是这买与卖的中间人，他赚的除了好处费，有可能还有中间的差价。否则，谁会无利起个大早？

知道了中心思想，坐在那儿的陶晋更是一脸没有心事的样子，只管自己的好吃好喝。因为苏兴海一副乐在局中的样子，根本用不着陶晋去尽丁点为人下属的本分。

虽说苏兴海并不是当晚这酒局的重心，但陶晋看得出来，苏兴海之所以热衷此局，并非为了那些毫不起眼也没有真东西的矿山，他似乎是想要争取一些资本上的支持。

可苏兴海要资本的用途是什么？是为了东南矿业还是谋自己的私利？

陶晋看不大明白，但心里清楚的是，资本市场绝对不是人为可以操控的，不仅仅因为这样类似的游戏在整个市场上已经太多，而是因为凡是伸手必被捉自古以来便是真理。只可惜，还是从不乏胆大妄为者。

不久前，便有一个活生生的例子在严厉的惩处中刚刚尘埃落定。这个顶风作乱的企业，是国内某家著名的矿业公司。他们以增发股份的形式，收购了一

沽 金

个评估价值高达 15 亿元的铅锌矿矿山。收购完成后，该矿业公司的控股股东拥有的本企业的持股比例由 9.27% 大幅提高至 21.88%。但游戏的开局之时，谁都不曾想到，这样的交易其实只是几大股东联手上演的一箭双雕的好戏。他们在这样的交易过程中，不仅获得了更多上市公司的股份，也哄抬了股价。而被收购的这个矿山，在被收购的半年前，资源储量还停留在负值。不过半年的运作，负的 398 万的价值便在收购时飙升到了 15 个亿。

游戏的最开始，确实遂了这些股东的心愿往前发展。因为收购的公告一出，该公司的股价便立刻出现了飙升。在连续拉出两个涨停板后，第三天开盘出现了一个小时的特停。虽然打开涨停板，但全日依然上涨 5.5%。随后的几个交易日，一直处于横盘整理的状态，但股价还是较停牌前的价格上浮了约 30%。

不是说了伸手必被捉的吗？游戏的推进速度很快，快到该矿业公司各股东之间复杂的关联关系迅速浮出了水面。可令调查机构更震惊的是，这张细密的利益之网的关键竟然是信托！可信托却并不是这次收购的唯一资金来源。事实上，参与此前定向增发的股东，将股份质押之后的用途，竟然便是又向该公司发放贷款，贷款的用途便是用来收购。

从定向增发收购矿山，换来股价上涨，然后增发后的股东将股份质押给信托公司，将资金注入回第一大股东，第一大股东再收购矿山，注入上市公司，股价再度上涨……这样一个早已设好的连环套，这样一个在 A 股市场并不少见的资本游戏，却总有人一次次铤而走险。

即便如此，陶晋还是愿意相信，并没有谁真心地去作局，也没有人想要谋取不义之财。只不过……只不过怎样？陶晋突然发现，他其实说服不了自己心甘情愿地相信，相信一切游戏都不会有开始，也没有哪一枚棋子会自甘堕落。

就在这时，苏兴海突然引着胖男人蒋总稳稳走到了陶晋的面前。有些意外的陶晋，赶紧站起身来，同时将酒杯端到手中，一副谦恭的样子等待苏兴海发话。

"蒋总，这是我们精炼厂的陶厂长，今天专门把他带来，就是想落实您上

第二章　剑拔弩张

次的指示精神。"

"指示可不敢当，就是有点黄金原料，想兄弟们一起赚点零花钱。"胖男人蒋总纠正说。

"蒋总您太客气了。在您眼里，这些都是摆不到台面上的零花钱，可在我们这些土老帽的眼里，可是足够我们吃喝好几年的金山银山呢！"

"都是兄弟，一起发财，一起发财。"胖男人蒋总打着"哈哈"又说。

"对，一起发财。"响应此话的苏兴海将目光定在陶晋身上后，一脸认真的表情叮嘱，"陶厂长，你要当成天大的事情去办，还要办得利利落落、漂漂亮亮的。要是有丁点差错，我可拿你是问！"

"苏总，你可别把小陶吓着了。什么是问不是问的，你苏老哥带的兵，还能是水军不成？"

"看看，蒋总就是水平高。来来，为了能被蒋总带着一起奔向致富的康庄大道，干杯。"

苏兴海率先举起杯子碰过去，一直恭身站着的陶晋也赶紧把杯子碰过去，三杯相碰，一饮而尽，便像结了盟誓了约一般，三人相视而笑，愉快的合作好似有了最良好的开端。

陶晋已然完全明白，胖男人应该是有一些黄金原料需要回收，苏兴海让他跟来，就是为了让甲乙双方牵上线搭上桥，将剩下的事变成公对公的事，他自己便撇干净了。如此分析，这些黄金原料十有八九有问题。否则，大可不必费此心神。

酒局结束之后，陶晋便与苏兴海一起回到酒店。坐在出租车上，苏兴海一直哼着小调，一脸喝得极为愉悦的兴奋，偶尔与陶晋说两句八竿子打不着的闲话，完全没有丁点喝过量的迹象。可一回到房间，苏兴海的脚步竟然哏呛了一下。紧随其后的陶晋赶紧一个急步去扶，却没能来得及，苏兴海已经直挺挺地倒在了床上。

"我没事，你睡去吧。"

沽　金

陶晋回到房间躺了一小会儿，翻来覆去睡不着，站起身远眺这个欲望都市。不经意间瞥到酒店门口，苏兴海正矮身进入一辆黑色奥迪，车子随即迅速滑行出去。

如果不是亲眼所见，陶晋真不敢相信。苏兴海装醉，是使了障眼法把陶晋打发了。苏兴海狡兔三窟，这里居然也建了私人空间。至于什么事情，他不想让陶晋知道，更不想让陶晋参与。

第二天的峰会，极为顺利。在整个峰会，苏兴海的发言算得上极为高瞻远瞩，见识也极为独到。他从准确把握黄金的功能定位、牢牢把握新的市场发展机遇、加快向现代化矿业运营企业转变这样的三个层面，深刻地阐述了黄金及贵金属的发展趋势与前景，也对东南矿业在中国经济新常态下的主要发展思路和应对措施进行了简略的介绍。还特别对东南矿业将如何聚焦黄金主业，如何推动产业与金融、资源与资本、国内与国际市场的三个深度结合，做了详细而又大胆的阐述。

陶晋不得不承认，他弱苏兴海太多。他这个精炼厂的小厂长只能考虑自己这一亩三分田的事情，不会考虑如何布局谋篇。

峰会结束以后，苏兴海便带着陶晋与行业内的一些大咖展开了互动。有人说东南矿业这几年发展势头迅猛，有望上市；有的则直接对苏兴海本人进行高度褒奖，好像他们都一字不漏地认真听了他的发言一般。互动环节中，苏兴海情绪高亢，一脸的春风得意。

一个女人的出现打破了和谐局面。这个女人看上去就不一般，大概三十来岁，相貌不俗，身材比例匀称，保养极好。只是身着色调温暖的雍容华服，脸上却始终冷若冰霜。苏兴海回应的时候，神情不自然，脸色变得很尴尬，由此看来，俩人关系非同寻常。

没有互相介绍，苏兴海便支开了陶晋，并随着女人往会场外面走去。再然后，苏兴海便失了联。也不算完全失联，因为他走后大约一个小时，给陶晋打过一个电话，指示陶晋先回梨州，他有事要耽搁几天。可没过多久，他又发来短

第二章　剑拔弩张

信，让陶晋等他明天一起回。陶晋猜不出苏兴海这前前后后的真正意思。

如此倒也合了陶晋的小心思，一直想回母校看看，可哪次到北京出差都是来去匆匆，像此刻能够空出整整一天的时间，却还是头一回。

母校变化很大，原来的红砖旧瓦都被整幢的高楼代替，无论是教学楼还是图书馆，抑或是学生公寓，都不再是陶晋熟悉的模样。包括陶晋最喜欢的那个露天电影广场，曾经在无数个夏夜陪伴过他，也没了踪影，取而代之的是豪华而又气派的会议中心。

因为过去熟悉的一切变得无比陌生，因为被落寞和孤单的情绪所浸染，闲走在校园里的陶晋在那一刻说不出来的难受，无从发泄。也就是在那一刻，他突然明白，许多事情过去就是过去了，包括时间，包括记忆，一切过去的都不能再来，此刻也已经成为刚刚过去的此刻。陶晋除了闷头往前，别无他法。

就在这样的情绪四散到不能自抑之时，苏兴海突然打来了电话，劈头盖脸便问陶晋在哪里？当听到陶晋正一个人在母校里四处闲逛时，他的语气松弛下来，说刚把事情忙完，下午和陶晋在机场汇合，已经安排秘书将机票改签到了晚上，晚饭就在机场随便解决一下。

一个电话终结了陶晋所有的思绪。这出差真不是好差使，累死老子了！领导失联一晚上，他只能死等，无法自主。无法问，全靠猜测。苏兴海作为堂堂东南矿业的副总经理，竟被一个女人偷了魂魄不成？

只是一天一夜未见，苏兴海像是老了许多似的。因为走得太急，机场候机楼前的风将他的衣摆吹得老高，更显得风尘仆仆，一脸的疲惫不堪。

赶紧迎上前去的陶晋，一边接过苏兴海的行李箱，一边寒暄道："苏总，您辛苦了！"

苏兴海脚步未停，侧脸与紧随其旁的陶晋目光相碰，一边兀自解释说道："昨天遇到一个老朋友，叙了叙旧，又谈了谈合作的事情。因为与精炼厂的业务无关，便没叫你，想着让你好好休息。我可知道，这出差才是放假。要是在厂子里，你天天围着车间和员工转，哪能睡一个好觉？"

沽 金

陶晋也不辩驳，只是顺着苏兴海的话说道："苏总您太了解我了，我就指望着出差补个好觉呢！"

"你我都是苦命人，不这么个劳累法，心里还真不能安生。谁让咱们干什么都讲究'认真'二字，还又特别看重这张薄薄的脸皮。不过，话又说回来，再忙再累，再过十年也都是街上闲走，什么用也不顶了。"苏兴海突然将脚步停下来，直转身子看向陶晋，像是求证似的："对了，小陶，如果我没有记错，你今年四十二了吧？还是年轻好。等你到了街上闲走的年纪，我恐怕早去见马克思了。"

"苏总您这么年轻，嫂子又把您照顾得这么好，就算再过四十年，您也是身体倍儿棒吃嘛嘛香。"陶晋明显感觉到了苏兴海满腔满腹的不痛快在胸口撕裂挣扎，将两个人故意声张的热烈和客套变成了尴尬和阴郁。

在候机厅吃过晚饭，陶晋和苏兴海要了一壶红茶，两个人有一搭没一搭地一边喝茶一边闲聊。突然，苏兴海眉头一皱，用手往腹部按了按，急急站起来后，快步往候机厅洗手间的方向小跑。走得着急而匆忙，苏兴海原本一直放在桌上的手机便忘了拿。不仅仅是忘了拿，而是毫无遮掩地留在了陶晋的视线里。苏兴海前脚刚走，他的手机便提醒有信息到达。在不由自主地被吸引过去的目光中，陶晋看到了一行他不该看到的话。

"你刚走，我就想你了。"

该是昨天的那个女人吧？苏兴海的神色不安是因为欠了情债呀！可从表象分析，那个女人该是商场上极为凌厉的女人，身家自然也不会太单薄。这样的女人还会真心情迷一个半老头子？更何况，苏兴海长得又是那种不挺拔也不英俊的男人。如果从权力的角度而言，仅凭女子的条件，应该去攀更高的枝，绝无可能自降身份去从了苏兴海呀！

陶晋赶紧往咖啡厅的入口方向看去，万一被苏兴海察觉，一向多疑的苏兴海定会联想到自己的手机。如果真是那样，那便满身是嘴也说不清了。

万幸至极，苏总还没有解决完自己的问题。可刚将目光转移回来的陶晋，

第二章　剑拔弩张

突然间又看到手机屏幕再次亮起来："事情已经处理妥当，资金也按苏哥安排办好，请苏哥放心。"

发件人是史宏鹏。果不其然，精炼厂的新客户史宏鹏和苏兴海，有着非陶晋之力所能掌控的利益纠葛。所以，苏兴海铁了心帮史宏鹏说话便也毫不奇怪了。如此明目张胆，如此毫不顾忌，还是让无意中读到这则短信的陶晋莫名地打了一个冷颤。

越想越害怕的陶晋，赶紧甩甩自己的头，命令自己从这一刻阴暗而又复杂的心思里逃离出来。可将小小的咖啡厅前前后后看了半天的他，心绪依然难以平静。干脆从包里拿出随身带着的书，准备在文字中沉浸一会儿，让原本平静和坦然的陶晋回来。

苏兴海"咚咚"的脚步声从耳边响起，陶晋赶紧起身去迎接并关切问候。苏兴海摆了摆手，表示无碍，顺手将放在桌上的手机拿起来，一脸风轻云淡的表情将手机看也不看地揣进裤兜。一直留意着苏兴海神色和动作的陶晋，心中长松了一口气，好像终于过了那个艰难的关口一般。

又坐了一小会儿，机场便广播飞往东南的航班开始登机。苏兴海先站了起来，陶晋则紧随其后。苏兴海甩开膀子走在前面，陶晋则拉着行李箱跟在后面。

这样随苏兴海一路走着的陶晋，脑里突然闪过这样一句话，大意是不必太纠结于当下，也不必太忧虑未来，当你经历过一些事情的时候，眼前的风景已经和从前不一样了。

5. 举报信风波

从北京回到精炼厂的第二天，陶晋收到一封从上海寄来的邮政快件。陶晋当时正和凌瑞峰、于岭、张井然等人在自己的办公室开着小会。办公室把快件送进来以后，他随手便撕开了信封。可当他眉头一皱，下意识脱口说出"举报

沽 金

信"三个字时，信便毫无遮拦地暴露在了精炼厂最核心的经营班子面前。

举报信中写得明明白白，说市场部经理林希和财务部经理张大禹早已被客户史宏鹏用金钱腐蚀。他们狼狈为奸，弃企业利益不顾，一心为他人谋私利。信中还将其中一次违规交易的过程说了一个详尽透彻。

信中称，去年5月21日，客户史宏鹏往精炼厂在上海黄金交易中心的账户汇入款项114540元，定价标准投资金300克。交易员王元按照客户的要求办理完成以后，史宏鹏又通知王元再次定价200克。但这一次，他没有继续来款。当天下午，大盘刚开，他便又在未来款的情况下，定价了500克。这些定价，市场部经理林希均通知王元进行了买回操作，但史宏鹏并没有补上不足的购金款。当天，史宏鹏还提金400克。但提金单据上没有客户本人的签字，提货人处的名字是由市场部工作人员代签的……到了去年年底，市场部经理林希与财务部经理张大禹私下合计，要把史宏鹏违约的账目处理干净，他们便将上述未来购金款的700克定价金，通知第三方客户汇入41900元，精炼厂户转入221760元至交易中心后，从交易中心账户提走黄金700克转入精炼厂外购户。于是，交易中心账户平，精炼厂史宏鹏外购户来料700克，账面显示预付款金额221760元……

于岭一脸不可置信的表情，率先开口说道："林希不像是会干这种事的人，张大禹也是我们自己提拔起来的干部。我觉得这事蹊跷，说不定其中还有诈。在没有调查清楚之前，这事还是先稳着点好。"

"于厂长说得对，咱们不能凭一封信就怀疑下属的忠诚，这样会让人寒心的。"张井然同样不相信。

"陶厂长，市场部是我分管的，对于林希经理的为人处事，我是信得过的。我也不相信这封举报信的内容就是铁板钉钉的事实。这事想要弄明白，其实很简单，查一查当天交易的账户记录，查一查当天交易的电话录音，再把去年的账目查一查，事情就能明白了。"凌瑞峰建议。

因为行业特殊，精炼厂所有的办公电话、电脑都是有后台监控的。为了确

第二章　剑拔弩张

保万无一失，除了厂内的办公平台，所有的网站、社交工具也都是被禁用的。所以，按照凌瑞峰的建议去落实，是能查一个水落石出的。

"客户款项不到就进行连续定价，也不及时对黄金进行定价的平仓处理，这属于严重违规经营。这事必须查，认真查，严肃查。如果说查出来市场部违规，财务部也与市场部狼狈为奸，业务监管不到位，存在严重风险，这事的处理同样要严肃。"陶晋要求于岭和李晓韵对这件事情进行联合调查，指示说："一是要快，尽快得出结论；二是要准，决不放过，也不冤枉。没有问题最好，只要查出问题，绝不姑息。当然了，为了确保人心稳定，也不伤害和冤屈一个人，这个调查要暗中进行，不要惊动当事人，有了基本的定论再说。"

于岭和李晓韵对看一眼，同时说了一个"好"字。陶晋点点头，沉吟片断并与在座各位的目光一一对碰之后，一脸若有所思的表情又说道："今天既然聊到这件事情，我有个想法，不妨与各位商讨一下，看有没有必要推进一下？"

众人一番附和后，陶晋沉声说道："咱们厂的部门设置对照基本业务，应该算是十分健全的。但今天这件事，给我们再次提了一个醒，如何才能及时规避这些生产和经营中的风险，通过什么机制来预防、监督、考核？我个人觉得，有必要成立一个风险控制部，专职做全体员工和各部门的风险管理。成立部门的同时，还要跟进一件事，那就是实行业务人员风险金管理制度。"

"风险控制部？"

"风险金？"

众人面面相觑，但脸上明显掩饰不住的兴奋，被陶晋一一收进眼底。

"对，就是成立风险控制部，实施业务人员风险金管理制度。"陶晋肯定回答。

"风险控制部好理解，但风险金是何道理？"张井然问。

"这风险金就好比古代的质子，是有说法的。"陶晋脸上一笑。

他所讲的风险金，便是类似于古代的"质子"。也就是说，凡是与业务相关的人员，无论是厂级领导还是部门经理，或是普通员工，都要按月从工资中抵扣风险金，以此约束和规范业务风险。如若本岗位、本部门全年没有一起风险发生，年底统一结算，双倍返还按月扣还的风险金。这样一来，一是有了警戒和约束；二来有了双倍返还的激励，与业务相关的风险便能得到有效控制。

"这个主意好。"

"还是陶厂长深谋远虑。"

陶晋明明白白的一番解释让众人瞬间兴奋并纷纷叫好，可于岭却突然一脸迟疑的表情问："这风险管理的法子，确实是好。可集团上下还没有哪个企业有类似的部门和制度，就连集团也只有一个审计部。业务没有归口管理先不说，第一个吃螃蟹合适吗？"

"于厂长的担忧有道理。但不能因为没有垂直的业务管理上级，就不做这件事了。成立这个部门，我考虑了很久。基于咱们精炼厂的业务特点，大额的资金进出，大项的黄金出入，凡事多想一步总比少想一些妥当。"陶晋表示了赞许，但也提出了自己的看法。

"有部门就得有部门负责人。这部门经理的人选，不知陶厂长的意见是……"凌瑞峰没有绕弯，直接开口问道。

"对呀！这部门能不能真正发挥作用，部门人选也是一个关键。"于岭也说。

"老办法，竞聘上岗。竞聘上岗是咱们东南矿业的老传统，我们大家伙都是通过竞聘上的岗。只要发了英雄帖，便不愁没有英雄来揭榜，这事不用担心。"陶晋胸有成竹地说。

"可这事还是稳妥一些好，先向集团打一个请示，批了再办也不迟。"一向对繁章缛文不敢马虎的于岭再次建言。

陶晋听了于岭的建议说了一个"好"字后，又指示说道："如果大家伙都没有什么意见，办公室就拟一个请示文件，咱们各位都会签一下，直接报到集团。待集团一批准，咱们便马上杏黄大旗招英雄，聚义上山鬼神惊。"

陶晋借用《水浒传》梁山聚义厅前那面杏黄大旗的威风，将风险管控其实就是伸张"道"和"义"说了一个慷慨激昂，众人不禁个个拍手叫好，一副佩

第二章　剑拔弩张

服崇敬的模样。

待所有人都离去以后，陶晋稳了稳心神，再次将举报信拿到手里认真端详起来。但说实话，因为是电脑打印，又是匿名举报，仅从信件上完全看不出一二。

陶晋又将信封拿到手里端详，很明显，寄信人的所有信息一看就是胡乱写下的。否则，怎么还会有人起名"路不平"？这明显就是在暗示路见不平，拔刀相助。

陶晋暗自分析，这举报人或许就来自驻上海交易所的员工。要不然，这么详细的交易细节不可能说得明白。当然了，能像撸串似的，一下子把市场部经理和财务部经理这两员大将撸下去的本事，也绝非人人都能有的。仅通过一封举报信，更不可能实现。先不说凡事都要有理有据，仅是信中举报的交易数额，也只能是对当事人作一个经济上的责罚。再严重一些，不过便是停职处理，伤不了筋骨。但这却暴露出一个问题，那就是精炼厂现有的品牌金的销售管理规定执行不严，还有可钻的漏洞。比如连续定价和定价平仓的处理、零售代办客户的提金限额、代办业务的授权管理、财务部对业务真实性的审核把关……这一系列的问题，都需要管理者瞪起眼睛来好生瞅着，因为笔笔都会涉及企业利益的损失。只要扣上一个大帽子，当事人也罢，管理者也好，个个便都脱不了干系，都得吃不了兜着走。既然如此，便一定要防患于未然。

正这样想着的时候，潘云芳敲门进来，一脸愤怒的表情，没有客套，开门见山便说道："陶厂长，我得向您汇报个事情。"

一见潘云芳的样子，陶晋大体已经明白，这是又有人给了小潘委屈。想起前阵子她还想要向陶晋倾诉，但一直没有再来找他，陶晋还以为风平浪静了。看来，这风还在海上刮着呢！

"有人惹你了？"陶晋朝沙发指了指，示意潘云芳过去坐下，同时开口笑着问道。

"陶厂长，你不要信那王元胡说八道，我们林经理根本不是那样的人。如

沽 金

果说全厂只剩下一个人一心为公，两袖清风，那个人也得是我们林经理。当然了，还有您陶厂长。"

"这一二一的，把我弄糊涂了。说吧，王元怎么了？"陶晋还没将事情联想到举报信上。

"王元不是给您寄了一封举报信吗？他信上说的，都是他胡编乱造的，不是事实。您可别信了他说的，冤枉了好人。"潘云芳一脸的着急，话语也像机关枪一样急急地往外突突着。

"举报信是王元写的？"陶晋一愣，一脸不相信的模样，盯着潘云芳重复问。

"这还能有假？他亲口跟我讲的。"潘云芳鼻子里"哼"了一声后，又继续说道，"他就是想搞臭我们林经理，因为他最近犯了好几次工作上的失误，很大的失误。林经理便在部门内部给了他一个通报批评，还扣发了他很多绩效工资，他便因此怀恨在了心，想要借机报复。但他说的那些事，都是些子虚乌有的事，根本不是什么事实。"

"你怎么知道得这么清楚？"陶晋一脸若有所思。

"这个……这个……能不能不说？"潘云芳的语气一下子弱了下来，乞求道。

"不方便讲吗？"陶晋没有直接回答，而是发声询问。

"那个……那个……也没什么不方便。既然我都给您讲这么多了，也不怕再讲多一点。"潘云芳像是突然鼓足了勇气，准备豁出去似的，一脸大义凛然的表情看向陶晋解释。

原来，王元是潘云芳的男朋友。不，已经是前男友了。王元把举报信寄了以后，心里有些后悔，便找潘云芳拿主意。潘云芳这才知道这家伙干了一件这么下作的事情。本来吧，两个人分也都分了。分的原因很简单，因为潘云芳的舅舅，也就是田德志一直想让自己的外甥女在梨州当地找个人嫁了，以便照顾家里。这也是潘云芳之所以会到精炼厂工作的主要原因。潘云芳和王元恋爱这

第二章　剑拔弩张

事，除了林希经理，谁也不知道。可潘云芳想着王元一直在上海，回不了梨州，他的家又是南方的，再加上相处的时间一长，她觉得两个人并不是很合适，便提出了分手。王元不依，还想当然地猜想是林希从中间捣了鬼使了坏，因为只有她知道他们恋爱的事。于是，一不做二不休，便干了这么一件不地道的事。

陶晋有了三种截然不同的猜测。猜测一，这是小孩子过家家，彼此闹脾气的恶作剧；猜测二，潘云芳在这里欲盖弥彰，王元的初衷绝非如此简单；猜测三，这只是潘云芳自己的想当然，事情远比她知道的复杂太多。

"小潘，你也别着急。不管是不是王元写的举报信，我们已经接到了举报，便要按照正常的程序作一番调查，最后依据调查的结果做出最公正的处理。不管是真的还是假的，这事的结论现在还给不了。你明白我的意思吗？"陶晋说。

"道理我都懂，只是替林经理委屈。"

"说不定这也是件好事，正好把林希经理一向秉公从不偏颇的形象升华拔高起来。要不怎么说是福不是祸，祸兮福所倚呢！"

"也对，凡证真先证伪，说不定就成好事了。反正我们林经理经得起查，也经得起背叛。我信她，就像信我自己一样。"潘云芳眼神一下子晶亮起来，自信十足地看向陶晋。

"好，我老陶也信你。"陶晋以宽慰的语气继续说道，"这事是不是就告一段落了？你呢，也回去和王元好好谈谈。年轻人谈恋爱，这分分合合是很正常的事情。又不是什么苦大仇深，何苦搞得跟仇人似的？"

"我知道了。不过，陶厂长，这件事您可不能给我舅舅说呀！我舅舅知道了，我妈也就知道了。您也知道，我妈身体不好，我可不能惹她生气。还有，能不能不要处罚王元了？"潘云芳猛然想到此事的后果，赶紧央求。

"放心吧，这事咱有觉悟，谁让咱们才是一个厂壕的战友，要一致对外才对。至于处罚王元，我可没有什么好理由。他与举报信有关系吗？"陶晋说笑着将潘云芳的紧张情绪平复下去。

"什么举报信？我可不知道，王元也不知道。陶厂长您放心，这事到我这

沽 金

儿就到头了，我一定好好教训王元，绝不让这家伙再做不靠谱的事。"

"对，这觉悟才像我老陶带的兵。"陶晋应声夸赞。

可潘云芳刚准备拉门出去，却又将脚步止住，回转身子，咬着嘴唇一脸纠结的表情，以犹豫不决的口气对陶晋说："其实还有一件事想对您讲。不过……似乎也没有火烧了眉毛。算了算了，不给您添乱了。"

"一个小姑娘，这天天哪来那么多忧国忧民的情绪。赶紧回去坚守岗位去。你这个岗位多重要，你可比谁都更清楚！"陶晋故作威严下着逐客令。

谁知，陶晋的话一落定，却像是坚定了潘云芳的决心似的，她反而把身子绷紧站在原地，一脸正义凛然的表情说："正因为我知道岗位的重要性，所以……我还是得给您说说。"

"怎么，这才几秒钟的功夫，火就烧到眉毛上了？"

"好吧，火没有烧到眉毛，就是把裤脚给燎着了。"

"那就说来听听吧！"陶晋知道这个小丫头是打定主意要向他叨叨一番了。

"我吧，其实在这个岗位上干得还算开心，如果仅就工作本身来讲。"潘云芳挠了挠头，朝陶晋作了一个鬼脸后，马上又将表情变得严肃，"就是不想被同流合污这一点，特别窝火。"

"怎么叫同流合污？"陶晋询问。

"您也知道，我手里的这支笔吧，也算是有点能耐的笔。客户来了多少金子，定价的量是多少，支付了多少款项，保证金的比例和金额变动情况等等，都在我的这张表格上。于是，就有人瞅上了，就想让我和他们勾结到一起，动动手脚，改改小数点，变变百分比什么的。我不用说，您应该也知道是谁想赚这个便宜吧？"

"我可不知道，还得您明示呢！"陶晋故意笑着反问。

"唉！陶厂长，真替您担心。那天我舅舅来我们家，我还跟他发了一通牢骚呢！"潘云芳突然换了话题，这样说着的她，用左手按住右手的关节，使劲一掰后，一声骨节碰撞的声音便清脆地跑了出来，这动静倒把陶晋吓了一跳。

第二章　剑拔弩张

"你这牢骚可不少呢！"陶晋不自觉地被潘云芳的动作吸引了注意力，但他的嘴上还没忘了朗声取笑一句。可能正是因为潘云芳是田德志的外甥女，田德志又是提携自己的老领导，所以，陶晋和潘云芳之间谈话的氛围总是轻松多过拘谨，随性多过客套。

"我替您抱不平呢！我对我舅舅说，真不知这厂长的位子有什么好的，那么多的坏人想铆足了劲把您拽下来，他们好爬上去。但我知道，没有人能把您拽下来。原因很简单，邪不压正。您往那儿一坐，凛然的正气就腾腾地直往上涌。"潘云芳继续说。

"你这个小姑娘，你到底要说什么？一会儿东，一会儿西，你这跳跃的思维，我这个老家伙可是跟不上的。"陶晋好似真不明白潘云芳想要说什么似的，故意质问。

"嘻，我哪有跳来跳去？我就是对我舅舅讲，主要是对您讲，您要防着凌厂长，防着张大禹经理。这两个人，不是什么好东西，早就勾搭成一条绳上的臭虫了。"潘云芳突然直刺刺地把中心思想交代了一个明明白白。

"无凭无据，不可乱说。"陶晋收起满脸的笑容，很严厉地批评道。

"我才没有胡说，我有道德底线。这事我对任何人都没有讲过。"潘云芳小声解释。

"这事我算是知道了，但仅限于此。小丫头，赶紧回去好好工作吧。干好自己的工作，管好自己手中的笔，看好自己的粮仓。其他的不要掺和，不要诋毁，也不要动不动就发表意见。"

"陶厂长，我知道分寸的，您放心吧。"潘云芳一脸坚毅的神情回应。

"既然知道分寸，就赶紧去看管你手上的粮仓去吧！"陶晋命令道。

陶晋的话音一落定，潘云芳便吐了吐舌头，一副调皮的模样说道："得令，将军，末将这就去认真看守粮仓，绝不让一只官鼠得逞。"

看着潘云芳飞快闪出门去的身影，陶晋脸上浮出一丝他都没有觉察的笑。当初将潘云芳安排到结算的岗位，抛开和田总的关系，或许真是用对了，是能

沽　金

干出点名堂的。

　　调查结果很快便呈到众位领导面前，一切都是子虚乌有，举报信上说的事情，不仅在账面上没有，在于岭和李晓韵共同调取的录音之中，也没有发现任何违规的操作。也就是说，史宏鹏在电话里安排交易员王元定金子时，已明白无误地将汇款事宜告知了王元，财务上也发现了这两笔款项。提金单据的客户签字，也并非他人代签，符合提金管理规定。至于定价平仓以及平账的处理，也没有违规和失误。

　　"太好了，林希和张大禹是清白的，我们没有凭一封举报信就冤枉了在前面冲锋陷阵的干将。要不，这活可就没法干了！"凌瑞峰一脸松了口气的表情感慨。

　　"说句事后诸葛亮的话，林希和张大禹关系不算很好，说他们狼狈为奸，我是第一个不相信的。"一向说话严谨的李晓韵突然说了这样的一句话。

　　"他们关系好与不好咱们不管，只要别影响到正常工作就成。"张井然开口定论。

　　"那举报信是谁写的，怀有什么目的，还要不要调查？"于岭看向陶晋问道。

　　"反正举报信是假的，没什么好调查的。不管什么居心，也不管什么目的，这事就这么翻篇了，谁都不许再提。"陶晋想到和潘云芳的约定，认真地作了指示。

　　虽说此事翻篇了，可陶晋心里却隐隐升起了不安。他不知道哪里出了错，抑或是哪里将要出错，只是一种说不出来的感觉让他极为不安，就好像会在眨眼之间，一场风雨便将倾覆了他此刻身处的整个世界一般。

第三章　阴奉阳违

1. 暴风雨的倾覆

时间会将一切带到眼前,这句话果真是真理。不过两天,陶晋的直觉便被证实。只不过,那场倾覆了整个世界的风雨,淹没的不是陶晋,而是远在集团总部的田德志。

田德志被收审的消息是苏兴海带来的。电话那头的他,语气沉重,仿佛正为田德志的人生担忧和焦虑着。他还对陶晋感慨地说,这当官是一场冒险,干企业更是一场冒险,一定不要用试图证明自己有能力的欲望去承担责任,因为这欲望和别的欲望是一样的,都是未知的。无疑,一定会夸大个人的作用,最后走上一条坎坷的道路。田总此刻证明的,便是这条路上会有一道监狱的大门,等待着被能力支配着的欲望的覆灭。

自始至终,苏兴海都没有明说田德兴为何被收审。苏兴海不说,陶晋便不能问。他只能附和着苏兴海的语气,遮掩自己内心的想法,比如不敢置信和无比遗憾。

沽　金

陶晋不敢相信一向务实、坦荡的田总会犯下不能饶恕的罪过。在他看来，田总在接人待物和工作能力方面的口碑都不错，在任期内也迎来了东南矿业的高速发展。前阵子临时出国不是被省领导点名同行的吗？怎么不过几日风云便突变了呢？另一方面，陶晋不知道自己此刻能为老领导做点什么？哪怕只是宽慰老领导几句也好。可他哪有那样的能力，又怎么可能实现这样的心愿！

就在这样折磨人的情绪里反复辗转之时，陶晋突然想到了杨莺的一个表哥。这个表哥就在东南省的检察院工作。如果田总犯的事是省里直接办理的，表哥说不定能有门道。

赶紧把电话打过去，对此事并不知情的表哥，因为知道是表妹夫的老领导出了事，倒也极为上心。一番打听，还真让他打听出来。如此，陶晋终于明白了事情的前因后果。

表哥说，田德志输就输在了自己的豪爽和仗义上面。

原来，东南省最近查处了一起特大型的金融诈骗案，涉案的是东南省一家地方商业银行。这家银行的董事长吴波利用自己的各类社会关系，通过一些重权的领导打招呼，说服一些资金雄厚的企业到该银行开户存入大额资金。因为协议存款的利息要比官方利率高一些，所以，许多企业便乐而为之。吴波便再利用银行和存款企业的管理漏洞，通过伪造金融票证向银行办理存单质押贷款。骗取到银行的资金后，他再将这些贷款转投到其他产业，以此牟取大量的不义之财。

所谓的存单质押贷款，在案卷中也叫"第三方存单质押业务"。具体操作过程是：企业在银行协议存款后，为第三方从商业银行贷款提供存单质押，作为第三方贷款的第二还款来源。存款行和贷款行可为同一家，也可是不同银行，后者即为跨行存单抵押贷款业务。

在吴波的计划里，整个流程应该是滴水不漏的。百密一疏，一个失误导致他的项目资金紧张，而银行管理又存在太多漏洞。就这样，因为实名举报，巨

第三章　阴奉阳违

额的票据案得以大白天下。

案件的爆发，让东南省的金融界和政界共同迎来一场大的地震。初步查明，涉案金额高达十五亿元，不仅涉及该银行，还涉及一些政府官员和大企业的高管层。这其中，便包括东南矿业的总经理田德志。

田德志的问题在于，他也动用了东南矿业的资金参与到了第三方存贷质押业务中，为此获得了该银行的巨额回扣。按照东南金融界内部的潜规则，介绍资金中有1%的回扣。

表哥说，基本情况就是这样。因为整个案件正处在侦查的阶段，前后羁押的十多人都是同样的问题，都只是被收审，还没有进入司法程序。说到这里，表哥语重心长地告诫陶晋说："不要以为不在政府机关，不在国有企业，便可以不用谨慎做事，便可以贪大便宜。大便宜一定会有大亏。不是有句话说，人生有三忌：钱别装错兜、人别上错床、脚别站错队。任何时候，一失足一定会成千古恨。"

好事不出门，坏事传千里。田总被收审的消息仿佛只是一夜之间便人尽皆知。随之纷沓而来的，便是各种各样的小道消息。传到陶晋耳里最多的，是苏兴海即将成功上位，坐上田德志的位置。其次，是董事长杨光的病情变得更加严重。据说已经开始接受化疗，头发都掉光了，出门只能戴上假发……以讹传讹者还振振有词地举例说明，说田总出了这样大的事情，杨总都没有出面召集一个集团层面的会议说明和强调事情的性质恶劣、事态严重，反倒是上级主管部门来了一趟集团了解情况，但也只是与个别领导作了单独谈话。

如此不合常理的事情一件又一件，也不得不让人怀疑杨董事长确实病入膏肓，命不久矣！

陶晋还是觉得有些蹊跷，毕竟这事还在调查阶段，真相并未昭告天下，如此大肆宣扬极为不妥。因为该说的，不该说的，该做的，不该做的，都有刻度严格的标尺，谁都不能造次。至于杨董事长的病，如果情况真有那么严重，也绝对瞒不住。要知道，这可是一个企业，就算小股东能等待，那大股东怎么可

沽　金

能姑息？

怎么办，自己能为两位老领导做些什么，能为这似乎已被安排笃定的命运做些什么？

前阵子指标的事情，苏兴海原本应该对陶晋的固执己见厉声指责的。可最后呢，竟然是轻飘飘地放过了。包括苏兴海带他参加的饭局，虽然自始至终苏兴海都表现得极为谦卑，但现在回想起来，其实他是作为意见领袖蕴藏着舍我其谁的霸气身在局中。因为一切的一切，都源于他胸有成竹，胜券在握。

董事会关于新任总经理的任命通知下发到了各企业，果真是苏兴海。田德志时代仿佛一夜之间便被翻了篇，现在进入新的历史时期。

苏兴海的任命决定，杨光是签发人。不仅如此，他还将整个总经理的任命流程完完整整地履行了下来。从精神面貌上看，他无半点大病的模样，说话的声音也依然如铜钟般响亮，走起路来更是和原来一样风风火火，大步流星。

任命的会议刚开完，苏兴海便烧起了他上任的第一把火，组织各企业的经营层到集团开了一个严明纪律的工作会。会上，他对近期东南矿业心浮气躁和乌烟瘴气的状态极为不满。他说在他的任期内，一定会严明纪律，整治作风，务必上下齐心，干事创业。他还说干企业就得踏踏实实地干实事，说实话，出实招。东南矿业想成为中国第一金，恐怕就成了痴人说梦。他还说东南矿业再不好好整治整治，出了一个田德志，还会出第二个，第三个……苏兴海的话说得很严重，也很难听。陶晋明白，苏总经理要使出铁腕对东南矿业进行整治，绝非田总的事件让集团蒙了羞，而是他要借着新官上任的威风，肃清一切不利影响，确保他能稳稳掌控东南矿业的舵在急风劲浪里前行。

苏兴海说，他知道大家伙一直以来都在为这艘大船拼命工作。这一点，他作为集团领导，非常信任，也极为肯定。但让他寒心的是，在这样干事创业的团队中，却有个别的企业、个别的人，仗着自己在上一任领导集体中得到的权力，不由自主地开起了小船。他担心这些不想上岸的小船，会被大风大浪撕得

第三章　阴奉阳违

稀巴烂。大海哪里是小船能待的地方？

苏兴海又说，所谓的开小船，就是偏离大船结构的思想和行为，绝对不是几天内形成的。但不管什么时候形成，壮大到什么程度，只要有人违背了大船的结构和思想，只要有人敢造小船，大船就要按照公司的纪律去行事，就要去制裁……就一定要把他们砸烂！

他还声色俱厉地警告说，现在的东南矿业刚刚经历了一场风波，有的人想借着余波，在大船上凿几个窟窿。大船就是大船，谁都休想动大船一个铆钉。

一边记着讲话要点，一边不时看向主席台的陶晋，敏感地感觉到了危险的信号。换种说法，是敏感的他懂得了苏兴海如此强硬表达背后的深意。这一切也明确传递出一个信息，那便是苏兴海绝不容忍任何一个人、一个企业造小船。他要让所有人明白，除了董事长杨光，他所站的船头才是大船的船头。掌舵的或许是杨光，可他苏兴海才是大船航行的唯一方向。

因为丑话说在了前头，紧随其后的，便是大张旗鼓地审计查账，涉及田德志在任期间的审计查账。或许是正常流程，可却是苏兴海端掉小船窝点，消弭内心隐患，为自己的履新扫清一切障碍的最好方式。

让苏兴海遗憾的是，竟然没有查出什么问题！可他还是借着个别单位查出来的一些可大可小的问题，将几个他一向看不惯的干部给撸了下去。但其中一个被撸的干部竟然看不清形势，极不服气地跑去找苏兴海质问。说领导光说知道他的问题，下边也光说知道他的问题，但他不知道自己有什么问题，希望领导能给他摆个十几条出来，也让他死得明明白白。

这种死不认账的态度让苏兴海十分生气，他认为这就是赤裸裸的"叫板儿"。他倒也爽快，直接说："我知道你自认为自己干得挺好，企业的业绩也不错。但集团要查你，就是因为你的管理上有帮会的成分，小船的潜在意识很明显！"

听到苏兴海的赤裸说辞，这个讨要说法的干部更不服气，怒气冲冲地反驳说："苏总，我们没有帮会，我们只是征得了集团的同意，采取了灵活的管理机制。事实证明，这样的管理机制是适合我们企业的。"

都说了要把小船给毁了，苏兴海怎么能容许这样的人存在？更别提竟然没大没小地去找他质问，要一个明明白白的说法了。

这件事情的发生，让苏兴海加快了动手的速度。当他又去企业检查指导的时候，便反复而又严厉地重申，一定要从思想根源上解决问题，坚决不允许狭隘的个人或本位主义存在，坚决不允许站在小利益的出发点去考虑企业的大发展问题。他还强调说，谁要是辜负了集团的一片苦心，便别怪他会做出"挥泪斩马谡"的事情。

苏兴海说，纪律是一切制度的基石，领导者自己更要身先士卒维护纪律。他还说，领导者的气势有多大，就要看他纪律的遵守程度有多深。

苏兴海用纪律的幌子为他的强硬作着说明。他想表明的是，火炉面前人人平等，谁摸谁挨烫。可事实上，陶晋明白，他只是要清除异己而已。

幸运的是，陶晋被算进了苏兴海帐营里的人，被保护了起来。

原来，陶晋到精炼厂上任那年，刚好赶上兑现上一年未发全的班子成员的绩效。于岭拿来责任状和相关批文向他汇报，陶晋认真看了批文，也与兄弟矿山的领导通了气。当然，也向苏兴海做了汇报，认定这绩效的发放没有问题，便把这个钱痛痛快快地给发了。结果，这次审计的结论中，便成了他以安全奖和加班费的名义，擅自违规超额发放高管的薪酬。

于岭第一个跳出来叫冤，也拿了发放的依据给审计组审核。活该他们倒霉，精炼厂中毒事件的当月，也有矿山企业发生了类似的工亡事故，且在国内引发了较坏影响。集团层面便决定对此事严肃处理，要求任何本年度发生过安全责任事故，尤其是有工亡事故的企业，班子成员去年的剩余绩效与安全奖金一律全部扣发。

苏兴海当时正在国外考察，所以是请假状态。会开完了，决议达成了，集团办公室的工作人员忘了抄送会议纪要，便直接存进了档案。

第三章　阴奉阳违

因为涉及面太大，怕影响到员工的情绪，这则会议纪要也未形成安全处罚的通知挂到东南矿业的内部网上。所以，除了开会的那些领导，几乎没有人知道这个处罚。

这样严重的管理失误，便让毫不知情的陶晋严重地违了纪，只能自认倒霉。

审计还查出一件事情，让陶晋无比憋屈，也极为无奈。

还是上任第一年，到了年末的时候，陶晋请示苏兴海同意后，按照年度预算，组织了精炼厂办公室的装修工程建设项目。可审计却认为，那次项目建设违反了东南矿业的《招标投标法》，未组织实质性的招标活动便私定了施工方，还编造了招投标资料欺骗上级组织。

陶晋真是有苦说不出。因为东南矿业本身有自己的装饰工程公司，这肥水不流外人田的道理大家伙都懂，而东南矿业也一直在强调要内部市场化的运行体制。所以，任何单位的装修装饰项目，都会直接交由装饰工程公司去完成，几乎是惯例。至于手续上，大家伙也都明白，如果组织正常的招投标，肯定会涉及关联交易、利益输送。那么，只要工程预算、决算没有问题，没有人从中间谋取私利，这事审计睁一只眼闭一只眼，基本上也就过去了。当然了，说编造招投标资料欺骗组织，更是虚妄之说。

可这一次的审计却极为较真，不仅不打马虎眼，还要瞪起眼睛让陶晋说出个一二。

幸运的是，审计组的组长姚大壮是陶晋私交甚好的老朋友。审计组成员审出了问题，需要他这个组长审核。他不想陶晋出事，便悄悄将审计人员的承诺纪律搁在了一旁，将审计底稿的内容在正式公开之前，透露给了陶晋。他还建议陶晋请示苏兴海，将这两件事情的情况说明弄扎实了，只要能够自圆其说，他便可以不让这两件事进入正式的审计报告。

因为绩效发放和工程招标的事，各大矿山都有程度不同的违纪。苏兴海大手一挥，便请示杨光，让集团统一发了一个红头文件过来，以集团层面的名义对这两件事情作了合情合理的解释和说明。如此便将差一点被大火烤了的陶晋救了下来。

但遗憾的是，并不是所有的人都如陶晋一样幸运，苏兴海还是毫不客气地撸了几个他看不惯也不听他话的干部。

除了这两件事，还有一件事需要陶晋作说明。审计底稿中说，陶晋未经集体讨论和上级审批，便擅自违规任命了一批中层领导干部，公然违反了东南矿业的管理干部选拔任用规定。

这事可就更冤枉了。精炼厂通过公开竞聘的方式选择自己的中层领导干部，本便是精炼厂自己能够担当的责任，也是陶晋作为一厂之长的权力，这事怎么就成违规了？姚大壮一席话惊醒了陶晋这个梦中人。

姚大壮说，虽说三级企业的中层领导干部不受集团直接管理，但中层的竞聘，集团人力资源部必须参与和把关。三级企业有选人权、用人权，但集团有监督权、调整权。精炼厂的那次竞聘，错就错在程序上的这点小瑕疵。所以……

"所以，怎么样？这些干了快三年的中层干部都不作数，都要撤了重选吗？"陶晋一脸不可置信的表情看着姚大壮，好似姚大壮便是那个要爆炸的炸弹一般。如果真有炸弹要将这一切炸翻，陶晋也想好了，那就一起把自己给炸飞得了，省得他无法面对这些兄弟姐妹。

"我说陶老弟，我不是这个意思。这次审计的重点之一，便是向国企的管理看齐，重点也要审查干部选拔和任命的程序。这一点，杨董和苏总是特意交代过的，各个单位都要严查此事。因为这几年没有通过集团同意，也没有履行正常程序，各单位私下提拔了不少的干部。你们这儿的问题，也就是在选拔的手续上，缺集团人力的一个意见。你找他们给补个文件，或是补个签字就行了，也没有什么大不了的过错，不打紧的。"姚大壮解释说。

"这都好几年了，我能找谁呀！再说了，我找他们，他们就会帮我处理周全吗？更何况，我到现在也不认为这件事自己做得不对。如果真要说不对，那只能说的确是程序上有些小瑕疵，但不影响筋骨。但这不应该是全盘否定这一

第三章　阴奉阳违

切的理由呀！如果说咱们集团要这样定性下属企业的人事管理，定性我们这些管理干部，那我……便只能撂挑子了！"陶晋苦笑一下，强硬地表达了自己的态度。

"有问题找领导。让苏总帮着摆平就是了。你记住，就如同能用钱摆平的事，都不叫事一个理，能被领导摆平的事也都不叫一个事。"姚大壮一脸轻车熟路的表情说。

"你的意思是……"陶晋说。

"对，我的意思是……"姚大壮没有挑明。

"只能苏总办？"陶晋再说。

"只能苏总办！"姚大壮明确回答。

后来陶晋才知道，姚大壮其实是领了尚方宝剑下来的。想审出谁的问题，不想审出谁的问题，能解决谁被审计出的问题，不能解决谁被审计出的问题，都在他的心里装着呢！所以，他才会事先向陶晋透露，指点陶晋去找苏兴海解决。只要苏兴海把问题给解决了，陶晋便欠了苏兴海的大人情。如若不然，陶晋虽说倒也不至于吃不了兜着走，可这些可大也可小的帽子一扣在头上，别说在东南矿业里的前途了，光经济上的处罚也够他喝一壶的！他接受处罚倒没有什么，只是……因此连累了兄弟，他打心眼里不想。

既然姚大壮给自己指了条明路，而陶晋也老早告诉过自己，在官场上行走，不能等待别人来安排，要自己去争取和奋斗。那么，便去求一回苏兴海好了。

苏兴海很爽快，说前两件事，是整个集团层面都存在的问题，不能一竿子把人都打死。集团的责任就要集团承担，不关底下人什么事。这第三件事，可以说是原则性的问题，也可以说是没有任何问题。可大可小，可提可不提。只要精炼厂内部竞聘和任职的手续没有问题，这件事情就可以定性为没有问题。事实证明，选拔出来的这批干部，是素质过硬、能力出众的，是跟得上企业发展节奏的，能干事创业的。苏兴海将这件事定性到企业战略上面，大手一挥，一脸要将人造的这些乌云和风雨通通赶跑的气魄。

他话锋却一转，又一脸掏心掏肺的模样说："小陶，我一直认为你是一个能和企业一起往前跑的人才，东南矿业要想大发展，便离不了像你一样的好干部。我老苏要想当好这个总经理，也离不了像你这样的好干部。所以，你要好好干，别辜负了这份信任！"

苏兴海没有明说的意思是，陶晋是他这个阵营里的人，绝对不能做出有损他的事情。他明说的意思是，陶晋就是他的人，陶晋就得听从他的遣令。

陶晋一脸诚恳，表明愿为这份信任竭尽全力的决心。他要学会妥协。在为着灵性和良心奋斗的人生里，他不想有一天看到自己因为无能为力而灰心绝望，并空叹人生只是一场无可奈何的空虚时，懊恼自己未曾拼尽全力的自己。

当然，他也知道自己在这个物欲横流的人间，不可能做一个与世无争的老实人。因为与世无争，便会有人利用欺侮。稍有才德品貌，便会有人嫉妒排挤。刚刚大度退让，便会有人侵犯损害。那么，要保护好自己，就得时刻防御。因为维持实力是为了更好的战斗！

只是，暴风雨倾覆之时，人的力量怎能胜得了天？阳光的早晨又在何时才能痛快相见？

2. 感情其实很脆弱

梨州的春天转瞬即逝，还没等到人们将草长莺飞的一切看进心里，初夏的风便顺着窄窄的乡间小路一路欢腾着，吹进了被乡间沃土包围着的精炼厂，吹进了每一个将目光都望向远方的人们的心里。

林希也在这些夏风的吹拂里，将目光投向了远方。精炼厂地处乡野，到处都是葱茏的绿树，不知名的野花，自然从不乏随处可见的飞鸟身影，各种各样的鸟鸣也是不绝于耳

傍晚，潘云芳刚好来找林希签付款的单子。林希便让潘云芳去听。可潘云

第三章　阴奉阳违

芳学着林希的样子,将眼睛闭上,侧头面向窗外听了半天,却什么也没有听到,一脸不明所以的表情问道:"太多鸟声了,哪能听出哪一只吹的是笛子,哪一只响的是唢呐呢?"

潘云芳的打趣惹得林希微微一笑。她没有再说什么,因为桌上的绿植发出了轻微的声响,那清脆而又特别的鸟鸣便悄然而止,好似这样的鸣叫只为成为她一个人的秘密似的。

自从"开门红"勉勉强强实现以后,"时间过半、任务过半"的双过半冲刺活动又扛在了肩头。于是,林希变得更加忙碌,市场部的员工也变得更加忙碌。

所幸这样忙碌的效果还不错,连续签了好几单百万元以上的定制合同。虽说合同的体量并不是很大,可利润可观。零售那边的销售利润表现也不错,一直稳中有升。经常是金价波动特别大的一天,来买金子的客户将零售部堵得严严实实。销量最大的一天,虽说并不是金价最低的一天,零售金额竟然达到了上千万元。外购那边,李德通也好,史宏鹏也罢,还有一些大大小小的客户,送金量也较一季度明显有所上升。各大兄弟矿山的送金量,也没有含糊,也都奔着"双过半"的目标实现,铆足了劲要比个高低。

因为所有人都铆足了劲,林希相信半年指标的冲刺,一定会比开门红顺利一些。

可是,就在这样的奔跑中,林希却被命运牵引着,没有任何征兆也从未有过预期地跑进了一个等了她许久的最悲痛里。她从未想过,在这命运的无数个节点里,竟然会有一个决意与她对撞的漫天的谎言,倾覆掉她的整个夏天。

可是,能被预知到的,还是命运吗?

自从有了微信,林希的大学同学便用手机建了一个联络极为紧密的同学群。郑小宇自然也在其中。即使这三年来再无联系,林希还是能在这个群里时不时看到郑小宇晒出来的图片。

林希曾经问过自己,她和郑小宇那么长时间的爱,那样美好的感情,真就

沽 金

轻飘飘地败给了时间，败给了距离吗？如此才会简单到一通电话便能形同陌路，再无联系！可她又很快否定了这一切，她总觉得冥冥之中她和郑小宇的缘分还没有断，她和郑小宇还有可能重新走回到一起。只不过，这同样需要时间，也需要一点点地缩短距离。

可郑小宇似乎从未这样想过。这从他隔几个月便要晒出的一组图片中可窥见一斑。郑小宇该是搬了新家，屋里的格局变了，装饰变了，就连原来未有任何绿植的房前屋后，竟然都种上了林希最喜欢的蔷薇花。如果能伸手去触一触那个总喜欢留着胡茬的男人，能被那个喜欢将指甲修得整齐而又干净的男人拉一拉手，能在蔷薇丛中留下对春天的喜欢，该有多好。林希暗暗惆怅。

郑小宇该是交了新的女朋友，他竟然晒出了一组做芝士蛋糕的图片。

林希认得那是郑小宇的手，他在搅拌鸡蛋，他将奶油奶酪、黄油、酸奶油、饼干摆成好看的图形，他伸出双臂将做好的芝士蛋糕往镜头前面送……哼，一定是交了女朋友，这种表层微酸的蛋糕，只有女孩子才爱吃。如若不是为了讨好女孩，郑小宇何苦这么费力去做？

也或许……也或许是两个人一起在做，女孩正享受着心爱的人为他苦练厨艺的美好时光。想当年他们好的时候，林希想吃郑小宇家乡最著名的东坡肉，央郑小宇学来做给她吃，郑小宇却一脸鄙夷的表情，取笑林希是想吃成一个肥婆，那样的肥婆他可不娶！

没当成肥婆的林希，不也没被他郑小宇娶回家吗？林希不禁愤愤起来，抱怨还不如当初吃成那副样子，至少肉眼能看到的分手理由更容易被人接受，而不是一通电话便分道扬镳。

郑小宇这次晒的图片是在旅行。镜头里竟然有蓝色纱巾的一角，他竟然去了普罗旺斯，是女孩都有的薰衣草情结，浪漫而又深切。那一刻，林希多希望那个紫色的世界里，背影极美的女孩是她……

虽说次次都被刺痛，可林希心里很清楚，她感激这个微信群，也感激这些让她悲痛的图片，因为它们在断断续续地联结着她和郑小宇，让她还能看到他

第三章　阴奉阳违

的生活，让她还能有迹可循，去想象，去触摸，去观察他的世界，虽说他的世界已经没有了她。

说来奇怪，郑小宇只是进群发几张图片，从不与任何同学寒暄或是对答。即使有同学在群里大声问，"嗨，郑小宇，你怎么这么安静？"他也从来不回应。

可是这一天，郑小宇却说话了。不是在群里，而是申请加林希为好友。

"林希，你……你好吗？"郑小宇问。

"老样子，你呢？"即使心里火一般热烈，林希在语气上却并未有丝毫的表露。她未曾故意装作没有看到信息，隔了许久才去回复。她好像一直等在手机的这一端，只为终有一天等到郑小宇。

"我不好。"郑小宇回答。

"噢？"林希心里升出一些她也说不清的情绪，可她却装作语气平淡。

"我想你。很想……很想你。"

"那又怎样？"

"能发一张你现在的相片给我看看吗？我想看到你。"

"不发。没有理由发。"林希负气回答。

"人要是能回到过去多好！如果可以，我绝对不会放弃你。"

"没有谁能回到过去。"林希冷冰冰地说。

就在这样的对话中，原本一直期盼着热烈重逢的林希，她的心竟然变得有些悲哀。她不知郑小宇为何突然找自己，也不知道郑小宇究竟想干什么！即使已经被郑小宇这伤感却也真切的情绪感染，林希还是不愿让郑小宇看到自己的情绪波动。

"林希儿，我要走了。"此时的郑小宇突然说。

"去哪儿？很久吗？"林希敲过去的字带着漠然，虽然她知道那只是假象。

"很久，很久，久到回不来了。"郑小宇回答。

"回不来了？什么意思？"林希这时候才终于发觉到不对劲，心里的声音

沽 金

不禁抬高八度。

"林希，对不起，没能好好爱你，也不能再好好爱你了。别想我，好好活着。还有，以后别那么傻了，真的，找一个疼自己的好男人嫁了。你要幸福我才能走得安心。希望你永远记住，我好爱好爱你……我……从来不曾有一天忘记过你！"郑小宇的话隔了许久才到达林希这端的手机屏幕，像是在鼓足勇气，又似乎用尽了力气。他的话里夹带着歉疚、嘱咐和表白，像是要将那些年爱过的记忆，这三年分开的疼痛，都化作悔恨、无奈和悲痛，以及祝福，抵达他想念却再也无力去爱的林希。

"郑小宇，你这个家伙，你这个坏蛋，你想干什么？"林希感觉到了不妙，悲观的情绪一下子淹没了她，她马上连声问道，"你要去哪里？谁允许你走的。我不许，我不许。你听到没有，你来梨州。不，我去找你。你说过要娶我的，不能单方面毁约，我不同意。我要你好好的，我要和你在一起。你说过，我们要生三个孩子，男孩像你，女孩像我，我们还要满院子种满蔷薇，你还要带我去看薰衣草……"林希语无伦次的话整屏整屏地敲过去。无论她是咒骂，还是央求，郑小宇都没有再回复他一个字，一个字都没有回复。他就像突然从手机那端消失了一般，任凭林希对着手机不停地刷着屏，他也没有再回复一丁点的消息。就像突然被冰封了的长河一般，与平静和空荡为伴，伫立在世界的另一端。而这一端的林希，无力做任何改变。

郑小宇一定是发生了严重的事情。林希的眼泪噼里啪啦地往下掉，双手颤抖地按下那个从不曾忘记的郑小宇的手机号码。可是，手机无人接听。

她又在通讯录里找到了大学班长的电话，她知道他和郑小宇的关系很好，可班长却告诉她，他们有三年不联络了，这三年郑小宇没有和任何人联络过。班长连声问林希怎么了，林希却已经挂断了电话。

林希打开微信群，她语气颤抖地问，谁知道郑小宇怎么了吗？他到底怎么了？谁能联系上他？谁能让他出现？谁能……

得知郑小宇的确切消息时，已是郑小宇突然失联的两天以后。

第三章　阴奉阳违

电话响起，号码陌生，来自国外。他说他是郑小宇的室友，郑小宇刚刚离世，是胃癌，四年前发现的。他说郑小宇走前拜托他，一定要打电话告诉林希一声。他这三年一直很想她，只是因为太想她了，所以，才会拜托室友微信上联络她。可他又很后悔，因为林希会因此伤心他竟然走了。他更后悔的是，因为查出了绝症便放开了心爱的女孩的手。他希望有来生，这样就能娶林希回家……他还说，郑小宇不希望林希去看他，他要林希好好的，找一个爱自己的男人，一直幸福，一直快乐下去……

林希悲痛难抑，不能接受这个漫天的谎言对她的倾覆，即使是爱的谎言。她不能接受自己苦心支撑了三年的这一切，顷刻间被这个巨大的谎言吞没，就像鲸鱼吞没那些海水和小虾一般，大嘴一张，便再无生还。那个叫郑小宇的男人，已经从这个无情的人世间永远消失，顺便带走了林希对爱情的向往。没有人能再给林希掏心掏肺的爱情了。

这天是五月八日，林希记得很清楚，是郑小宇头七的日子。除了在心里遥遥地悲叹，林希没有做任何祭奠的举动。因为她没有时间，也没有情绪，更没有条件去祭奠与自己永远阴阳相隔的男人。多么悲哀，那样深刻的爱，也不过成为翻页过去的记忆。虽说记忆生动深情，但一切都敌不过现实。

苏兴海插手下属企业的管理，还把事情管到了具体的点上。苏兴海点名让凌瑞峰去深圳考察，说管市场的领导天天蹲在家里不知道市场长什么样，怎么能把市场干好？凌瑞峰喜不自胜，迫不及待地飞去了深圳。对此，陶晋心里有些不舒服，张井然替陶晋抱不平。随后，陶晋就安排林希跟着自己出差去西景市了。

西景算得上中国贵金属销售的集散基地，拥有国内规模最大的三大黄金销售中心。这次出差，陶晋便是受自己的老朋友祝小兵相邀，看看有没有必要在祝小兵的销售中心开一个东南黄金的专卖店。祝小兵说，西景这盘棋，东南矿业一直不想下。殊不知，要是把这盘棋下好了，东南矿业想要成为国内黄金零

沽 金

售界业务老大的事，不过分分钟搞定。

但遗憾的是，祝小兵的销售中心并不在前三的队列之中。虽说有后起之秀的美名，但他的中心运营得却并不好，甚至是有些萧条。这一点，陶晋在祝小兵的陪同下，大体将中心转了一圈后便已经明白，祝小兵这是想下东南矿业这盘棋呢！因为东南黄金率先入驻了他的中心，他在招商引资上的底气便可以支撑一阵子。

陶晋有些后悔自己耳根子软，经不得祝小兵三番五次的相邀，便不知深浅地撞进了祝小兵早就挖好的坑中。他还有些后悔带着林希同行，这不明摆着让林希看笑话，看他堂堂一厂之长竟然也干出了这么不靠谱的事情。因为内行人一眼就能看明白，祝小兵这个黄金销售中心无论是地利还是人和，都难以在短期内打一个漂亮的逆袭战。如果东南黄金碍于人情把店开在了这里，别说投资收益，恐怕运营的成本都很难在短期内收回。

结果不尽人意，陶晋便没有了想要继续逗留在西景的心思，即使祝小兵热情相待，真心相留，陶晋还是提出了有要事必须回梨州。像是为了验证他真的必须回去一般，他的话音刚落，苏兴海的电话便打了过来。说他过几天要带着一个考察团去精炼厂参观，让陶晋提前做好接待准备。还说他已经通知了凌瑞峰从深圳直接飞到省城，赶到集团与他和考察团汇合后，他们一起去梨州。苏兴海可能觉到了自己的手伸得有些长了。马上又自圆其说地解释了一句，说凌瑞峰这小子，一跑到深圳那个繁华的世界便乐不思蜀了，这一去三四天都不回，还得他这个当老总的人亲自揪回来才行。

陶晋耸耸肩，做出一脸身不由己的无奈表情，像是响应电话那端的苏兴海，又像是明白无误地拒绝着祝小兵的强留。

祝小兵见陶晋去意已决，像是不得已提早使出撒手锏似的，突然压低嗓子，俯在陶晋耳边，悄声说："一会儿我去你房间，咱们再单独聊聊。"

陶晋一愣，不知祝小兵葫芦里卖得什么药。不待他回答，祝小兵已经恢复如常，直起身子，端着酒杯站起来，提议所有人共同干这一杯酒以祝陶厂长前

第三章　阴奉阳违

程似锦，旅程顺利。

出了酒桌，祝小兵便把陶晋的胳膊给挽上了，这个亲密的举动惹得林希脸上浮出一层浅浅的笑意。再看祝小兵的那几个随从，好像都习惯了，始终目不斜视地紧随其后，为老板和远方来的贵宾保驾护航。但让林希意外的是，其中一个随从怀里抱了两瓶开启了的红酒。就如随时能给老板递过去打火机一般，老板一个想要喝酒的眼神传过来时，那酒便瞬间能够负起使命。

走到房间门口，祝小兵顺手把陶晋推进去，"砰"的一声关上了门。林希有点儿蒙，只好转身回自己的房间。

进到房间，祝小兵把门一关，酒放下，便从怀里掏出一张银行卡，一脸真诚的样子开口说道："陶老哥，你是我的亲哥哥，我的事就是你的事，我的忙你必须得忙。"

陶晋不知祝小兵要干什么，但目光一触到那张银行卡，心里却突然哆嗦了一下，身子本能一闪，与祝小兵保持了一个安全距离后，说道："祝总，你这是干什么？有什么话好好说，咱们之间不兴来这一套。"

"陶老哥，您别害怕，我祝小兵害谁也不会害你，咱们多少年的交情了呀！"

"你先把卡收起来，否则，你我没有办法往下谈了。"

"好，不谈钱，咱不谈钱，咱们喝酒。"祝小兵马上把卡往裤兜里一塞，接着打开一瓶红酒，就用房间的茶水杯，给陶晋和自己各倒了大半杯，杯一举，便示意和陶晋对碰一下。陶晋知道祝小兵这是有备而来，也一定做了两手准备必须拿下自己，便也爽快地接过茶杯，和祝小兵一碰。

第一杯红酒下了肚，祝小兵再把两个茶杯满上，透着心酸的话匣子便开了一个透亮："陶老哥，兄弟我也是没有办法了。不瞒你说，我接手这个黄金销售中心，就是傻乎乎地给别人卖了命替别人赚了钱。这不死不活的样子，别说赚钱了，难捞回了。可老弟我现在是骑虎难下，必须得硬着头皮干下去。把你邀来，就是想让你帮我一把。其实，帮我也不难，就是您让东南矿业的黄金品牌

沽 金

店进驻进来,买上一层楼,扯一张大虎皮作大旗,在山顶上吆喝吆喝,我再忽悠几个小喽啰来,我这一年到头便不至于亏得连裤子都没得穿了。"

"想你这么多年商场里摸爬滚打,怎么会看不清把自己给亏了?"陶晋没有明确回答。他记忆里的祝小兵可是精明加强干,再加上关系过硬,在商海里遨游的可是一直顺风顺水的呀!

"这事要认真说起来,一言难尽啊!你也知道,这自古官商就是一家。我们做生意的,能一路顺顺利利地走过来,靠的就是背后撑腰的那些显贵的权势。这事也怪我,在淫威面前就是一只蚂蚁,大气都不敢出。人家说让我往东,我就得赶紧赔着笑脸往东。人家说有个楼急于出手,天大的便宜要拱手送到我怀里,我就得屁颠屁颠地如了人家的意买进来。买楼的钱,搭人情的钱,还有……反正就是一些上不了台面的钱呼呼地花出去以后,于是,就这样砸手里了!"

"就算我们一家店进来,也是杯水车薪,解不了你的大饥荒呀!"陶晋一脸真诚地说道。

"我也没有别的好法子了,只能一家一家地硬着头皮啃老关系,能磨进来一家,我就少亏一家。你别介意我拿你先开了刀呀!"祝小兵似乎鼻头发了酸,话的尾音里竟然带了哭腔。

"兄弟不说见外的话,不过……"陶晋的话顿在了这里。

"不过怎么样?"祝小兵急急地问。

"第一,这事我一个人说了不算;第二,我们东南矿业的黄金品牌店效益一直不好,和国内外的那些大品牌相比,一直在市场上没有太多的话语权;第三,就算我们进来了,一层店面才有多少钱?你要是长期运营这座楼,不能靠这样简单的商业模式,得换一种思维。比如……商业综合体。"陶晋一脸若有所思的表情,思忖着如何给祝小兵出点有用的招。

"商业综合体?"祝小兵重复问道。

"据我了解,西景在沿海这条经济带中,经济水平中等偏上,但似乎并没

第三章　阴奉阳违

有高端的商业综合体。是大的商业巨头没有注意到西景，还是高端的商业在西景都会水土不服？再说回这个商圈位置，不在三大黄金销售中心的商圈内，你一条细胳膊对抗三条大粗腿，可想而知，你得活得多么艰难。既然一切还来得及，为什么现在不转型？干吗非得跟黄金较上劲，有的时候，亮闪闪的要比金灿灿的有意思多了！"

"我这两年就像进入一个怪圈似的，脑袋完全不会转弯了，一门心思就想做第四大黄金销售中心，却忘了我没有那个金刚钻。"

"你说的没有金刚钻不揽瓷器活，其实就是专业人做专业事。我也只是这么一个建议，具体是否可行，还得你自己下苦功夫。作为朋友，真心地讲，做黄金销售中心，你很难赢，更别说赢得盆满钵满。"

两瓶红酒就这样全下了肚，陶晋不自觉打了一个呵欠。祝小兵便极为识趣地提出了告别，临走之前还保证绝不犯低级错误了。

洗了个热水澡，心头一阵轻松起来的陶晋突然眼前恍惚了一下，他知道这是醉意泛了上来。可又一个激灵，因为突然又想到回梨州的机票还没有定，虽说决定了提前回去，可他还没有安排林希落实航班。想到这儿，他便给林希打电话，让她上网看看机票的情况，最好是早班航班就能飞回去。他嘱咐林希，查好航班信息就知会他一声，他好通知办公室订票。

机票信息查好后的第一时间，林希打房间内线电话给陶晋，想要陶厂长确认。谁知，内线电话响了半天也没有人接。林希便又打陶晋的手机，手机也是，响起来没完没了，可始终未接。林希突然想到拿进房间的那两瓶红酒，而陶晋晚上还喝过几杯白酒。陶厂长一直不接电话，不会是……林希被自己的想法吓了一跳。房间电话和手机依然没有人接，房间的门铃也没有人响应。没有办法，林希只好求助宾馆前台。打开门，林希率先冲进去，便被自己看到的景象吓了一大跳。

"陶厂长，陶厂长，您怎么了，怎么了？"林希一边拉过被子将赤裸着上身的陶晋盖好，一边急急地摇晃着陶晋，想要唤醒这个不知为何突然昏倒了的

沽　金

男人。

陶晋睁开迷蒙的眼睛，一脸错愕的表情看着林希，不明白发生了什么。直到看见林希身旁还站着两个急急看向自己的服务生时，他才一下子惊醒过来。

林希不好意思地站到床前，陶晋挥挥手，林希便不好意思地坐到了床前的圆沙发上。可刚坐下，她又像被烧了屁股一般弹跳起来。嘴里叨念着"我去烧点开水"，脚上便急急地往洗手间走去。刚走过电视机前，她却又像突然想起来似的，烧水壶其实就在床前圆沙发旁的茶几上，她又急步折返回来。

"不用忙，你坐那儿就好。"陶晋一见林希的慌乱模样，自己也不好意思起来。已经接近清醒的他，用手搓了搓自己的脸后，自嘲地说："人老了，不中用了，几杯酒就跟喝了孟婆汤似的，迷迷糊糊的，啥也不知道了，让你见笑了。"

"哪有哪有，您只是太累了，太累了。"林希忙不迭地解释着。人也并没有如陶晋安排的那样，去沙发上坐着，脚上仍是急急地走着。

突然，"哎哟"一声传来，林希整个人结结实实地撞到了卫生间的门框上。

陶晋一个急挺身，便站到了床前。急走两步，便搀到了林希的胳膊，嘴里担忧的话同时已经说了出来："你没事吧？撞到头了吗？怎么样，能撑住吗？"

"没事没事，陶厂长我没事。"林希一边捂着自己的鼻子，一边不好意思地看向陶晋。因为突然剧烈的疼痛，已经有眼泪在眼眶里打起了转。

"还说没事，鼻子都出血了！"陶晋一眼瞅到了林希手指缝遮挡着的血丝，他赶紧搀着林希往床边走，嘴里还不忘念叨道："都说你林经理是个女汉子，是打不死的小强，可没想到，也有梨花带雨的时候。"

陶晋的取笑让林希脸上想要绽开一个绷着的笑容，可这笑容马上又被疼痛压了下去。她的嘴里"嘶嘶"地吸着疼痛的凉气，人却听话地随着陶晋的搀扶坐到了床上。林希坐好后，陶晋一边从床头柜上拽了几张纸巾递给林希，一边借着灯光认真地瞅着林希的脸，好像非要看出还有哪儿撞坏了才罢休一般。

已经用纸巾按住鼻子的林希，被陶晋看得着实有些不自在，便往一旁缩了缩身子，嘴里说道："那个，陶厂长，我没事，您别担心，我好着呢，我确实是

第三章　阴奉阳违

打不死的小强。"

林希的话让陶晋脸上的表情放了一些轻松，再加上仔细瞅了一圈，并没有再发现其他被撞到的痕迹，脸上便一笑，回应说道："确实是打不死的小强。"

陶晋的话让林希笑出声来，但她马上笑得上气不接下气，脸上也跑出一层红云，嘴里断断续续地叨叨着："那个，陶厂长，您，您……"

陶晋这才意识到自己还裸着上身。他的脸上"腾"地就蹿出颜色，人已经急步走到床前，将衬衣以最快的速度穿上，同时转移着话题说："你这么一撞，倒把我的酒撞醒了。"

因为说到了酒，林希便一脸担忧的表情环顾了一下房间，果真见到两个空酒瓶在那儿互相对望，于是，她又担忧地问道："您没事吧？吓死我了。"

林希毫不做作也毫不遮掩的担心，让陶晋不由地投过去一个意味深长的眼神。但他马上用自己都解释不清楚的理由解释说道："说来也怪，平时喝这两倍也没事。但今天不知怎么搞的，才这么点就把人整晕了。于是乎，就让你林大经理笑话了。"

"我才没有笑话您，倒是我自己的鲁莽让您笑话了吧？"林希老老实实地回答。

两个人谁都没有意识到，此刻的他们，中间仿佛多了一层被酒浸泡过的气氛，痒痒的，酥酥的，软软的……谁也不想离去，谁也不想要站起来或是变换一个姿势让那种柔软的感觉跑掉。

难道是因为人在异乡会格外孤独，所以，才会如此喜欢有一个人陪着吗？可是，就在这样的笑声平息之际，两个人却突然陷入到了一种新的尴尬中。正如上次林希坐陶晋的车回梨州，畅意戛然而止时，就连空气都变得凝滞不动时的静寂的尴尬。

林希终于率先打破沉默："陶厂长，说说梦想？"

"梦想？我都忘了梦想是什么样的了！让我想想。"陶晋一脸陷入深思的模样，似乎过了许久，才轻声地说，"年轻的时候，梦想是能考上一所好的大学，

沽 金

毕业后找到一个好的工作。后来呢,就是能娶一个好媳妇,生一个好娃娃。"

"现在呢?"林希一脸期待的表情。

"现在似乎没有什么梦想了。如果非要说说,那就是把日子一天天过下去,把工作一天天往下做,把……"陶晋突然变得满脸悲伤。

"日子总是不遂人意,就算努力改变,也回不到从前了。对吗?"林希问。

他诧异地看向林希,仿佛懂得了林希与自己如出一辙的悲观。

"不说梦想了。因为即使现实悲观,可梦想……梦想依然是我们失去视觉时的光明,是我们在黑暗中睁开眼睛醒过来天亮的那个瞬间。是……天亮的日子其实很多,太阳也不过是一个星。所以,梦想也可以再次照进现实!"林希说。

"正如最糟糕的时候,也是最美好的时候,因为所有的智慧都出现在愚昧的年头。所以,有何惧,又有何忧!"陶晋说。

两个人之间再次陷入沉默。这种沉默较刚才不同,不再尴尬,变得温情。仿若是两个人不愿意打破,甘心享受的沉默。因为这样的沉默其实是真诚的陪伴,因为突然的懂得!

可就在此时,林希不小心打了一个哈欠,陶晋也应景地回应了一个哈欠,两个人异口同声地说:"很晚了吧?"

陶晋先站了起来:"那今天晚上就这样吧!以后有机会再聊。"

"只要不收费,我就一直洗耳恭听。"林希的俏皮在这一刻悄悄跑了出来。

"果真干市场的女汉子,市场经济的意识一刻也不松懈。"陶晋故意赞叹。

"差点把大事误了。"林希惊呼。

"不麻烦他们了,我们看好航班信息,你自己在网上订了吧!"

订好票,和陶晋道了晚安,林希回到自己房间时,竟然翻来覆去好半天也没有睡着。迷迷糊糊中,她好像走进了一座迷幻般的宫殿里,听到轻轻的、低低如耳语一般的声音,顺着这个声音朝前走着。走得快要走不动时,她终于看

第三章　阴奉阳违

到了一个黑色的人影。这个人影背对着她，可她却像很熟悉这个人影一般，一下子便扑了上去，从后面紧紧地环绕着那个人影。被她紧紧抱着的人影，这时转过了身子。可她看不清他的脸，他的脸被一块黑布蒙着。但她感觉得到人影拉起了她的手，她的手瞬间便被一层丝丝的凉意包围。

林希一下子惊醒过来，迷茫地瞪大眼睛使劲看向漆黑的夜的顶层，心里长长叹出一口气。她知道那个人影是郑小宇。他们在用这样的方式，重逢，告别。他们在用这样的方式，催促对方，重新启程。

另一个房间里，陶晋同样没有睡好。他想起了自己的妻子杨莺，想起了他们的新婚之夜。那一天，他紧紧地拥着妻子，妻子也紧紧地贴着他，他们之间的手没有一刻停止过在对方身体上的游走。妻子那花骨朵般的漂亮小嘴，乌黑闪亮的眼睛，白皙修长的脖颈，起伏不止诱惑迷人的胸脯，纤细窈窕妩媚动人的腰肢……那一刻，妻子成了一部书。他愿意此生忠贞和守护妻子一人，永无二心，永不离弃。一晃眼，这都是十多年前的事了。这些年，有多少次，有多少个夜晚，他曾试图去找回当时的这种感觉，可等待他的，却是一次又一次的失败。初夜的风情万种和高潮跌宕，竟然成了他再也找不回来的满足。以男人和女人的方式读到的，关于在一起的满足。

感情啊，其实多么脆弱啊！

可明明很脆弱了，却仍有人一次又一次地无情伤害着它。

或许，陶晋也是其中一个吧！

3. 就要硬碰硬

天气仿佛一夜之间就热了起来，厂区内外和城内街旁的树木一天比一天绿。抬头望望挂在头顶的太阳，夏天仿佛已经像兔子一样跑到了梨州。

下了飞机，陶晋让林希回家休息。林希摇摇头说，陶厂长去哪里，她就去

沽　金

哪里！

当然了，林希的话一出口，她便敏感地意识到，这是多么暧昧的一句话。经过昨天晚上的乌龙事件，她和陶厂长之间的距离拉近了。陶晋当然听出了其中的暧昧，心里在那一瞬间泛起了一丝波澜。

当天下午，陶晋和林希一起回到精炼厂。凌瑞峰则从深圳飞了回来，只不过，他遵从苏兴海的调度安排，直接飞到了省城。

刚到办公室坐下，还没有好好喘口气，胡坤便敲门进来，手里拿着一张病假单。

"陶厂长，我要休长假。"胡坤的情绪看样子很不好，一副想要干一仗的表情。

"哪里不好了？"把病假单接过来的陶晋，嘴里关切地问道。

"哪里都不好了，心肝脾胃肾，哪里都坏透了。"胡坤一脸没出息的样子，继续气恼地说，"张厂长说三天以上的假，他做不了主，得您批。"

"噢？"陶晋抬头看向胡坤，戏谑地说道，"我光听说过陈年的老黄瓜哪里都不好，还没听过青茬子的愣头青也会哪里都不好。用你们小年轻的话来说，这叫涨姿势了，还是不明觉厉了？"

胡坤愣了一下，马上反应过来："陶厂长您尽管取笑我，反正我在所有人的眼里就是死猪不怕开水烫的家伙，再多被淋层沥青也无所谓，只要您能批我的假。"

陶晋摇摇头，一脸苦笑地走到胡坤的身边，伸出右臂揽住他的肩头后，用自嘲的语气说道："我说胡坤，你可别给我挖坑。你明知道我这个人老实，一不小心掉坑里，再把这把老骨头摔着了，你可担不起这严重的后果。"

"陶厂长，我在向您汇报呢！"胡坤被陶晋这么一戏谑，脸上有些绷不住，话里却已经着急起来。

"你那请假条我用脚趾头都能看明白，你呀，啥事都没有，吃嘛嘛香，请什么假？"陶晋右臂使了使劲，按了按胡坤的肩头，一脸笃定的表情。

第三章　阴奉阳违

"心病，我是心病，病入膏肓了。"胡坤着了陶晋的道，一脸不服气的表情解释。

"心病，那得找心药医。巧得很，我有一个当医生的老婆，就不缺治心病的药。说吧，我这两天没在，出什么乱子了？"陶晋脸色未变，声音已经严厉起来。

"陶厂长，我问您，客户让您给他虚提品位，您干不干？"此刻回答陶晋问题的胡坤，声音高亮，话语明了。

"当然不干。"陶晋不含糊，干脆利落地回答。

"那我再问您，领导让您给客户压低品位，您干不干？"胡坤的语气变得低沉，依然简洁明了，直指核心。

"肯定不干。"陶晋再次干脆利落地回答。

"两个都不能干，对吧？可我呢，却像个傻子一样，被人当成了三明治中间的那片火腿肠，左右夹击，没有出路也没有退路。您说我不休个长假躲起来，还真等着他们拿着长矛枪把我穿肠挂墙上？"胡坤把自己得病的原因说了一个明白。

陶晋白了他一眼，鄙夷地反问道："那你就想逃避，想离得远远的，像个缩头乌龟？"

"我只能当那不伸脑袋的王八蛋了，只有一层硬壳能够硬碰硬！"胡坤回答。

"这事还就得硬碰硬。除此，别无他法。"陶晋不容置疑地指示道。

在陶晋看来，这个技术工人出身的胡坤就像一匹性格刚烈的枣红马，是一员能够冲锋陷阵打硬仗的猛将，却很难调教。性子刚烈，根本不会拐着弯做人。就算强硬地用布把它的蹄子包住了，可它的嘴巴还是会勇敢反抗，让人对付不了。

正因为性格刚烈，胡坤在车间一些大情小事上的主见便极强。不仅得罪过副厂长张井然，就连凌瑞峰和于岭等人，也都因为他直棱着便弹出来的话而难堪过。胡坤依然我行我素，毫不理会。精炼厂大大小小有十多个部门，精炼车间便也因了领头人的强悍而变得强悍。

这样的强悍还有另外一层意思。因为胡坤懂技术，也敢闯敢拼愿意琢磨。所以，在同等技术装备水平之上，胡坤带领的精炼车间的技术水平在整个行业也算首屈一指。

技术的强硬多多少少弥补了胡坤在人情练达方面的不足。不仅没有人敢告他的黑状，对他的一些做法大家的容忍度反而高了许多。

当然了，胡坤之所以会如此刚烈，很重要的原因还是因为他在东南矿业的背景。只不过，在任何一个企业，无论国企还是私企，这种事情都是比较忌讳的。只要当事人低调，当事人消停，没有人会过多关注。

陶晋个人还是比较喜欢胡坤的这股烈劲，他自信把这样的人放在前锋的位置，一定会有意想不到的收获。只可惜，胡坤这执拗的脾气始终改不了，即使他的管理能力和工作表现突出，但说话冲，好得罪人，每次民主测评，总是输给不如他的中层干部，绩效工资也会白白少拿许多。胡坤觉得这没有什么大不了的。在他看来，尽全部所能把精炼车间这块责任田种好更重要。

现如今，偏偏就有人挡在田的中央，在他刚犁好准备播种的田里灌上泥汤子。他可不能装作什么也没有看见，他可不想任人欺侮。

当然了，他这一次是被内外夹击得太狠了，想要抗击，但本意绝对不是"逃避"。这只是他的策略，他要通过这样的方式让陶厂长听到他的声音，看到他的态度。

陶晋指示，先按兵不动，耐心等待绝地反击的最好时机。当天晚上，陶晋把手头一些紧急的事情处理完，考虑如何纠正跑偏了的火车，把企业带回正轨。片刻的空白之余，他突然想到了一个人，一个总能带给他计划外思路，能帮他将一切事情看清楚说明白的人。

陶晋编了一条短信发过，不足十秒，对方便将电话打了过来。

对方开门见山地问道："这么晚找我有什么火烧眉毛的大事吗？"

第三章　阴奉阳违

陶晋笑着回答说:"没有什么大事,就是想老哥了,便打个电话。"

谁知,对方却根本不买陶晋的账,反而故意质问说:"我认识你陶晋这么多年,难道还不清楚你不是那种没事便虚头巴脑客套一番的人?"

陶晋不再继续绕弯子,把胡坤讲的厂内发生的事情原原本本说了一通。

"这些鸡零狗碎的事,动不了我的筋骨的。他们要是有本事,就让他们作去吧,早晚有一天得搬石头砸了自己的脚。"电话那端用毫不在意的语气答复。

"我知道伤不了您的筋骨,只是怕您受了牵连。"陶晋叹了一口气又说,"伸手必被抓,这自古以来就是硬道理。可我就怕他们倒打一耙,到时把好人给祸害了,把无辜的人给牵连了。"

"有什么好担心的?我李德通当年在江湖上行走时,他们还穿着开裆裤、叼着奶瓶嘴呢!"李德通一边不屑地反驳,一边又安慰陶晋道,"再说了,就压低品位这点事,还能把我给打趴下不成?就算是他们有胆背着你这样干了,我也不过是损失点钱而已。这已经是最坏的可能,难道还有可能更坏吗?"

没错,电话那端正是被史宏鹏挖了墙角的李德通,精炼厂合作时间最长、品质最稳定的老客户。这个人一向行事低调,万事都不愿走到前台。他的所有业务都放权给了一个经营班子打理,他本人则寄情于山水,潇洒于世外,当着一个江湖装在心里的甩手掌柜。

听到李德通像绕口令一样说出的话,陶晋大笑,语气马上变得欢快:"对,怎么还有可能更坏!"

"不仅没有可能更坏,我反而觉得,一切会变得更好。"李德通又说。

"这便符合事物发展的普遍规律。"陶晋补充说。

"你小子,没听出我的弦外之音呀!"李德通突然话锋一转。

"噢?"陶晋语出惊叹。

"我是说,苏兴海当了总经理以后,你的日子会越来越好。"李德通解释说。

"怎么可能?"陶晋不解。

"没有什么不可能。他当了总经理,会想着在这个平台上做更多自己的事情。那么，你这精炼厂的平台，可是他的重中之重。他能不好好利用？你难道不因此得益，日子不会越来越好？"李德通一口气说道。

"老哥，我明白您的意思了。"陶晋恍然大悟说道，"我陶晋行得正，坐得端，绝对不会做出让您老哥笑话的事情，哪怕前面是刀山火海，我陶晋也会毫不含糊。"

因为铁了心要坚持做自己，陶晋便把心里的那双眼睛睁得更大更紧。他不怕硬碰硬，大不了玉石俱损，他其实是怕掉以轻心，输了不该输的。可不该输的是什么？是一个人的功名与仕途，还是一个企业的功名与仕途？

陶晋和李德通的私交实有渊源。不过，这要说起来，已是十年前的旧事了。

当时，陶晋还在矿山当选矿车间的副主任，前途看似无量，可他活得并不畅快。这与主任在管理上的矛盾相关，也与陶晋自己的技术抱负难以落地相关。

十几年前，李德通在官运最亨通之时辞掉了官职，执意下海做起了生意。最初并不顺利，突然从原来的被人四处求着，转眼之间变成四处求人，李德通心里的那份焦灼和不痛快简直不能言说。

更不痛快的是，承载着他雄心壮志的公司在遭遇一系列的变故之后，陷入濒临倒闭的境地。

李德通决定关掉公司，求爷爷告奶奶借到了三十万块钱，准备把欠员工的工资付了，赤条条地结束。可谁知，命运作弄，这三十万块钱偏偏就在路上遭了劫。

当时，陶晋恰巧经过，和李德通合力追上了歹徒，并抢回了被劫的钱。但陶晋的腹部却被穷途末路的歹徒狠狠刺了一刀。那一刀刺得很深，在鬼门关转了好几天的陶晋才终于活过来。如此，他和李德通便也结下了这生死之交的情分。

因为熟识和亲近，陶晋自然便知道了李德通这先前的风光与此刻的落魄。他建议李德通将目光从大生意、大买卖上往下移，要从小事上一点一点地绝地反击。为此，他专门请求了当时的矿长田德志帮忙，让已经没有资本的李德通，

第三章　阴奉阳违

在不违反组织原则的情况下重新积累了一些原始资本。

命运就这样时来运转，一个新的机会成为人生的关键。一脚踏进了黄金行业的李德通，也进入了他的事业黄金期。

在陶晋成为精炼厂的厂长之前，李德通和陶晋私下走动极为密切。李德通是一个重情重义的人，他一直感恩陶晋在他最难的时刻给予的无私帮助。只不过，怕给陶晋带来不便，再加上这几年李德通一点点走向了幕后，所以，他和陶晋的交往也在隐秘中走向了更隐秘。如此，包括苏兴海、凌瑞峰在内的所有人，都不知道陶晋和李德通这私下的交情。

第三天下午，苏兴海果真带着考察团来到了精炼厂，凌瑞峰则忙前忙后地跟随着。

集团办公室早早便把接待通知转了过来，于岭拿着通知来找陶晋时，一脸不解的表情说："集团现在办事越来越不靠谱了，这么大排场的接待，一个小小的精炼厂怎能打头阵？"

陶晋把通知快速浏览过后，便纠正于岭的思想说："小小的精炼厂当了排头兵，我们这些精炼人得感恩戴德才对，怎么还不情不愿了？你的政治觉悟呢？"

于岭赶紧耸耸肩，呼应了陶大厂长对自己的揶揄。

考察团到达梨州市区的时候，苏兴海给陶晋发了一条短信。他让陶晋准备点礼品，尤其是几个重要领导的礼品，要特别一些，比如说克重的小金条。短信里，陶晋不好反驳，只能依言安排于岭去办。

于岭张口便问："账务怎么处理？"

陶晋想了想说："集团办公室李主任跟着苏总的，见了面再问。"

没承想，不过十分钟，于岭的电话却打了过来："陶厂长，这市场部被林希管得好严，不见钱不给金子。怎么办？要不，您直接安排？"

刚挂断于岭的电话，林希竟然自己敲门进来，张口便问："陶厂长，是您安

沽 金

排拿金子？"

陶晋被堵了一个正着，但他马上一副交代工作的表情答复道："你按照于厂长列的清单，把东西准备好，下午就用。"

"怎么走账？"林希此刻竟有些脑筋不能急转弯，非要陶晋说出一个所以然。

"先挂账，一会儿见了集团办公室李主任，我和他对接后，给你处理明白。"陶晋说。

"只要有人负责就行。"林希脸上笑笑又说道，"不过，出库的清单得麻烦您先签字画押。"陶晋也不反驳，同样一笑，拿起笔便签上了自己的名字。

按照正常的出库流程，市场部的零售清单无须厂长先签字确认，只要有财务、零售、出库、保安、相关部门负责人的共同签字以后，金子便能出厂。厂长是在事后集中补签。可现如今，陶厂长要金子，财务却没有资金进账的手续，市场部怎能凭厂长的一句话就把金子给送出去？这件事情的性质，无关金子的重量，重要的是流程不对，整个事情便不能去做。

接待工作进行得很顺利，再加上苏兴海一路上不停地嘘寒问暖，此次来到精炼厂的各位领导，对精炼厂这个经营班子给予了极大的肯定。

在转到精炼车间的时候，苏兴海像是故意提起设备更新改造的事情似的，说精炼厂计划对现有的生产设备进行技术升级。到时候，整个东南矿业的精炼水平将达到国际顶尖水平。

他像是为了印证一般，当着考察组的面问陶晋："陶厂长，这事你们已经提上议程了，对吧？"

陶晋模棱两可地说："我们正在全力去做。"

陶晋的话落进了跟随的所有人耳里，包括精炼厂的所有高管，众人表情自然不一。陶晋却独独注意到了凌瑞峰脸上意味深长的那抹笑。

在接待的空隙，陶晋想了半天，还是单独向苏兴海请示了礼品的事情。陶

第三章　阴奉阳违

晋一直记得苏兴海当时看过来的表情，可他很快便控制住了自己的情绪，语气平稳地指示说，这事不急，等他回了集团，再告诉陶晋怎么处理。他还请陶晋放心，一定会有人买单。

陶晋琢磨着苏兴海的意思，东南矿业肯定不会买这个单了。可精炼厂这个单还必须处理。那么，苏兴海一定是要借助外力。陶晋知道自己在处理这件事情上的政治表现极不成熟。可他又很明白，如若不把脸皮撕开，这个事情恐怕也就搁浅了。如果真是那样，到时为难的只有他自己，他总不能自己掏这几十万吧！

还有一点很重要。这是苏兴海上任后的第一次对外相赠。以前他当集团副总经理时，也用不着他来操这些人情上的闲心。但现在不一样了，他说了算了，也得考虑在前了。所以说，如果第一次就进展得如此顺利，他的指令一发，精炼厂就屁颠屁颠地把金子送了出去，如若这事开了口子，一而再，再而三，恐怕……

暮霭重重叠叠地浮动在精炼厂的四周，远处山的浓绿和峭拔也变得恍惚起来，考察活动终于全部结束。陶晋和众高管们目送一辆中巴车将这些领导载往兄弟矿山。这一次，凌瑞峰没有跟着继续同行。

不待陶晋松口气，苏兴海却发来一条需要揣测其深意的短信："我已安排史总处理此事，你直接与他联络。"

陶晋仔仔细细看了三遍，还是不能对苏兴海的心思揣测一个清清楚楚。这个单要史宏鹏来买，还是说，让陶晋与史宏鹏联络，请他来买这个单。如此一来，陶晋便欠了史宏鹏一个说法，给了史宏鹏一个把柄。再或者，苏兴海就是明明白白告诉陶晋，让陶晋不要不识抬举，摆明了逃不出苏兴海的五指山，何必徒劳挣扎，不如乖乖就范，自己把事情漂漂亮亮地处理了！

陶晋想了想，决定把此事沉一沉，他绝对不会主动跟史宏鹏联络，更何况，还是请他处理这个事情。再说了，他在并不十分确定苏兴海的真实意图之前，还是不要轻举妄动的好！

沽 金

苏兴海前脚刚走,陶晋后脚便被张井然等人围成了一团。

"陶厂长,车间要更新设备了吗?"张井然一脸想要答案的表情。

"你不是听到了,苏总说要更新设备。"陶晋回答。

"好事是好事,可哪里那么简单。"于岭插话进来。

"苏总说了要办,就得办,还得办好。这天底下哪里有光简单不复杂的事情!"凌瑞峰借着苏兴海的余威,把架子高高地端着,一副发号指令的样子。

"凌厂长说得对,领导安排了,就得去办。否则,乌纱帽不就叫人给摘了?"陶晋附和着凌瑞峰的语气故意说道。

"陶厂长话里有话,你们都听出来了没有?"凌瑞峰见没有人响应,自顾自地说道,"在咱们厂,陶厂长一言九鼎,他怎么安排咱们怎么办,保管出不了差错。乌纱帽在各位的头上会安生地待着。"

"凌厂长,陶厂长可没这样安排,明明是苏总的指令呀!"插话进来的是胡坤,一脸惊讶的表情根本看不出来像是装的。

"这设备更新,受益的就是你们精炼车间。怎么着,你第一个不乐意吗?"凌瑞峰终于察觉到了自己越俎代庖。

"我们肯定拍着巴掌感谢集团感谢苏总,怎么会不乐意?"胡坤踢了皮球。

"行了,我也管不着你们车间的这些大事。我老凌能力有限,能把市场管好,不拖大家伙的后腿就万事大吉了。"凌瑞峰转移了话题,想要转身离去。

胡坤却不依,抢白说道:"凌厂长,您就再管管嘛,管管我们车间的这些破事。比如说,把客户的品位压低或是抬高什么的,比如请工人喝个小酒吃个火锅什么的……上嘴唇动动下嘴唇,我们一定老老实实跟着您的指令走。"

"你胡说八道什么?莫名其妙。"凌瑞峰因为胡坤的插科打诨般,脸上的神情大变,说话故作镇定。

"行了行了,正事不管,闲事不断。"陶晋一见两个人要僵起来的样子,便赶紧插话进来,"既然大家伙都在,咱们还是议议最近的事情,省得一个个都

第三章　阴奉阳违

闲得蛋疼。"

陶晋的话让现场响起一阵轻快的起哄声。笑声未平息，所有人便紧跟陶晋的脚步，往会议室的方向走去。陶晋如往常一般，又自动忽略了林希和李晓韵这两位女性的存在。但和以往不同的是，林希此刻的心情变了，原本的若无其事竟然变成了亲近之情。她甚至在这样的笑声里深深看了陶晋一眼，并让那一眼追随陶晋的稳步前行许久许久。

4.不合规的招标

这一天，财富银行终于发了标书，邀请国内各主要精炼企业参与到他们交易标准金条的生产投标之中。精炼厂参与其中，凌瑞峰志在必得。

投标过后没多久，财富银行便派了一个考察组来到精炼厂，对精炼厂的生产实力进行综合评估，以此确定是否具有最后的投标资格。

陶晋原本对此事也寄予了厚望，却在看到标书的那一刻，心里生出了一些退却之意。

原因很简单，凌瑞峰三番两次地向他邀功，意思是那财富银行刚刚有了进场交易的资格，但因为是第一年，交易量不会太大，精炼厂便赚不到太多的加工费。可有他和温文生这层关系摆着，财富银行这只贵金属交易行当里的"菜鸟"，便断然不会冒失地选择送金加工。所以，仅这金子的差价收益，便是极为可观的。

陶晋很明白，凌瑞峰是将这次投标当成了囊中之物。他并没有泼凌瑞峰的冷水，反而是任由凌瑞峰自我标榜。既然时间早晚都会给出正确的答案，他又何必庸人自扰？但这并不意味着陶晋就是一个睁眼瞎，任由别人牵着鼻子走。如果仅凭人情便可以拿下订单，市场部这几年的业务便不会拓展得这么辛苦。在这个关系营销盛行的社会，不是有一个铁板钉钉的结论，说绕圈不过五次便

沽 金

能找到最终想找的人。再从另一个层面去讲，财富银行也是一家股份制的大银行，这业务流程断然不会马虎到漏洞百出，断然不会把最爱瞪着老虎眼的审计当作儿戏。所以，一切绝非凌瑞峰一厢情愿以为的那般诸事顺意。

果真如陶晋判断，凌瑞峰很快便蔫了下来。他气冲冲地来找陶晋，先将温文生一阵编排，之后便诉起苦水，说财富银行定是有了高人指点，才会将合作内容定为送金加工。送金加工也就是重铸加工，并非买金加工。他甚至一脸不屑地自抬身份说，"就让供应商赚取那么一丁半点的加工费，堂堂一个精炼厂才不伺候那么穷酸的爷。"见陶晋一直一脸似笑非笑的表情看着他，他马上又语气一转地说，"当然了，一分钱也是钱，积少才能成多，这单子还是得拼了全力去接。"

即使明知过程艰难，结果也不会太遂人意。陶晋表示全力支持凌瑞峰带领市场部拿下此单。在最后报价的期限之前，凌瑞峰又带来了一个让陶晋窝火的消息，说温文生私下里告诉他，其他几个供应商的报价都比精炼厂低，温文生让他们再慎重考虑报价的问题。

陶晋有些生气，他知道凌瑞峰一定会在私下里与温文生接触。但报价这么大的事情，基本上是能决定精炼厂能否胜出的生死之事，凌瑞峰竟然脑子短路，将报价透露了出去。陶晋知道，此刻追究无益，当务之急还是研究对策。

陶晋明白无误地指示："事情既然都到了这个份上，这个单子必须接下来。但至于报价是调还是不调，还得领导班子们一起议一议。"

"大家都忙得要命，这事也不是他们的业务分管范围，恐怕没有人会多拿主意的。要不，我让林希再一起好好测算一下成本。只要有利润，咱们就继续投标。您说呢？"凌瑞峰只是看起来没有主意，实际上心里早已盘算清楚，只不过是征得陶晋的许可而已。

"这么大的事情，不管多忙，不管是不是分管业务范围，我个人建议，还是要召集大家伙一起议一议。毕竟这活要是接了下来，可不止市场部一个部门忙活，精炼车间也不能闲着。更何况，市场部是和精炼车间结算，精炼车间恐

第三章　阴奉阳违

怕不会干一丁点赔本的买卖。"陶晋拍板说道。

会议很快进行，林希、胡坤等人作为主要经办部门列席会议发言。

如陶晋所料，第一个跳出来反对此事的，便是财务总监李晓韵："我不建议调整报价。先不说对方供应商的报价我们只是道听途说，难辨真伪。仅从这个数字来看，可能性便不大。因为咱们精炼厂的生产成本应该算得上同行业中成本最低的，假如我们都无利可图了，别的厂家又哪来利润可言？"

"我同意李总监的意见。我们出去投标，不就是为了多单业务多赚利润吗？要是根本无利可赚，何必去费那么大的周折？"张井然明显与李晓韵意见一致，没有考虑凌瑞峰的面子问题，附和着表了态。

"陶厂长，凌厂长，我之所以不建议调整报价，还因为咱们的报价依据只考虑了生产上的报表成本，根本没有计算隐性成本。如果再加上人力和管理上的各种支出，假设最终生产的量达不到实际的盈亏平衡，这最后的利润恐怕便要变成负数……"李晓韵继续分析。

"李总监的话也对也不对。"看出来对自己情形不利的凌瑞峰，略一思忖后便反驳说道，"说对，是因为咱们干业务就是为了赚钱，这点毋需质疑。说不对，是因为干市场的算账法和干财务的算账法，压根就是两码事。如果所有的单子都这么细里来细里去地算，那市场部干脆就关门大吉好了。还干什么活？一干活就有成本在支出，还不如不干，图一个省心利落。我觉得大家伙考虑事情的初衷得改一改，得想一想现在市场有多难干。原来躺着就能挣钱就有单子送上门的时代已经一去不返了，我们要是再计较东计较西，不喝西北风还有人给白送大饼子吃吗？鬼才信呢！"

"凌厂长，我们就事论事，怎么把话扯远了？我们也没有质疑，只是觉得这事还得从长远考虑。"张井然不满凌瑞峰的态度，但脸上还是多多少少勉强挤出了一层不轻不重的笑。

"张厂长，我可没有扯远，都是实话实说。你们是不干市场不知这干市场的苦。大家伙也不要以为市场部的活很好干，说金子都不愁卖。我就明白说吧，

沽　金

我凌瑞峰是烦这活烦得够够的了。赔不尽的笑脸，说不尽的好话，有时候还得私下违规打点一把。可我落什么好了吗？除了这胃喝得就要露出一个窟窿，还听尽了大家伙的风凉话！"说到这儿，凌瑞峰眉毛往上一挑，一副不甘被否定的气愤模样。

"凌厂长，并没有人说你们市场的活干得轻松容易。当然，我们肯定也只能站在自己的角度来看这件事。您也知道，我们车间现在的活本来就排得满满的，除了供应各银行的工艺金，还有咱们自己在上交所的投资金，东方银行在上交所的投资金。这三块的量有多大，您应该也很清楚。假设说财富银行的标中了，单子接了，先不说这么低的利润，恐怕对现有的生产能力也是一个严峻的考验。"张井然继续摆事实讲道理。

李晓韵马上一脸突然想起来的表情，补充说道："张厂长倒提醒了我。东方银行的投资金也是咱们加工生产的。这行业内的价格其实是透明的，假如说我们给财富银行的加工费低于东方银行，这事恐怕会变得复杂起来。"张井然和李晓韵的话说到了点子上。

陶晋冲着两个人微微点了点头，打着圆场把话接了过去："大家伙考虑得很周全，都是为了精炼厂的利益不受丁点损失。但咱们今天还不能先讲困难，重点是想办法。也就是说，前提是财富银行的这个标咱们得投，但要商定这价格怎么调？你们的意见我也都听明白了，我个人建议，如果我们认定这就是最低的报价，那我们就不能再往下调了。调或不调，这事都得讲究点策略。既然人家温行长好心好意地给我们通了风报了信，咱们就得领这个人情。"

陶晋看向凌瑞峰后做了个指示："凌厂长，你们就和财务部再一起辛苦辛苦，把成本再认真测算一下，重新做一个报价单。在现有报价的基础上，只做一个零头上的调整，不可大动。这个价格还有一个原则，就是不能低于东方银行现在的合作价。虽说两家都是客户，但我们还是要综合考虑既往和东方银行合作的情分。你说呢？"

"全听陶厂长安排。我们马上就去落实。"凌瑞峰爽快地应承下来，不管心

第三章　阴奉阳违

里是否痛快。

听着各位领导各抒己见，林希扭头看了胡坤一眼，胡坤刚好也扭头看了过来，两个人的脸上浮出一丝只有他们能明白的笑容。

林希觉得这么严肃的事情，现在搞得就跟演戏似的，实在是匪夷所思。算起来，她大大小小也参加过几十场的银行招标，但像财富银行如此的违规操作，却还是实打实的第一次。先不说堂堂一行之长竟然私下爆料，将别人的底价通盘卖出，还能如其所愿进入公开的流转，实在太不合常理。还有另外一种可能，就是已经知道入局无望的各大供应商，与财富银行达成了一致，大家把报价一齐哄抬，最终受益的除了财富银行，恐怕也会有许给他们的其他好处吧！

胡坤和林希私底下有一些不为人知的交情，再加上两个人的工作属于直接对接的部门，平日的交流便较别的部门负责人多了许多。当林希扭脸看他表达自己的情绪之时，他也传递给了林希同样的情绪。他才不信凌瑞峰所讲的事实，他宁愿猜测这其实是凌瑞峰挖好的一个坑，就等着陶晋没看清掉进坑里，他凌瑞峰坐收渔翁之利。

对副厂长凌瑞峰的习性，胡坤一向自认为看得比厂长陶晋更明白。虽说这两个人搭班子共事了四年，但凌瑞峰一直打心眼里不服陶晋的管理，这是很多人都很清楚的。所以，只要时机合适，凌瑞峰一定会拽陶晋下马。

只可惜，他一直没有瞅着这样的时机。三年前，氰化车间氯化钠外泄，谁把那事捅给媒体的？这事很明白，除了凌瑞峰，绝无别人。就算不是凌瑞峰干的，但一定也与凌瑞峰有关。说起苏兴海，胡坤也私下琢磨过。苏兴海对凌瑞峰的看重远远超过对陶晋的看重。这有点违背常理，毕竟分管领导应该和一把手勤沟通。事实上，苏兴海也的确是事事都直接指示交代给陶晋。但不知怎么了，从今年开始，苏兴海明显地对凌瑞峰的直接指示多了起来。有些事情，他竟然不知会陶晋便直接安排凌瑞峰去做。

胡坤分析，如此变化，只有一种可能，那就是苏兴海和凌瑞峰在几年的试探、揣摩和徘徊后，达成了利益上的共同体。而在这个共同体面前，陶晋无疑

沽 金

已是出局者。

这从财富银行温文生的突然来访便可窥见一斑。当然，那个考察团的接待，也是佐证这一切的铁板事实。

胡坤不禁暗暗揣想，这是急不可耐要上位的节奏吗？只是，陶大厂长会轻易认输吗？反正他胡坤不会认输。所以，他才会选择以请假的方式，想要逃离被凌瑞峰谋划的局中。虽然他最终未能逃离，因为陶厂长还需要他把眼睛紧瞪着，把拳头紧攥着，把心紧绷着，不出一丁点差错，不让坏人得逞一丝一毫。

陶晋也猜到了这次投标事件不合常理。可凌瑞峰始终在牵头强势推进，陶晋便也不好把这事给否了，毕竟这也是一笔不算很小的长期订单。如果因为陶晋的决断，这事黄了，那么，秋后算账的内容可是会比报表上的利润丰富太多！

陶晋也看得很明白，苏兴海如此热心此事，一定也是要力促此事圆满。既然整体方向已定，他陶晋便不如做一个顺风人情。

陶晋心里极不舒服，思前想后，就在等待凌瑞峰对报价进行微调的空当，必须找到一个参谋把陶晋的心定定。

"陶厂长，你这有啥子急事又非要我速回电？"李德通声音低沉，半点爽朗情绪都没有。

"肯定是老弟我遇到了难事，得求老哥帮忙。这才一遍遍地打扰您的清净嘛！不过，您这过得也太神仙了吧？又打死都不接我的电话。"陶晋话里带着笑，却也带出诚挚的情意。

"知道我喜欢清净，还非得让我回江湖惹一身臊毛？"李德通竟然毫不客气地指责。

"谁让关键时刻我脑子里只有您老大哥呢！"陶晋直接拍了一个马屁后，又继续开门见山地说道，"老哥，我知道您不在江湖，可江湖上的事您却是无所不知。所以，财富银行金条加工招标的事您一定也听说了！"

"你想打听什么？"李德通不再继续抱着高高在上的身份不放，而是直接

第三章　阴奉阳违

相问，话里的意思很明白。

"供应商哄抬底价这件事，您怎么看？"陶晋沉声问道。

"底价？你们有底价？"李德通听了陶晋的问题，终于语气里带出笑意，直白而说。

"李总您就饶了我吧，做人都有底线，投标能没有底价呀？这丁是丁卯是卯的，是萝卜就得有坑嘛！"陶晋话里话外既是客气也是自辩。

"真是服你老弟了。"电话里的李德通仿佛卸下全部的盔甲一般，笑着说道。

"有人把供应商的报价泄露给了我们，我们要想中标，就得重新调整报价。否则，这件必须做成的事便做不下去了。可您也知道我陶晋的性子，我最不想被人缚了身子推着往前走。所以，就向您讨教一个主意，我怎么做才好呢？"陶晋谦逊地说道。

"你这不都很明白了吗？知道自己还不想被别人绑了往前走。所以，照我说，你们就别调那狗屁的什么报价了！有啥好调的？光听那帮孙子指手画脚，你这堂堂总经理的脸面放裤裆里去？反正早晚都得流标，想那么多管个卵用？"李德通毫不客气地对陶晋一番指教。

"流标"？李德通的话音一落，陶晋的心里便"咯噔"一下。他想到了报价外泄的不合常理，以及根本不可能实现的报价，但万万没有想到流标的可能。可这李德通一语惊醒了梦中人。再仔细回想，就是奔着流标去的。最有诚意合作的精炼厂报价最高，再怎么综合评价，也不会中标。其余的厂家，报价那么低，既然没钱可赚，那他们图什么？可如果是奔着流标去的，财富银行整这么大一个乌龙事件的目的又是什么？谁还能从中得到好处？

陶晋爽朗地回应："我真是罪过，又把李总给惹毛了。可您这本色的话一跑出来，我的心里咋这么舒坦？"

"你也就在我这儿有受虐的倾向。换个别人虐一虐你试试？我们俩呀，说到底，都长了一个老虎的屁股，一般人摸不得也亲不得！"李德通也终于大笑起来。

沽　金

陶晋故意不服气地辩驳说道:"我陶晋哪敢和李总一样,天生长了一个老虎的屁股。我这屁股是拜这顶帽子所赐。帽子没了,屁股也就决定不了脑袋喽!"

"不管那些狗屁的玩意儿,活得自由痛快才叫万岁!陶老弟你也看得再明白点,不过五斗米而已,不要为此伤了自己。"李德通好心劝慰,话里话外潇洒至极。

"我这五斗米和您那五斗米大不相同。您是闲居世外桃源,有人给你好生打点米缸。我呢,一天不坐这凳子上,一天就没了饭吃。别说五斗,一瓢都难呢!"虽说是戏谑,可陶晋的心里还是隐隐生出一些被这官场和商场双双束缚着的悲哀。

"既然话说到这儿,那我就再提醒你一件事。"他不等陶晋回答,继续说道,"你们厂子里的事情,有你在那儿把着关,我送的金子便出不了差错,这一点,我是放心的。不过,最近几个月,我还是有些不痛快。我也是吃饱了撑的,管起了闲事。我是听说你们这半年来把那王八蛋史宏鹏捧上了天,敞开门收金子。两个月前还听说你们要提高他的客户等级,提高付款比例。他是不是已经荣升为五星特级客户,都没有再往天上爬一小格的梯子了?你们这不是要把老哥我逼上绝路,而是在自断自己的后路呀!"

"李总,情况绝非如此,我们一直在按规矩做事,绝不敢逾矩半格。包括您讲的等级的事情,只是领导的提议,但……并没有这样去办。"陶晋心里一惊,马上出口解释。

"我是真不愿管你们这些破事,就是觉得你陶老弟是个值得交的小老弟,咱们也不是一天两天的交情,是过命的交情。所以,才多嘴提醒你一句,小心身边的小人。当然了,你也可以选择不信,当我什么也没有说。这破天,阴魂不散的雾呀霾啊的,在头顶上一天到晚地悬着,看不到太阳,也喘不顺气。不过,正因如此,更得好好活着要紧!"说完,李德通便率先挂断了电话。

陶晋一个人留在空荡荡的厂长办公室。桌上的铭牌闪着清冷的银色光泽,让陶晋的心里刮过一阵紧过一阵的飓风,半天难以平复情绪。

第三章　阴奉阳违

　　向李德通请教并知道了"流标"的最终结局，笃信李德通绝不会口出诳语，陶晋心里原本那些与招标有关的不甘，还是一下子被春风拂去了一般。流标对精炼厂并没有丝毫损失，但假使强硬开弓，只是为了中标而不顾利益地自降身价，陶晋他们惹来的非议恐怕便不是三言两语能解释清的。反正他已经明确指示凌瑞峰，投标的事情要继续，既要顾及温文生的面子作一个不伤筋骨的微调，也不能让精炼厂无利可赚。如此，也算是两全其美，挑不出毛病。

　　他马上又想到了李德通的提醒。他了解李德通，如果不是情势逼人，李德通断然不会直白表露如此强烈的情绪。陶晋也极不喜欢史宏鹏的张狂，可眼下看，史宏鹏只是一个外购金的客户而已，只是和自己的顶头上司苏兴海有着看不见的交易而已。这并不会伤着他陶晋或是精炼厂的筋骨，那么，要提防什么才不会自断后路呢？他相信时间会将一切答案带到面前，他陶晋此刻能做的，除了尽职和本分，只有安静地等待。

　　很快，财富银行的投标工作便完成了报价的调整以及最终投标文件的报送。可是，原本着急推进此事的财富银行，突然间没了更进一步的动静。心里着急的凌瑞峰该是私下询问过温文生，因为投标文件是他亲自带着林希一起去报送的。当然了，陶晋知道这是凌瑞峰直接去拜会温文生的最好理由和最好方式。回厂之后，凌瑞峰也一脸兴奋的样子向陶晋描述过合作的前景。经财富银行初步测算，一年起码会有近十吨的订单量。如果真能达到十吨的生产量，财富银行可就超过东方银行，成为精炼厂最大的客户了。

　　陶晋对此并不以为然，只是附和着凌瑞峰对合作前途无限光明的豪情，首肯凌厂长忙前忙后的功劳。敏感如凌瑞峰，自然听得出陶晋口不对心的夸赞。

　　财富银行招标没有进一步的动静。东方银行的一个小型投标却顺利拿了下来。而且，认真论说起来，这个标还有点像天上掉的馅饼，摆明了要送给精炼厂似的。

　　东方银行的刘成主动给林希打来电话，让林希着实有些意外。作为精炼厂最大的合作银行，市场部有三名员工专门负责跟进东方银行的业务。因为有了

沽　金

年初的那次不愉快，再加上常规业务都在按部就班地推进着，这几个月以来，林希并没有怎么搭理过刘成，她不想给自己添堵。

刘成倒一点也不生分，热情而又直白地表示，他们银行有个定制的单子要做。为了稳妥起见，他们行长要他在市场上先找加工商设计小样，以免到时候通过投标来完成订单的时候，所有的设计行里都看不中，又不想勉强选一款，耽误了事，也废了标。但他找了一圈下来，领导都不是很满意。于是，他便想起了精炼厂。

东方银行这次想在产品的材质或是设计上做点文章，又不想做成金镶银或是金镶玉，因为银行销售的贵金属产品的成色，是有规定的。但怎么能够出奇制胜，他们也没有太好的建议。只能寄希望于林希帮他们想想办法，做一款好的产品推向市场。

说来也巧，林希那几天和设计聊天时，无意中聊到过黄金首饰中的幻彩工艺。这种工艺的特点就是突破了黄金首饰色彩的单一性和局限性，让黄金在不同光线角度的反射下，都能焕发出彩虹一样的光芒，营造出一种奇幻、闪亮且绚丽的视觉享受。这种独树一帜的工艺创新，只是让原本的素金首饰有了色彩斑斓的华丽外表，开启了素金饰界的梦幻时尚之旅。在投资金上面，并没有厂家尝试和应用。

经过和刘成的一番沟通，林希的直觉便是把这种幻彩的工艺应用到投资金，再将现在最流行的浮雕工艺也作一个表现，做成一款独一无二的私人定制产品，便有了无法效仿的竞争力。就这样，从设计到打样，前前后后忙活了快三个星期，东方银行对这款以幻彩和高浮雕工艺表现出来且能够实现私人定制的黄金信印产品极为满意。

由于有了上次吃亏的经验，这一次则由结果推导，也没有通过送回扣的非法手段去竞争，精炼厂顺理成章地拿下了此单。等到第一批产品交货时，在银行攻势强大的预售宣传下，精炼厂首批便实现了五百公斤的销售量。而第二批订单又已经马不停蹄地开始了加工生产。

第三章 阴奉阳违

如此一来，一款产品赚得盆满钵满，绝非虚言。因为越是个性的贵金属产品，其附加值便越高。而上任不足半年的刘成自此也对精炼厂的设计加工能力产生了信任，对林希产生了信任。在一个靠实力说话的时代，信任往往是合作的最坚实基石。这件事也让林希想明白一件事，舍近逐远似乎是我们人类的天性，因为有其目的意识在不停作祟。但人们早晚还会悟得人生真相，天地者，万物之逆旅！既然这是必须经历的、必不可免的过程，那就耐着性子忍受好了！

5. 有话好好说

半年结账工作进展得很快，即使已有预期，李晓韵带来的好消息还是让人大为振奋。

"双过半"的冲刺活动结束了，精炼厂的指标完成比例在东南矿业所有的下属企业中，排名第一。要知道，这个指标可不是年初的老指标，而是和开门红一起上调后的奋斗指标。

苏兴海很是高兴，甚至亲自打来了祝贺的电话，要求在集团要召开半年经营分析会上，精炼厂做一个典型发言。

陶晋突然脑子短路，竟然以戏谑的口吻抢话说："那对员工的激励也可以讲喽！"谁知，他的话音一落，苏兴海那边的指责便"轰"地一声炸了过来，震得陶晋的耳朵嗡嗡直疼，甚至不自觉地将话筒猛地移开了那么一下。

只听苏兴海不满地说："我说小陶，你怎么变得这么激进了！这激励的事能提吗？你又不是不知道，你们精炼厂的员工收入在整个集团里面是什么水平！去年形势不好，各大矿山都对员工的收入做了下调，就你们坚持不动。要论贡献，论规模，论实力，哪个矿山不都大过你们精炼厂？也就我一直作为你的直接领导，肩上扛着兄弟们的希望，替你们据理力争，这才保证了你们的收入水平没有变。怎么着，你是不是看着我不是你的分管领导了，便想顶风为难我，把我往火口上烤？"

"苏总，小陶哪儿敢呀！您别生气，我就话赶话，随口说了句玩笑话。"陶晋赶紧解释。

"你是堂堂一厂之长，管着上千人，怎么能随随便便就说这样的玩笑话？这使不得，要不得，更说不得！"苏兴海还在气头上，话里依然不饶人。

"小陶知错了，小陶向您负荆请罪，绝不再犯这样的低级错误。"陶晋忙不迭地赔罪道歉，安抚苏兴海突然便燃起来的怒火。

"不是我说你，你这些年进步的确很快，可在政治觉悟方面，还有待提升。按理说，我这么大把年纪的人了，还能在这个总经理的位子上待几年？年轻人的敢闯敢干，看看也就过去了。可我这辈子偏偏就跟'认真'二字较上了劲，你是我推荐的干部，现在又是干事创业的好年纪，决不能因为一点小失误，误了大好前程。"苏兴海话里话外语重心长。

"小陶一定铭记在心，也感谢苏总一直以来的栽培和关怀。"陶晋心里有些不痛快，觉得苏兴海自从当了总经理更喜欢上纲上线，可在态度上一点也马虎不得。

"今天这通电话，是对你们新取得的成绩表示祝贺，不想说惹人不快的话。但是……"

苏兴海在电话那端的语气停顿下来，好像在思忖如何将话继续下去，又好像在琢磨即将扔过去的炸弹，陶晋是否能接得住。

就在这样的停顿里，陶晋如醍醐灌顶。苏兴海打电话的本意，并非为了庆贺精炼厂的半年指标圆满完成，而是借着指标给颗糖豆，实质却是要打陶晋一巴掌。

片刻之后，苏兴海沉声讲道："小陶，关于开门红和半年指标的事情，虽说我很高兴咱们精炼厂取得了胜利，也给兄弟企业一个励志的榜样。但在我看来，你们还没有把潜能发挥到最大，还应该有一个更大的提升。上次我提到开门红

第三章　阴奉阳违

10%的增幅，你说不可能，我也没有强求。可这半年指标你们完成得这么好，这便说明，你小陶还是有很大的保留的。所以，我希望你们在态度上再作一些改变，再将步子迈得大一些，再将膀子甩得开一些。在我的字典里，只要敢想敢干，就没有什么不可能。"苏兴海再次停顿下来，等陶晋表态。

"苏总，有您的支持，精炼厂下一步一定会有更大的发展。"陶晋明白了苏兴海的意图，突然间有种想笑的冲动。

"要发展，可不是口头支持和口头表态就能实现的。"苏兴海顺理成章地把话接了过去，语气一下子变得更加严厉，"既然说到这儿，我就给你布置几件事，你好好琢磨琢磨怎么干漂亮，怎么干利落了！"

见苏兴海切入主题，陶晋便赶紧应声而问："苏总，请您明示。"

"这第一件事就是财富银行的流标。本来多有把握的一个单子，可你们枉费了我和温行长的一片苦心，没有把握住机会。不要瞧不起薄利多销，要想赚取更多的加工费，就得让量往海了去。不要谈什么底价，也不要谈什么困难。底价不就是咱们自己定的框框？只要把框框再画大一些，事情不就迎刃而解了吗？再说困难。是设备的问题就解决设备的问题，是人的问题就解决人的问题。这就跟解绳子似的，只要找到绳子的头，多点耐心，多点时间，怎么会有解不开的疙瘩头？还是心不细，胆不大，目光太短浅。幸好这件事还有回旋的余地，温行长已经私下告诉我了，近期还会重新组织招标，你们务必认真对待，及时调整，把标拿下。"

"这第二件事，就与你们反复提及的困难有关。我记得很久以前你就跟我提过技术革新的事，当时我没有拍板，是因为觉得市场不稳定，精炼厂必须降本增效。所以，不能花那么多的钱上马那么贵的设备，不能背一个甩不掉的重包袱。现如今，现实的情况就是这么棘手，如果设备不革新，咱们厂的综合实力便肯定上不了新台阶。这与我们想把精炼厂做成全国实力最强的黄金精炼企业的想法不符。所以，我跟杨董事长做了单独汇报，这事还得快点推进。像小克重金条的自动生产系统，我看就很有必要赶紧上马。上次我带着考察团去，也提到了这件事。巧得很，我还有点门路，认识几个国外的设备厂家。回头你来集团，我带你去见见他们在国内的联络人。设备看好了，打一个预算外固定资产采购申请，集团一批，走一个招标程序，这事也就妥了。"

苏兴海明白无误地将话切入了主题，将设备更新的问题直接抛到了陶晋这儿，陶晋已然明白了苏兴海的心思，只能顺着苏兴海的意思答复说道："苏总为精炼厂的发展殚精竭虑，我心里有愧，但一定努力不辱领导期望。"

"你我都是干实事的人，如果在其位不谋其职，还不如回家卖红薯。我们之间就不用戴高帽子了。你说说，设备的事情这样干，行不行？"苏兴海追问。

"全照苏总的指示去做。"陶晋只得表态。

苏兴海的语气变得轻缓，开始讲第三件事情："这第三件事，我想这么干。想法还不是很成熟，我先抛个砖，你们好好琢磨琢磨。"

"苏总，您尽管指示。"陶晋答。

"越是经济形势不好，我们越是要高调做事，尤其是对外购客户，我们更要紧紧地把他们拢在身边，让他们心无旁骛地为我们所用。所以，你和小凌他们几个商量商量，看看有没有必要在近期搞一个隆重的外购客户答谢会。"苏兴海说。

"这是好事呀！"陶晋声音上扬，但他马上语气一转，"不过，这不年不节的，是不是不如放在年底好呢？"

"中秋也好，国庆也罢，年底也行，你们商量商量，看哪个时间更合适。我只是这么一个建议，具体如何操办，还得靠你们自己。但我这里给你打包票，只要这事弄起来，我和杨董事长都会过来。"

"那真是太好了。这事您放心，我们一定尽心尽力地去落实，绝不掉链子。"陶晋将话说得很满，但他心里明白，这都是场面上的话，只能听一听，或许信不得。

陶晋把班子成员都叫到一起，开了一个专题会。先将苏兴海对指标的祝贺以及三个指示做了准确的传达之后，他便直入主题地问凌瑞峰等人，这几件能

第三章　阴奉阳违

不能做，如果能，要怎么做？如果不能，什么理由？

凌瑞峰干脆利落地说，财富银行只要再招标，投标是肯定的。至于报价，他还是原来的观点，只要有利润，这事就得干。当然了，都说行业内的价格是透明的，可合同都是保密的。只要没有人从中作乱，这事就乱不了。

张井然管生产，他当然希望技术革新的步子快一些。既然集团总经理再次提到了设备更新的事情，他何乐而不为？又不是从他张井然的口袋里掏钱去买。

李晓韵也觉得设备更新的事情可以提上议程，既然是预算外固定资产投资，走预算外的资金申请也不是不行。从财务的角度，此事可以推进。

于岭更关心的是外购客户答谢会。虽说是市场的客户，可明摆着的，只要开会，忙前忙后搞接待的，一定是他们办公室。忙倒不怕，他只是觉得，不年不节地搞这样一个答谢会，吃吃喝喝热闹一番，似乎意义并不大。

凌瑞峰却不同意于岭的看法，他认为需要做一场客户答谢会，哪个月份都成。还呛了于岭几句，说于岭的政治觉悟每况愈下，领导满脑子想的都是要办这件事，与领导走得最近的于大秘书竟然唱起了反调！

于岭反驳说，他哪有唱反调，只是就事论事。如果领导和分管领导都觉得此事有必要，可行，他就只做秘书该做的事情就好了。但于岭仍然固执地说："只是……我还是觉得意义不大。"

"怎么可能意义不大？"凌瑞峰得理不饶人，"中国本来就是一个讲究人情的社会。人和人之间还图一个脸熟呢，何况咱们的衣食父母。我还是坚持，这个答谢会要好好办一办。至于想要达到的效果，还得各位领导出谋划策。比如，能不能在这个会议上，把客户的等级重新评定一番，根据新的等级，现场与客户把合同重签了。"凌瑞峰一脸举重若轻的表情，却将苏兴海要办这个答谢会的核心讲了一个明明白白。

"办一个答谢会，名堂上的确不充分。如果仅仅只是为了脸熟，一顿饭而已，不必这样折腾。如果要是重签合同，恐怕前期准备就不能是现在这样吧。再说了，客户等级需要重新评吗？现在的等级有问题吗？"李晓韵一脸不解的表情反问。

"个别客户要调整一下。"凌瑞峰毫不避讳，坦然而答。

"是个别客户还是大部分客户？如果仅仅是个别客户，直接按晋级条件划勾，符合条件，就直接晋级好了呀！"李晓韵一副公事公办的语气说道。

"李总监，你不做市场你不知道这做市场的难。咱们厂这几年的发展，其实就是靠着这些外购客户的支持。可咱们老是端着大企业的架子，弯不下身子和他们平等交流。要是再不将心比心，这些客户要是有一天去了别的精炼厂，咱们想要再重新挖回来，就得付出血本才行。既然这样，为什么不把人情做在前面呢？"凌瑞峰解释说道。

"你们专业上的事情我不懂，我只坚持一条，只要符合晋级条件，我财务这儿就一路绿灯。但要是勉勉强强或是强硬上弓，我这个人认死理，恐怕不能通融。"李晓韵一脸懂了的表情答复。

"违反原则的事情，不光你们财务部不会做，我们市场部更是不会做。这是底线，是原则。苏总之所以提议开这个客户答谢会，也是从这个人情的角度考虑，把人心笼络笼络。要知道，现在这市场行情这么不好，咱们首要考虑的便是客户的忠诚度。否则，连人气都聚不起来，还谈什么大发展！"凌瑞峰又围绕着李晓韵的疑惑解释了一大通。

陶晋心里暗暗揣想，这个凌瑞峰今天表现得这么强势，一副得了苏兴海尚方宝剑的架势，且完全以苏兴海的口吻去运筹帷幄。苏兴海将手伸得再长，也不能事无巨细，无一不过问吧！再说了，这是领导交办的任务，他作为执行者，把任务完成就好了。想那么复杂，硬生生地得罪凌瑞峰和苏兴海干什么？更何况，这件事情于精炼厂并无多大损失，也无须陶晋瞪大眼睛用尽心力。因为还有更重要的事情，等着陶晋凝神聚力，以硬碰硬的姿态确保企业利益呢。

见事情议论得差不多了，陶晋便指示说，他原则上都同意各位的想法。但具体怎么去做，还得各位费心："虽说赢了开门红，赢了半年指标，但接下来的事情并不容乐观，更得各位费心接下来的全年指标。说得现实一些，可是关系

第三章　阴奉阳违

着咱们哥几个年终能拿多少钱回家给老婆呀！"

众人随着陶晋的话音落定，都"嘿嘿"笑了起来。笑声还没有完全平息，凌瑞峰已经皱着眉头接话说道："市场这一块，我们一定尽力，但能不能最终完成，还得听天由命。"

他的话音一落，张井然便第一个跳出来说道："凌厂长您是领头兵，不能自丧斗志，得铆足了劲往前冲才对。"

陶晋也笑着把话接过去："对，凌厂长的旗子往哪里挥，生产、后勤都会跟着旗子铆足了劲往前跑的。凌厂长有信心，整个厂子才有信心。再说了，这半年来，市场部的势头可是一天好过一天。凌厂长可不能学那个什么笑话！"

"什么笑话？"凌瑞峰被陶晋的话带转了弯。

"就是报纸发行的那个笑话呀！"陶晋的话音一落，办公室便再次"轰"地一下笑成一团。

凌瑞峰眉头一松，也笑着说："陶厂长您最会逼人上梁山了！当着众位领导的面，我就表个态，我们市场部的业绩，绝对不会像那个什么报纸的发行那样，明年保证比今年好，明年也要保证比后年强！"

如此一来，本便没有平息的笑声再次响起，气氛一下子变得融洽而又自在。

该议的事情都有了决断，陶晋便让各人去忙，只把张井然单独留了下来。

"张厂长，昨天你和胡坤一起找我，讲的员工激励发放的事，我认真想了想，还是觉得不妥。所以，想和你再沟通沟通。"陶晋脸上一笑，拍了拍张井然的肩膀，直白说道。

"其实我也觉得不妥。只不过，总得跟大家伙一个交代，否则，人心一散，队伍可就不好带了。"张井然解释道。

"我明白，也理解你的难处。但如果只对你们生产部门发放激励，难以服众。再说了，还有预算在这儿卡着。"陶晋示意张井然坐到自己的对面，诚恳说道。

沽 金

"那您说怎么办？"张井然一脸期待的神情看向陶晋。

"这件事情，我还没有和其他的领导班子沟通。我和你一样，坚持一点，那就是对员工作的承诺，必须实现。到底怎么办，还得有点方法。你说呢？"

"有陶厂长这句话，我们心里也就暖和了。其实大家伙也不是非得要这个钱，只不过，什么事情都得有个说法。他们也是想通过这种方式得到厂里的尊重。再说了，年初作预算的时候，我们是做了激励这一块的，厂里也都研究通过了。别的部门不发，是他们的事。反正我生产这块，我不想食言。刚好又过了半年这个节骨眼，大家伙都盼着呢！"张井然说。

"张大厂长说得极是，为人也是坦荡至极，我老陶只有佩服！"陶晋故意说笑。

"陶厂长您又笑话我没有文化。"张井然接招过去，也故意说笑。

"你要是没文化，全天底下就出不了状元了！"陶晋干脆笑出声来。

"真服您了。"张井然也笑出声，真心说道。

笑声平息，陶晋明白无误地指示说："张厂长，这事得讲究点策略。你也知道，咱们厂的绩效考核在整个集团算得上走在前面的，就是要让有能者多劳，多劳者多赏。但……怎么说呢，咱们员工收入过高的问题，苏总最近又给我提过醒，意思是枪打出头鸟，咱几个别成了集团各企业众矢之的的那个鸟人。"

陶晋的"鸟人"二字把张井然逗乐了，他大笑着说："陶厂长，您的意思我懂了。大额的奖励，就统一到年底吧！这样说，兄弟们应该比较好接受，不会闹情绪的。"

刚说到这儿，张井然的神色突然一紧，看了一眼紧紧关闭着的厂长办公室大门，身子微微前倾，语气低沉地又对陶晋说道："陶厂长，我最近发现一些不好的苗头，我得给您讲讲。"

"什么苗头？"陶晋打量了张井然一眼。

"陶厂长，我是真心为您好。原来我便给您讲过，让您防着点凌厂长。凌厂长这个人总是说一些冠冕堂皇的话，可背地里小动作太多了。自从苏总上位

第三章　阴奉阳违

以后，他仗着和苏总私底下的交情，根本不把我们这几个副厂长看在眼里。"张井然说到这儿，语气停顿了一下，看了一眼陶晋的表情没有丝毫变化，又继续说道，"他昨天晚上在厂里值班，车间的几个师傅下了零点的夜班以后，他便又把那几个师傅约出去吃了夜宵。他又不管我们车间，和那些师傅又没有什么利益上的来往，动不动就请人家吃饭是怎么个意思？"

听张井然说的这番话，陶晋心里"噌"地蹿出了一股邪火。他很明白，这股邪火并非针对凌瑞峰，而是怒指张井然。说实话，正是因为知道张井然和凌瑞峰两个人关系不好，也知道两个人关系越来越僵，所以，张井然上次跑来告黑状的事情，陶晋也没有太认真对待。而且，他仍然坚信技术出身的张井然，并不擅长心计。现如今看来，他或许不仅仅只是低估了还有可能错看了这个人，面前这个滔滔不绝的人，或许并没有他以为的善良和温和。

就在这当口，因为林希和张大禹被举报风波，陶晋提议成立的风险控制部获得了集团的批准。眼下要做的，就是确定部门负责人的人选。明摆着的，是利益相关者一定会纷至沓来，一场谁为刀俎、谁为鱼肉的纷争也必将热闹上演。

在班子会上，分管人力资源工作的于岭将风险控制部经理人选的竞聘方案做了汇报。他说集团的批文上高度评价了这件事情的前瞻性和重要性，要求务必通过公开、公正的方式，选出合格的部门负责人，将整个风险管理的体制建立起来。

陶晋指示，由人力资源部尽快将竞聘通知传至集团，本着以内部选拔为主，兼顾集团内兄弟企业参与的原则，邀请集团人力资源部全程参与到竞聘过程，以便切实选出能真正负责，能够做好风险管控的干部。他同时还指示，风险管控部的相关职责、制度，尤其是业务人员风险金管理制度，人力资源部要在竞聘通知外挂之前，完成会签，以便切实推动此事顺利进行。

会议快结束时，潘云芳给林希发短信，说有几张付款单据需要陶厂长签字。她问林希，是她候在会议室外面，还是交由林希帮着代签？林希回复说，会议一结束她就找陶厂长签字。短信刚发出去，付款单据便被弓着身子进到会议室的潘云芳递了过来。

陶晋刚从位置上站起来，林希便拿着单子走了过去。递笔，递单子，翻页……林希弯腰立在陶晋的身旁，看着陶晋大手一挥，把自己的名字签在付款审批的最后一栏。林希的心里突然生出一些异样的感觉，她一边提醒着陶晋后面还有，一边认真地看着陶晋写下自己的名字。她恍然发现，自己对领导竟然产生了异样的情愫，有向往，试图探寻、追随到他的心灵深处。

林希弯下身子在陶晋的耳边轻声细语。

对于这样的耳语方式，陶晋似乎很受用，心里的感觉有点晕晕乎乎，好像还有一些莫名的感慨，似乎想要抬头去看一眼这个身旁的女人。

突然，陶晋心里微微一动，好似终于找到了这种耳语方式最贴切的表达一般。

他的脸一热，手一抖，"晋"字的最后一横划出了方框。

6.仕途猛于虎

精炼厂竞聘的事情不胫而走，很多人便跑来找陶晋毛遂自荐。陶晋不好明白拒绝，只能说按正常流程报名，参加竞聘。他相信，在公平、公正的竞争体制下，所有的金子都会发出耀眼的光芒。

一转眼便到了竞聘的日子，一个经理、两个专员的岗位，竟然来了十八个人。

于岭拿着名单来找陶晋汇报的时候，苦笑着说："这员外家的姑娘抛绣球，也没这么热闹。这只能说明一个道理，咱精炼厂的日子过得舒坦，过得富裕。所以，谁都以为是福窝，都争先恐后地往里跳。其实就跟结婚过日子一个道理，谁嫁谁知道，谁嫁谁后悔。"

第三章　阴奉阳违

"老于最近格外消极，过分低调了啊。"陶晋用手指了指名单，还故意把印有名单的纸甩拉出清脆的声响后，一脸不赞同的表情说，"人来得越多，说明咱人气越旺。众人拾柴火焰才能高，谁会把赶上门的柴火扔出去？我就喜欢人多热闹，来者不拒，越多越好。"

"您这来者不拒了，就跟赶集似的，人都乌泱乌泱地聚过来了，可要从这些人里面挑个将军出来，还不得把眼睛挑花了？"于岭也不明说用谁不用谁，只是用这个比喻叙述中间的为难。

"花不了眼，也乱不了心，都有硬杠杠呢！我们只瞅着金子就行了。"陶晋宽慰道。

"理是这个理，话也很简单，可现场打分恐怕就为难喽！"于岭一脸担忧的表情。

"这有什么难的。谁亮的金刚钻好看，就选谁去打这个瓷器活呗！"陶晋毫不含糊地说。

话虽如此，但竞聘经理一职的十二个人齐刷刷地站在那儿时，陶晋心里还是费了一番周折的。

他最满意的人选名叫李达，来自兄弟矿山的生产运营部，今年只有三十三岁，似乎毫无背景。李达原本只是一名主管，这次直接竞聘经理一职，一下子跳得有些高。但他自己倒不怯场，反倒有股子挺拔和志在必得的劲。他的竞聘方案说得也很中肯实际，各项措施既务实，又不乏亮点。尤其是他提到的风险保证金制度的建立，其先见之明颇得陶晋之心。

那些打了招呼的竞聘者，水平参差不齐。有的强一些，但对风险管控的重要性和具体举措，并没有太深或是独到的认识。有的便太弱了，工作方案里堆满了大路边上的空话、套话。

打分的结果很快便呈到了陶晋的面前。意料之中，也是意料之外，李达的得分并非最优，排在第三。排在前面的两个人，其中得分最高的名叫周涛，可陶晋对他的演讲竟然毫无印象。于岭悄悄提醒了一下，说这就是集团某部门经

沽　金

理的侄儿。陶晋恍然大悟，领导果真考虑周全，招呼打得也周全，恐怕不仅仅是于岭，凌瑞峰、张井然那儿也收到了指令吧。否则，得分怎么还能整齐划一地挤进前三。于岭有些尴尬地耸耸肩，一副身不由己的模样。

陶晋坚持己见，提议选聘李达。出乎意料，竟然没有任何一个人提出异议，获得一致通过。如此顺利，陶晋便有些诧异。

风险管控的事情已经提上议程，容不得他多想，李达便率领风险管控部风风火火地开展起了工作。

就在这当口，却出了两件闹心的事情。

这第一件事与落聘的周涛相关。

周涛这个人有些小聪明，有点小背景，但没有什么大本事。在原单位，虽是部门的副经理，但干得不太顺心。精炼厂成立新部门，选聘新经理，他便满打满算着能栖上新枝。谁承想，竟然落聘了。原本不知道自己的得分情况，倒也罢了。可偏偏有人给他透露详情，说陶厂长不吃人情这一套，硬生生地把他这个状元弄了个榜上无名。他一听便跑到集团告了陶晋一状，说这次的竞聘有猫腻，陶晋身为一厂之长，任人唯亲，有失公允，要求集团主持公道，还他名分。

民告官究，到哪里也出不了例外。集团便组成调查组，来精炼厂核实情况。一番调查，倒也不能将陶晋怎么样。因为虽说李达得分不是第一，但陶晋对他的任命，并非个人行为，而是班子会集体决定的结果。如此，流程也没错，谁也说不出什么。更何况，集团人力资源部的一名主管跟进了竞聘的全过程。虽说选人的结果未按得分排名，但能力比得分更重要。

这事如果就此平息，被冤告了的陶晋倒也不再闹心。可偏偏这个周涛心里觉得窝囊，便跑去酗酒。酒后又与人滋事，差点伤了人命。不仅去派出所走了一遭，还让原单位给了个停职查看的处分。如此一来，周涛便将一切都算到陶晋的头上，对陶晋怨恨在心，还放话出来，说绝对不会让陶晋好过。但一时半会儿倒没有再做出什么太过激的事情。

第三章　阴奉阳违

这另一件事与上任的李达相关。

李达上任两周，便弄出了全套的风险管控制度，包括风险保证金如何实行，风险如何管控。陶晋大笔一挥，便将这些公示后的制度全部下发执行。

制度执行没几天，便到了发放当月工资的时候，相关岗位顺理成章扣除了应该扣发的保证金。如此一来，许多人的工资便较上个月少了一些，重要岗位则少得更多。事有凑巧，风险金比重最高的一名采购员在一次外出送货的过程中丢了一条100克的小金条。李达和保安室的队长孙联反反复复地查看出库和押送过程中的监控，包括运送过程中的保险箱也翻了一个底朝天。奇怪的是，出库时的重量核对得清清楚楚，押送过程中也没有发现任何闪失，可就是在银行交货时金子对不上。

厂里出了一个处罚决定，没有让相关责任人赔偿，但相关人员被扣除的保险金眼睁睁便成了零。不仅如此，对全年保险金的双倍返还也产生了严重影响。当事人觉得冤屈，在同事中间发了一通牢骚。谁承想，这牢骚竟然引发了恐慌。市场部所有外购员便在这天下午将林希结结实实地堵在了办公室，想要讨一个说法。

林希反复解释也没有做通这些采购员的思想工作，没办法，只得求助厂领导。谁承想，凌厂长竟然火上浇了把油，说风险管控如果是从员工身上下刀，他也确实替员工们打抱不平。这样一句话便让员工们的情绪彻底失了控。他们也不堵林希的门了，直接把李达堵在了办公室，非要李达给个解释。如此一来，性质便更恶劣了。

事情最终上升到了厂级会议的层面，陶晋亲自与闹事员工直接对话，才算平息了此事。

在这样的沟通过程中，他突然意识到了问题的所在。制度是好制度，但没有在员工中间彻底传播和渗透，搞得大家伙光记住了双倍返还，理解为厂里帮自己强制存款，却并不懂得其中的深意。经此一闹，精炼厂上千号员工才算明

沽 金

白风险管控原来是把双刃剑。变不利为有利，李达的工作竟然一下子顺畅起来。

这两件事，最终还是传到了苏兴海的耳朵里。

苏兴海极为愤怒，觉得陶晋处理事情不妥当，指责陶晋这个一厂之长当得窝囊，动不动就被员工牵着鼻子走。陶晋也不辩驳，任由苏兴海斥责，心里竟然还隐隐地生出轻松，好似这是自己必须挨的一顿板子。挨过板子，苏兴海便会像往常一样给他一颗糖豆。别小瞧这颗糖豆，能让他好长时间都生活在安稳里面。

时隔不过一周，精炼厂的客户答谢会便在紧张而有序的忙碌中隆重上演。苏兴海果真说到做到，不仅亲临现场，还将杨光董事长从集团请了过来。除了他们，还有梨州市政府的官员、合作银行的分管行长，以及精炼厂那些大小客户，温文生和史宏鹏都在其列。当然了，李德通肯定不会来凑这个热闹。

史宏鹏的亮相很高调。说他高调，是因为他不仅带来了大大小小的手下足有十多号人，还给东南矿业及精炼厂的众位高管们准备了礼物。即便是统一采购，价值也没有多少，也没有厚此薄彼，如此明目张胆，还是让陶晋有些不敢接招。

苏兴海大大方方地吩咐陶晋收下，说中国这个社会就是你来我往，他史宏鹏在精炼厂身上赚了钱，动物还知道反哺呢？史宏鹏要是连这点儿礼数都不懂，还怎么在商场上混？

即使如此，陶晋还是认为不妥，总觉得这是摆明了授人以柄。苏兴海听了大怒，指责陶晋上纲上线。

"愚蠢外加幼稚，就这么点胆量怎么带领精炼厂在市场上所向披靡？"说到这儿，苏兴海话锋一转问道："小陶，你有没有和史总沟通上次的事，解决了吗？"

陶晋心里稍有犹豫，但语气里却不敢怠慢，连忙回答道："还没有。"

苏兴海神情一滞，语气沉稳地说道："那正好，趁今天这个机会让史总把事情给处理了。别老挂账上，不好看。还有小陶，我给你讲句掏心窝子的话，史

第三章　阴奉阳违

总不是外人,你把心放肚子里就行了。再说了,这事都是我安排的,难不成我还会害你?"

整个活动的重头戏,除了参观精炼车间,答谢晚宴,还有单手抓金砖的活动。

这个点子也是苏兴海出的。他专门指示陶晋,要精炼车间务必克服技术上的困难,浇铸一块25公斤的实心金砖用于现场展览。

他甚至还以玩笑的口吻说:"陶晋完全可以在现场设个赌局,坐收红利。就赌有没有人能用拇指和食指将这块价值上千万的金砖夹起来。如果能轻松夹起且在半空中停顿五秒,那这块金砖就可以归其所有了。"

"这万一真遇到了大力士,上千万的损失把我陶晋大卸八块也还不上呀!"

"你这一厂之长怎么这么小农意识?一点也不开放。据我所知,国内还没有先例能有人用两个手指夹起这么沉的金砖。要么不玩,要玩就得玩个心跳的,小打小闹有什么意思!"

陶晋没有完全听指示,不过还是设计了单手抓金砖的活动环节。响应者自然云集,一是好奇这么沉的金砖竟然就这么一点点的体积;二是大家都自信心膨胀,铆足了劲想要一抓惊人。如此一来,便将整个答谢活动的高潮掀了起来。

当然了,最大的高潮还在当天的晚宴。

很明显,一号桌的主陪只能是集团的董事长杨光,副陪便是总经理苏兴海。"地主"陶晋荣幸当了一号桌的"三陪"。一号主宾是梨州政府的官员,温文生是副主宾,史宏鹏则被苏兴海特意安排当了三宾。陶晋知道,仅从分量去排序,史宏鹏还差了那么一点点。可背靠大树好乘凉,从苏兴海只要提到史宏鹏的态度以及所能看到的交集去分析,他们其实互为大树,互送荫凉。

这一次答谢会,并没有特别设置奖励客户的奖项和环节。所以,交流感情便全集中在了答谢的晚宴之中。杨光对酒精过敏,滴酒不沾,陪好客人的主要任务便只能在苏兴海和陶晋的身上。陶晋明白,这个时候绝对不能让苏总喝高了，喝累着了。那怎么办？那只有他舍命陪君子了。

酒过三巡，史宏鹏特意跑到陶晋面前，揽着陶晋的肩头，像一对亲兄热弟，以一种真诚的语气说道："陶老弟，苏大哥都给我讲了。我呢，明天一早就安排人过来，把上次的账给处理了。陶老弟您放心，我绝对不会让您蹚进浑水。陶老弟是个正人君子，我打心眼里佩服您这样的人。所以，您的事，我得办。苏老哥安排我办的事，我更得办。"

史宏鹏一连串的话听得陶晋心里一惊一颤。从本意去讲，他极不愿意让史宏鹏去买那个单。可不让他买，谁去买？苏兴海的意思已经很明白了，人情已经送出去了，集团肯定不会背这个黑锅。总得有人背，就得是可以信任的人去背！史宏鹏不是已经和他们称兄道弟了吗？不是彼此利益纠缠在一起了吗？他难道不是背了黑锅却全无后顾之忧的人吗？

陶晋有些喝高了，去卫生间吐了两回，又故意在外面躲了一会儿，才终于变得有些清醒，脚上却依然软绵绵的。即使如此，他还是硬着头皮往包间走去，往酒场走去。

"陶厂长，您没事吧？"

这样走着的陶晋，冷不丁被一个声音吓了一大跳。他晃晃脑袋，定睛去看，才认出是林希。林希不像是刚从卫生间那边出来，倒像是一直等在那儿，脸上的神情写满了担忧。

"你没有上桌？"陶晋问出第一句话。

"上了。"林希回答。

"没喝酒？"陶晋又问。

可又像无须林希回答，他又自答道："不喝酒好。女孩子不要喝酒。酒这个东西，就是个王八蛋，不是什么好东西。"

陶晋稍显粗俗的话一说出口，林希那一刻担忧的心上便开出一层细密的小花。她伸手想去扶陶晋，又觉不妥。便立在那儿，脸上笑了笑，却并没有往下接话。

第三章　阴奉阳违

"少喝点！"林希犹豫了一下，还是轻轻嘱咐。

陶晋身子顿住，回转头认真看了林希一眼后，声音轻缓却极为清晰地回答："我知道，放心。"

这样的对话被嘈杂的晚宴吞没进去的时候，陶晋和林希的心里双双生出了一些雀跃的小因子，仿佛有了只有两个人才知道的秘密，正被无人能够破解的铜墙铁壁认真守护起来。

起身从座位上站了起来，完全不顾端着酒杯走到他的身旁，想要表达对他的恭敬的凌瑞峰。就这样，凌瑞峰端着酒杯的双手悬在半空，嘴里那句"董事长，我敬您"的话已经跑到了舌尖之上，杨光却留给他一个径直走向陶晋的背影，将他尴尬地置在了空着的主陪的座椅旁。

"小陶，你跟我来。"杨光看到陶晋回到包间，直接就把陶晋揪了出来，完全没有顾及站在他身旁给他敬酒的凌瑞峰。

陶晋跟着杨光的步子往包间外面走去，一直走到酒店停车场背光的地方。他见陶晋一脸紧张的表情站在他的对面，脸上终于泛出一丝温和的笑容后，开口问道："你怎么样，没喝多吧？"

"董事长，我没事，没事。"陶晋赶紧解释着，不由自主地紧张了起来。他不知杨光单独把他叫出来的用意，心上如上了发条一般，晕乎乎的脑袋瞬间清醒，醉意在此刻跑了一个无影无踪。

"没事就好。"杨光深深看了陶晋一眼后，轻声说道。

"董事长，您吃好了没？"陶晋此刻竟然极为愚蠢地客套了一句。

杨光板着脸，接着话茬说："我没吃好。这个史宏鹏怎么回事？"

"史宏鹏？什么怎么回事？"陶晋不知杨光想问什么，将问题重复了一句。

"他带来的礼品，你就姑且收下，这是小事，成不了气候。但他要给你处理的账务是怎么回事？"杨光眉头紧紧地一皱，明白无误地告诉陶晋，什么事情都别想瞒过他的眼睛。

"就是上次苏总带考察团来厂里，送领导们的工艺金，总共六十来万块，

沽　金

苏总安排史总给处理掉。所以……"

"真是一帮混蛋玩意。"杨光一改平日里的威严和儒雅,破天荒地在自己的下属面前爆出了粗口,"简直他妈的顶风作乱,到最后却给别人扣一个屎盆子。"

"董事长,您别上火,事情没那么糟吧?"

"你哪知道这里面的文章!"杨光一脸不耐烦的表情说道,"不过你陶晋胆子也够大的,竟然敢送这么大的一笔礼,这么大的一笔账你竟然又敢明着让一个外人给处理!"

"董事长,不是那样的。"陶晋赶紧解释。

"不是哪样?我都知道了的事情,还是秘密吗?"杨光语气变得更加严厉,继续指责说道,"别看你在技术上、管理上是一把好手,可政治上太不成熟了,一点事情就让别人抓了把柄。就说这六十来万,先不说送礼的性质怎样,你找一个不知底细的人给你买单,表面上嘻嘻哈哈,转过身就给你架起油锅。要不是背后放暗箭,我能知道吗?恐怕不光我知道了,今天晚上所有来的客户都知道了。明天呢,那些收了礼的领导们,那些瞪着眼睛等这些领导们犯错的纪委们也就知道了。"

说到这儿,陶晋便已经明白了原委,这一定是史宏鹏在酒桌上向杨光邀功。现在真相大白了,杨光要做的,陶晋要做的,就是赶紧将此事给妥当处理了。幸好史宏鹏还没有为此事买单。如若那样,恐怕来十个消防队也灭不掉这场已经熊熊燃烧起来的大火了。

"账肯定要处理,要平,但绝对不能让史宏鹏去做。"略一沉吟,杨光又指示说道,"我明天就安排李主任来办这件事。苏总那儿,你也用不着去解释,李主任处理妥当了,自然会直接通报他。这件事情看来也瞒不住了,到今天晚上为止,绝对不能从精炼厂再传出去一个字。至于事情的最后结局会怎样,至于是不是你我的劫数,我们只能听天由命了!"

好一个劫数,好一个听天由命。陶晋的心突然就在这样悲观的遥望里,刮过一阵紧过一阵的悲风,好像夏天还没有过完,冬天却迫不及待地呼啸着寒风

第三章 阴奉阳违

赶跑了七月的火热似的。

陶晋听完董事长的指示,心情无比惆怅,耷拉着脑袋回到包间,只将杨光一个人丢在院子里。

苏兴海看陶晋进了包间,便大声招呼:"陶厂长,你把凌厂长他们几个叫上,我给你们布置点事。"随后对站在他一旁的史宏鹏轻声说了句什么,两个人的脸上同时现出一个意味深长的笑。

跟着苏兴海进了隔壁房间,陶晋发现凌瑞峰、张井然、林希和张大禹都在场,除了李晓韵。

"今天这个活动搞得不错,你们几个辛苦了!"苏兴海撒了一圈的糖豆。

"哪有,苏总最辛苦了。"

"这是我们应该做的。"

苏兴海极为满意地点点头后,又继续说道:"一会儿,我得陪杨董连夜赶回省城。本想给你们几个单独开个会的,但没有时间了。所以,咱们也就不讲究形式,长话短说。这件事,我上次也给陶厂长讲过了,就是咱们的大客户史宏鹏客户等级上调的事情。因为属于特事特办,所以,今天我也给杨董专门汇报了一声。杨董表示,只要是有利于工作更好开展的,有利于企业效益的,原则上他都同意。正好史总明天还在梨州,所以,我个人建议,趁这个机会,你们双方把合同重新签了,把手续处理处理。凌厂长,你是管市场的,和史宏鹏打交道最多,你觉得这样行不行,还是我又多管闲事了?"苏兴海没有直接问陶晋,竟然先问上了凌瑞峰。

凌瑞峰好像有些意外,但马上回复道:"苏总一向替我们把事情想到前面,也做到前面,我们感激不尽,怎么会觉得这事不妥。我管市场,我了解史总,确实是一个合作稳定的优质客户。上调等级的事情,我没有意见,我觉得可以特事特办。不过还得听陶厂长的意见。"

陶晋心里涌出愤慨,觉得窝囊,却只得用没有任何不满情绪的声调回复说道:"一定按苏总的指示办。"

"张厂长呢,还有林经理,张经理,你们觉得呢?"苏兴海极为周到地问了一个遍。

见众人纷纷响应自己的提议,苏兴海爽朗地笑了一嗓子后,便以拉家常的口吻说道:"这上半年的工作,你们干得都不错。今天晚上本想借此机会,好好敬你们几个一杯酒的。不过,看这情形,咱们还是得以照顾客人为主。下次再有机会,我老苏一定好好敬你们几个。"

说到这儿,他点到林希的名字,一脸故作不满的表情说道:"林经理,不喝酒这事可不对,哪有干市场不喝酒的。女的怎么了?女的更有优势才对,尤其是把酒喝好了,还愁单子不雪片一样飞来?"

林希只是笑了笑,不接话,也不反驳,任由那些笑在脸上淡淡浅浅地浮着,好像耳朵里听到的全都是别人的事,好像无论外界怎样变化,她都可以依照自己的性格好好地活在自己的世界里。

终于等到酒欢人散,刚刚还喧嚣的一切,也终于在杯盘狼藉的见证中,进入沉寂,去往了各人的归途。

第四章　大厦将倾

1. 迷失的路途

苏兴海的电话是晚上十点打来的。

"小陶，今天你值班吗？"苏兴海门清得很，却又故意这样问。

"以厂为家，五加二，白加黑，不是咱们东南矿业的企业文化吗？"陶晋笑着回答。

"说得好，干企业有了这股精气神，一定能干好。"苏兴海顺着话说。

"您身先士卒，我们敬仰效仿，如此才形成的精气神嘛！"陶晋又拍马屁。

"那就再给你提振提振精神。"心情极好的苏兴海，在电话那端爽朗地笑了一会儿后说。

"那敢情好，愿闻其详。"陶晋说。

"你明天和张井然、李晓韵一起来趟集团，我给你们引荐几个重要的客人。"苏兴海说。

"噢？"陶晋疑惑出声，只等着苏兴海继续说下去。

沽　金

"我也向杨光董事长夸了海口，说要帮着你把精炼厂技术革新的问题给解决了。杨董原则上也同意了这事，还指示我尽快办，往好里办。所以说，你陶晋小子运气好呀，我们所有人都在帮你。这不，我上次跟你讲过的，我有点门路，认识几个国外的设备厂家，一直想着带你去见见在国内的联络人。巧得很，他们近期便在西安有一个设备的订货会，会上主推的，就是咱们精炼厂急需的设备。更巧的是，他们明天要到东南来，但只待一天，就得转道去西安。所以说，你小子运气多好，天时地利人和全占了。这一厂之长是不是当得太轻松了，还需要集团再给你压点新担子呀？"苏兴海兴奋地一口气讲道。

"我陶晋的运气都是苏总给的。您怎么说，我们怎么办，绝不含糊。"陶晋知道这事躲不过去了，便朗声表态，不把苏兴海的好兴致给扫了。

可第二天上午，就当陶晋他们三个人急匆匆往集团赶时，苏兴海却打来电话，说他刚接到紧急通知，要坐中午的火车去北京开个会。这样一来，他恐怕得爽约。不过也好，省去他这个中间人，陶晋直接与厂商对接，还能省去闲话，省掉别人一定会阴暗猜测的中间猫腻。

苏兴海如此冠冕堂皇地摆了一刀，陶晋心里有些没底，却也无奈，只能按照苏兴海安排妥当的这一切，闷着头往前走。

很快，苏兴海便把厂商联络人的航班信息发到了陶晋的手机上，他让陶晋直接去机场接机。接到以后，不要到集团大楼，免得动静太大，引得别人注意。他已经在市区安排好了酒店，陶晋他们晚上也别赶回去了，与厂商一起住在酒店，把事情谈个差不多再回去。

"小陶，我可告诉你，这事我可给你做了大量工作了，最终能不能谈成，能不能以最少的钱买到最好的设备，可就看你陶晋的本领了。"苏兴海意味深长地叮嘱。

陶晋不禁与张井然和李晓韵交换了一下眼神，一副如临大敌的紧张感和压抑感"腾"地便写到了三个人的脸上。大家的心里仿佛被明镜照了一个亮亮堂堂，这苏兴海又是引路，又是划圈，其实是挖了一个深坑，等着陶晋他们往下

第四章　大厦将倾

跳的吧？这事摆明了是陶晋必须得按着苏兴海的意思办，买什么设备，花多少钱，全凭苏兴海脑袋一拍。陶晋他们其实没有半点自主权，只不过是被苏兴海这个船桨搅起的水推着往前走而已。

和陶晋这边一样，对方也是三个人。为首的姓梁名玉，一口京腔又夹杂着个别英语单词，让陶晋说不出来的别扭。其余两个，名片上写着业务代理，实际却像秘书，对梁玉恭恭敬敬，将梁玉摆的官谱好生配合地演了个淋漓尽致。

比如说，一见面，双方要交换名片，梁玉一伸手，小跟班就赶紧从自己的皮包里掏出梁玉的名片，双手恭敬地递过去，身子还不自觉地往下弯出了弧度。

陶晋还别扭的，是在这场首次的交逢之中，梁玉像是角色错了位。或许是因为他有点意外，苏兴海竟然不在！因为他一脸愕然的表情不像是装的，倒像是因苏兴海爽约而极为不爽。陶晋暗暗猜测，梁玉的这种不爽有几层意思？是苏兴海承诺了太多却爽了约，还是……反正梁玉的脸上大写着两个字——"不爽"！

按理说，一个想要求爷爷告奶奶一般，让别人买自家设备的供应商，低头哈腰的那个劲，虽说不能装得像孙子，起码也得毕恭毕敬，态度真诚。可梁玉倒好，自始至终都像一个有钱的大爷一样，鼻孔朝天开着，正眼都不怎么瞧陶晋他们几个，开门见山便说老苏这个家伙放了他鸽子，大企业就是喜欢摆谱，不如他们外企来得轻松，一是一，二是二，不扯赎子，只讲买卖，只要给了承诺，就守规矩，办实事，绝不掉链子。

这个开场白充满玄机，陶晋的心里充满抗拒，沟通的气氛便不那么融洽。梁玉提到他们的设备属于世界一流技术水平，话里话外都自负到极点，说报价就是成交价，不接受任何砍价。

"这不是摆谱，是讲究流程。我们也不是第一次跟外国企业打交道，只要双方都讲规矩，办实事，合作一定是往愉快里发展的。至于报价是不是最终的成交价，也得看我们的招标是怎么定的。"张井然早就憋了一肚子气，出口开饮，让原本便不融洽的气氛变得愤慨起来。

沽 金

"有些话不能说得太明白，可也不能糊涂着。我和苏总都沟通得差不多了，我们企业该做的事情也都做了，该表达的诚意也都提前预支了。我想，苏总会指示你们把这件事情办好的。"梁玉被戗了一下，脸上的神情不好看，话里也像夹枪带棒似的。

"既然都和苏总沟通好了，那还和我们谈什么，这不纯属瞎扯淡嘛！"张井然愤然说道。

一见双方戗起来，陶晋赶紧发声，客客气气地将僵持起来的气氛往柔和处缓了缓，语速缓慢地说道："梁总，很感谢您能抽出宝贵时间与我们沟通。我们双方都是带着诚意的，都是为了达成一个好的结果而坐到一起的。所以，您有好设备，我们有好价钱，这事便皆大欢喜。只是……苏总临时去了北京，他拍没拍板我们不知道，但设备是我们精炼厂的设备，我们还是有发言权的。具体如何推进，还是要看流程。既然梁总这儿也是商务繁忙，我想，我们便不过多打扰了，一切等我们发了标书再见分晓吧！"

双方竟然就这么不欢而散了。

果不其然，刚刚启程往梨州赶，苏兴海的电话便打了过来："小陶，梁玉这个人，有官商的背景。所以，他才能拿到这么尖端设备的国内独家代理权。你可能不知道，几乎国内所有矿山都有他们的设备。价钱肯定会有些小贵，买的也一定没有卖的精，但一分钱一分货的道理我们都懂。按理说，我不该插手具体的过程，但你们在准备招标文件的时候，还是要考虑这个价钱的问题。当然了，我们一定要用最少的钱买到最好的设备，一定要将每一分钱都花到刀刃上。"

"苏总您放心，一切按您的交代去办。"陶晋在电话这端违心而言。

"陶厂长，您说苏总在中间得了多少好处，才会这么积极地推进这件事。而且，梁玉这帮人的态度明显有问题，哪有一丁点乙方的样子？这只能说明一个问题，说明苏总狮子大开口问他们要急了，态度蛮横是因为知道已经铁板钉钉，不是说了预支的嘛！"张井然说。

第四章 大厦将倾

"张厂长的疑惑,其实也是我的疑惑。这件事情,苏总做得确实有些出格,让人不得不防。"李晓韵也响应说。

张井然听了李晓韵的话,一边点头一边又说:"要我说,咱们精炼厂的设备,也没有到非换不可的地步。当然了,也确实是有一些问题,但都还能掌控。再说了,设备光高大上了,订单却跟不上,就不仅仅只是浪费的问题了。"

"是啊,咱们厂的设备到底要不要更新换代,哪些更新,哪些调整,还是应该从咱们厂的实际出发,实事求是地去做,怎么能凭着领导一拍脑袋,我们这些小鬼就把腿跑断呢?这不符合程序,也不符合规律。"一向严谨的李晓韵再次接话。

"李总监说得太对了,这干企业怎么能听凭领导的拍脑袋工程呢?脑袋里要都是糨糊,拍出来不就成了豆腐渣了?其实苏总不光这件事让人费解,这半年来的许多事都让人费解。依我看,他这个太上皇的胃口恐怕越来越大,离那个什么也就越来越近了。"张井然脸上一副唯恐天下乱得不够彻底的表情,幸灾乐祸地说道。

虽说心里也如张井然和李晓韵一般的想法,可理智告诉陶智,这事绝对不是表面上看到的这么简单。从梁玉话里话外表达的情绪分析,苏兴海该是许了不该许的,拿了不该拿的。但临门一脚他却脱了阵,这让梁玉心里没谱,恼怒便是自然,以强势压人也是一种策略。

一见陶晋神色不好看,张井然不情不愿地"噢"了一句,李晓韵则看了一眼陶晋后,将头别向了窗外,似乎不愿意再继续交谈下去。因为知道了交谈再无意义,因为知道有些事已经定性,再无翻盘的可能。

设备更新的事情,回厂后的第一时间,陶晋便召开班子会讨论。通过之后,向集团物资装备部打了申请,发布了招标公告,将此事往前推动起来。

可就在这一天,精炼厂却出了件大事。

原来,由于全国性雾霾天气的全面爆发,环境污染的严重程度和生态的极

沽　金

端脆弱性被揭露了一个彻底明白。而随着全国进入环境压力的高峰，工业程度极为发达的东南省也毫不例外，进入资源短缺、环境污染、生态破坏的三大危机之中。

作为安全环保重点监控企业，不包括生产过程中的安全环保问题，精炼厂的排放物除了会对生态造成严重影响，其炼金废料的焚烧对空气的污染也是极为严重的。但是，一向实行安全环保一票否决制的东南矿业，这些年在安全环保上的投入，始终坚持上不封顶的原则，应该说切切实实做到了最大程度的本质安全。但防不胜防，总还会有一些小的瑕疵顽固存在。

因为东南省政府领了军令状，要花大力气治霾。可想而知，精炼厂这样的重点监控企业，除了梨州当地的直管部门要管，省城不定期派出的暗访组和媒体更是将这里作为了重点关注区，眼睛一刻不离地盯在这里。

陶晋早就知道，环保局经常不定期使用无人小飞机对精炼厂附近的空气进行监控，厂里排出的污水，也会被定期和不定期取样化验。但厂里的工作基本做得还到位，一直没有出现重大的环保事故。比如说，精炼厂的所有水原则上是不外排的，即零排放，尤其是工业用水坚决不外排，生活用水则经过污水处理后，用来绿化和冲厕。就算夏天来了大暴雨，生产区内的雨水也一定是先汇集到事故池内，在前十五分钟内检测不含氰化物以后，才可外排。

而陶晋别出心裁，为了让人们看到精炼厂的这些水在经过特殊处理过后并没有污染，他还在精炼车间的中央区域，专门修建了一个中心"公园"。说是公园，不过是不足百平方米的一块"绿洲"。这块绿洲上不仅种了一些耐阴的花草树木，还挖了一口小小的池塘，池塘里养了上百尾红黄黑的金鱼。这些树，这些金鱼，都靠着车间循环过后的生产用水浇灌、滋养。只要看一眼鱼儿们在水里欢腾的样子，人们便能为精炼厂的环保工作确实做得到位而啧啧称奇。

可偏偏就在这一天，精炼厂在焚烧炼金的废渣时出了事。

其实焚烧废渣并不在厂区，也不是精炼厂的员工去做，而是承包商在附近专门租赁的一个厂区内完成。承包商安装相应的处理设备和设施，在封闭的环

第四章　大厦将倾

境里，对废渣连续烧十几个小时，以确保废料中的酸化物不外泄，确保废气和铅不影响到周边环境。可这一天的操作却出了一点问题，刚好被无人小飞机敏感地捕捉到了信息。

环保部门急于邀功，在未与精炼厂沟通的情况下，当成环保案例报到省里。世上没有不透风的墙，此事偏偏被正在梨州暗访的《东南在线》的记者胡凯歌撞上。本就和陶晋不大对眼的他，没有实地调研便一番渲染夸张，欲将此事进行曝光。

最先知道这个消息，且第一时间向陶晋做了汇报的，其实是林希。

杨哲电话打过来时，林希正在出差的路上。杨哲打了两遍电话都不见林希接听，便发来一条短信，只有一行字，说精炼厂环保出了问题，让林希速给他回电话。

林希一下子便被"环保"两个字惊着了，手指颤抖半天才把电话打过去。听了一个仔细明白以后，她便叮嘱杨哲先帮着稳一稳，她马上就向领导汇报。

情况十万火急，环保绝非小事。陶晋不敢马虎，一边与环保局长联络，一边命张井然马上调查此事。

就在陶晋赶往环保局的路上，林希又打来电话，说杨哲又透露了一个最新的情况，有一个叫胡凯歌的记者得知了这个线索后，写了一篇调查新闻，说是准备挂到网上。一听这事，陶晋头皮都快要炸了，尤其是听到"媒体"两个字时，他马上想到了三年前胡凯歌打给自己的那通电话。

情况实在紧急，陶晋联络上环保局局长以后，便向苏兴海做了情况汇报。苏兴海当然知晓其中利害，他一边叮嘱陶晋立即灭火，一边也动用起一切力量，想要将此事妥善处理。

环保局局长十分为难，说这样的事情谁都不敢瞒，省长都领了责令状，要求发现一起严惩一起，绝不姑息。当然了，他也知道，精炼厂或许有些委屈。这些数据放在平常，罚款处理也就了了。可现在是非常时期，省里正想抓几个典型，他们可不敢大意。

沽 金

另外，这并非精炼厂所作所为，而是承包这项工作的包工头所雇佣的工人在处理的过程中，出现失误导致。烧废渣一向是外包的项目，精炼厂支付很少的费用，承包商把废渣跟玻璃、铅等按照一定比例混合后，在大坩埚上持续地烧上一夜，火灭渣冷，铅块就把黄金、白银给"抓"了出来。承包商把剩下的这些废渣拿回去再进行提炼，以此得到额外的收益。虽说这个过程并不在厂区内进行，为了确保不出现任何安全和环保问题，精炼厂的员工都要全程监控自始至终的焚烧过程。

可凡事输就输在大意和责任心缺失上。

陶晋诚恳地希望环保局念在精炼厂一直兢兢业业为当地经济做着奉献，且在环保投入和管理上始终警钟长鸣的份上，能够量刑处理，不将事态扩大化，小范围内知晓，精炼厂接受处罚。精炼厂保证认真整改，从严管理，绝不再给环保抹一点黑。

苏兴海从省里找的关系发挥了作用，对方希望环保局长按章处理，但没有必要惊动上头，悄悄地处理妥当就好了，不要当作典型搞得人尽皆知。环保局这边总算是灭了火。

可胡凯歌那儿还杵着，像个守株的兔子，等着陶晋闷头撞上。

敲开酒店房门，见到陶晋的那一刻，胡凯歌愣了一下，但马上反应过来。从关门到陶晋进屋，他都表现得异常谨慎，这让陶晋有些丈二和尚莫不着头脑。

"陶厂长，咱们彼此都不要浪费时间了，直接谈个价吧！"胡凯歌没有故作玄乎，也没有绕弯，而是直接开门见山地说。

"噢？说来听听。"胡凯歌的直白让陶晋愣了一下，他没有想到事情一开始便奔着这样的方向一路狂奔过去。

"你我都是爽快人，你们厂出的这事，我知道您很恼火。可恼火也得解决问题，就像我们当记者的，也靠着这支笔解决问题一样。"

"说得有道理，有火就得灭，方法不同，都为一个结果。"

"痛快，陶厂长果真和三年前一样，无论是答应还是拒绝，都一样痛快。"

第四章　大厦将倾

"火烧了房子这种事，不痛快也不行。"陶晋在等待胡凯歌说，他需要思谋的是如何答。

"咱们厂这个新闻，我盯了很久，盯的过程和写的过程都很累人。不过，干我们这行的，不就得这么活着嘛！新闻呢，我是写出来了，也跟老总汇报过了。可老总说了，能不给企业添麻烦就不要添麻烦，毕竟企业都是我们的衣食父母。不过……"胡凯歌直视着陶晋，在等陶晋一个反应，见陶晋只是平静地看着他，又继续说道，"您也知道，这传统媒体每况愈下，别说涨工资、发奖金了，就连工资都不能保证如常发放。所以……老总的意思是，咱们企业就给我们投个广告，结个善缘，把此事了了。以后大家成了朋友，彼此照应。如何？"

"善缘多多益善，我陶晋一定结这个善缘。只是……"

"只是怎样，只是多少钱的事对吧？"胡凯歌自作主张说。

"胡记者的脑子实在灵光。"

"我们也不狮子大开口，和咱们精炼厂签一个长期广告战略协议，一年五十万，你看多不多？要是多了，再少点也行。善缘嘛，就得彼此都照顾着。"

"还能再少点？那敢情太好了。不过，这事我现在答复不了，得回去和其他领导商量商量，也得向上级领导请示一下。稍晚点答复如何？"陶晋问道。

"行。陶厂长痛快，我也痛快。"胡凯歌一脸欣喜的表情回答。

"既然如此，我就回去赶紧处理这件事。不过……有个不情之请，能否把您写的稿子发给我一份，我学习学习。当然了，也是本着有则改之的态度，我们回去落实责任，认真整改，保证以后绝不出类似问题。这样妥当不妥当？"陶晋问。

"陶厂长想得实在周到，我马上就把电子版给您发过去。"胡凯歌把文件发到陶晋的电子邮箱，"成了。我就等您陶厂长的准信了。"

陶晋伸出右手与胡凯歌握了握后，又一脸诚恳的表情说："对了，我刚才上楼的时候，把您这几天的房钱都给结了。回头您走酒店前台的时候，别忘了把

沽 金

押金取出来。"

"陶厂长您太周到了,我胡凯歌交定您这个朋友了。痛快,痛快。"胡凯歌大笑出声。

回到厂长办公室的陶晋,并没有召开班子会,而是把胡凯歌写的新闻打印了一份,坐在桌前认真看了起来。看了没几段,他便笑出了声。胡凯歌的这篇调查新闻,通篇都是为赋新词强说愁,用到的数据,讲明的事实,似乎是真的,却又全是假的。说实话,如果是放在平时,陶晋断然不会理会这篇新闻。可此刻情况不同,环保局那儿的处罚正在处理阶段。都说小鬼最难缠,这篇新闻要是发出来,就算环保局打算低调处理,掀起的风波也不会小。更何况,陶晋可没有精力去跟一个狗屁的虚假新闻对簿公堂。

只不过,胡凯歌狮子大开口提出来的五十万,陶晋不仅给不了,还压根就不能给。

陶晋安排张井然调查此事,现在结论已经出来,确实是精炼厂负责监控的员工玩忽职守,被承包商钻了空子,导致了一些废气的外泄。精炼厂自己的安全环保部门即时监控的数据与环保局监测的差不多。属于没有造成太大影响的小型的环保事件,交齐罚款,迅速整改,应该不会对环保局的正常工作造成影响。

"这早不失职晚不失职,偏偏这半年才烧一次渣子时失职,真是倒了八辈子的霉。"张井然一脸委屈的表情,对陶晋抱怨道。

"一次失职也能造成致命影响,难道还非得闹出人命才罢休?"陶晋不满张井然的态度,瞪了他一眼后反问道。

"我不是那个意思,我只是说,这事点子太背。"张井然小声辩解。

"安全环保从来都是一票否决制。这事你们和于岭商量着出一个处罚文件,所有当班的工人、直接上级、隔级上级,包括我这个厂长,都要做出经济上的处罚,严惩不贷,绝不能雷声大雨点小,最后不了了之。"陶晋指示说道。

第四章 大厦将倾

张井然刚走，苏兴海便打来电话，问事情处理的结果，陶晋向他作了简要的汇报后，又说道："苏总，我得向您检讨，这件事不仅暴露了我们管理上的漏洞，也暴露了我们心理上的麻痹。也请您监督，我们一定会以此为警戒，好好整改，确保全体员工把安全环保的弦绷得再紧一些，心里的眼睛瞪得再大一些，绝不再出任何问题。"

"谁都不是完人，小问题在所难免，你们也尽力了，我理解。借着这个事，再好好整治整治，以后万事小心就是了。"苏兴海的语气竟然出奇的平静，没有任何波澜，缓声问道，"胡记者那儿的事情还没有解决吧？"

苏兴海突然提到胡凯歌，陶晋心里一惊。虽说环保和新闻两件事他都向苏兴海作过汇报，但他似乎没有提过胡凯歌的名字吧？可苏总竟然知道得如此清楚！

"还没有，正在考虑怎样处理最妥善。"陶晋老老实实地回答。

"能用钱解决的事，都不叫个事。我的意见是，不要留下隐患，不要结下宿怨。虽说他提出的价码有些狮子大开口，不是很合常理。但小打小闹的恩惠，我们也不是给不了。这事也不要外传，就你和于岭、李晓韵三个人商量着办了就行了，用别的费用给处理了。至于到底给多少，你们商量着办。都说宁肯得罪君子，也不能得罪小人。这眼睛能看得见的，多少人都栽在了小人的手上。所以，孰重孰轻，你心里应该有数的。"苏兴海说。

"我明白了，苏总您放心，我一定妥善处理。"陶晋回复说。

把于岭和李晓韵叫到厂长办公室后，陶晋刚说完苏兴海的意见，李晓韵便态度强烈地开了腔，说她不同意这样做。理由很简单，财务账要是不清不楚的，她这个财务总监就失了职。再说了，凭什么就要花钱买太平，凭什么就要被小人摆布？

"李总监，理是这么一个理，可事又是这么一个事。明摆着，不处理不行。所以，咱们想想办法，把账做明白了，不就行了吗？"于岭面向李晓韵说道。

"只要是不清不楚的事，账就做不明白呀！于厂长，您第一天认识我吗？"

沽 金

李晓韵脸上神情绷得紧紧的，反问道。

"我当然清楚您的性子，财务被您管着，从来没有出过问题，这陶厂长最放心。不过，事情总得处理，总得想个办法替厂里排忧解难吧？"于岭解释。

"听听陶厂长的意见吧！"李晓韵无奈地叹了一口气。

"我和李总监的意见一致，这钱不想给，更不想不明不白地给。"陶晋沉声说道，"苏总指示我们三个人把这事妥善处理。我个人建议，先沉一沉，缓一缓。有些事情不能不处理，也不能急着处理。你们觉得呢？"

陶晋和于岭、李晓韵达成一致后，他又当着这两个人的面给胡凯歌打了一个电话："胡记者，先说声抱歉呀！回厂后就一直忙呀忙，这都过去一天了，才有空给您回复我们商量的意见。"

"好菜不怕等。知道您忙，所以，也没有催您。"电话那端，胡凯歌看样子心情不错。

"因为我们企业流程严谨，万事马虎不得。所以，您提出的处理意见，我们觉得除了金额上还要再商量商量以外，其他的都按您的意思办。只是，要等一等。"陶晋说。

"上次我便说了金额好商量，等一等也没有问题，我们有时间。"胡凯歌响应说。

"那便太好了。等我们把流程处理妥当了，您的事情也就解决了。我一会儿就安排办公室找车送您回省城。您也知道，我们梨州是座海边小城。可虽说城小，海鲜却不少。办公室给您准备了一些在省城吃不到的稀罕玩意，您带回家，给老人们尝尝鲜。"陶晋没有明说多少金额合适，也没有说明什么时间解决，只是模糊却又坚决地表了态。

这件事，从表面来看，似乎暂时告了一个段落。陶晋其实很明白，事实往往会比想象残酷，这是许多人都验证过的道理。最先到来的残酷，果真便与胡凯歌有关。

环保事件过去足有半个多月，陶晋也没有给胡凯歌解决费用的事情。等不

第四章　大厦将倾

及的他，终于意识到了陶晋这是想要用一颗糖豆把他给打发了。心里生出愤怒，却也无奈。因为当他想用那篇调查新闻对陶晋公开宣战之时，却吃了闭门羹。总编明明白白地告诉他，东南矿业不能得罪，做新闻更要实事求是，绝对不能泄私愤、谋私利、徇私情。否则，一个新闻人最起码的道德丢了，便也不配再当一个有良知、有公信力的新闻人。

里外都没有讨到好的胡凯歌，万般无奈，却又不甘心夹着尾巴做人。因为坚信陶晋绝对不是无缝的鸡蛋，于是，他便联络起自己的一切关系，想要借机报复，以平私愤。

他并没有去找陶晋，也不和精炼厂过不去，而是把心思动到了陶晋的妻子杨莺身上。

作为心外科的主治医生，杨莺算得上医院的一把刀。在她看来，当医生只有一个职责，那便是站好自己的手术台，医好自己的病人。性格内向的她平日里都是独来独往，不仅不怎么和其他科室的主任们来往，就连院长她也很少积极联络。

这种性格如若是在以前，她在医院的日子不会太难过。偏偏这几年，医院的风向变了，虽说仍以医好病人为天职，可创收增效却变得更加重要。于是，全院上下，从院长到医生，每个人身上都扛了指标。杨莺的指标中，便包括每个月必须"推销"出去多少个心脏固定器。

可杨莺并不把此当回事，而是一如以往。对于自费的病人，她还是能尽量少开单子，便尽量少开，以免给病人增加无谓的负担。

她当然知道一个心脏固定器的市价是两万块，可中间的回扣已经高达三千，仅此一项，就占患者支付费用的近20%。只要她大手一挥……因为心脏固定器是心脏搭桥术的常用器材，能将心脏从隐蔽处微抬，使心脏充分暴露，以便手术进行。再没钱的病人，也会选择接受这样的治疗方案。而且，各类品牌的心脏固定器差异并不是太大，用谁的，不用谁的，全是医生大笔一挥的事。

沽　金

即使每个科室的大夫都享受过医药代表的回扣"盛宴",包括那些护士,也从未断过小恩小惠。因为想要来推销的医药公司,无不出手阔绰,为人大方。可她就是不愿意成为其中的一员。如此一来,每月的排行榜上,她的名字便成了垫底。院长脸上的颜色不好看,科室主任脸上的颜色更不好看,就连护士们都开始抱怨,说是杨莺连累的她们绩效工资都比别的科室少。

可杨莺依然我行我素,置院里的决策不顾。用他们院长的话来说,杨大夫活在自己的小我世界里,毫无组织纪律性,也无大局观。可医院不能把她怎么样,因为杨莺是主任医师,医术不错,慕名找她看病的人,每天都排得满满的。

几乎在所有的医院,能够最终敲定采购意见的,一般都是科室主任。杨莺所在的医院也不例外。如此硬性规定,一是为了制约和防止采购环节发生的商业贿赂,二是考虑科室的专业性和患者的治疗效果。

杨莺所在的心外科,主任姓杨,也是对医药公司而言拥有"金手指"的人。可想而知,经杨主任之手的回扣肯定少不了。但杨主任这个人为人大方,从不独享。每次有了回扣,他便当作科室的绩效工资,按照多劳多得的原则发放,全科室的医生和护士人人有份,包括杨莺。

正是因为利益看得见,为了确保利益链条能够长此以往地延续下去,也算是让科室的同事们多点福利,杨主任便多次找杨莺做工作,希望杨莺尽可能地给病人多做心脏搭桥手术,尽可能地只用某品牌的心脏固定器。杨莺肯定不依,她希望一切从病人的实际出发。

如此一来,不仅科室主任和她闹得不欢而散,就连那些医药代表也对她生了记恨之心。

此时正值国家打击医疗行业"回扣"腐败窝串案的专项行动之际,整个国家都在关注药品价格居高不下、老百姓看病难的问题。胡凯歌就从"回扣"这条线入手调查,他笃信自己一定会有大收获。

虽说医院的事情上了新闻,但杨莺并未被伤到筋骨,反而显出了她的卓然。

第四章　大厦将倾

更多人也因此知道了梨州人民医院有个不收红包,看病还负责的好大夫。

陶晋为妻子能固守内心生出赞叹,为妻子明白知道自己想要什么生出赞叹。可这个世界上就是有许多如胡凯歌一样的人,他们不知道自己想要什么,他们总是焦虑,忘了秉性,忘了初心,也忘了平静和从容,把自己完全交给了欲望和挑战去支配,在世界上风风火火或浑浑噩噩,可终于在某一天,迷失了回家的路途。

2. 混乱的一切

没有人会是一座孤岛,每个人都有一个小小的世界。

精炼厂的大客户史宏鹏出了天大的事。

客户答谢会的第二天,依苏兴海指示,精炼厂对史宏鹏的客户等级作了上调。因为等级得到提高,付款比例得到提升,心里畅快的史宏鹏,最近这一个月送金的势头极猛。因为八月算不上经营的旺季,所以,偶尔遇到送金量青黄不接的一天,史宏鹏送来的金子便打起了头阵,占据了多半的江山。

凌瑞峰对陶晋说:"怪不得苏总要亲自交代给史总提等级,这家伙确实有料。这不,这才一个月,他的量便较以前多了不少。早知道,咱们就早给他提等级了。他的钱转得快,金子收得多,咱们也就坐收了更多的渔翁之利。"

"苏总确实有气魄,高瞻远瞩。"陶晋顺着凌瑞峰的意思将苏兴海捧了捧,没将心里的担忧表露出一丁点。他怎能不担忧?他觉得应该越稳越好。就连李德通这样的老江湖,这个月的送金量都明显不足,史宏鹏却像上了发条打了鸡血一般,源源不断地把金子送到了厂里。

就在两个人各怀心思这样聊着的时候,张井然、于岭和李达三个人一起敲门进来。

"陶厂长、凌厂长,史宏鹏今天送的金子,我们觉得不妥,想拒收一部分。"

沽 金

李达说。

"拒收？"凌瑞峰脸上一愣，马上又问，"怎么回事，哪里不妥？"

"快说说。"陶晋也一脸急于知道一个所以然的表情。

李达上任之初，陶晋便专门对他交代过，要他重点对外购金和销售金的风险进行监控。陶晋还专门点题说，国家现在正在下大力气抓腐败，经常能听到纪委又在哪个大老虎的家里搜查出多少赃款。这样的赃款里面，黄金的比重一向极高。所以，具体到外购金的风险防控上面，越是齐齐整整的大规模的金锭，精炼厂便越是不能收。因为越是齐整，越说明来路不明。否则，这么大的量，又有着银行印记清晰无损的外观，不是赃款，有可能也是赃物。精炼厂宁肯不做这个业务，也不能冒这样的风险。

有了陶晋的明确交代，李达便对这些外购大客户的来料格外留起了心。

按照惯例，这些外购来的黄金原料送到精炼车间后，经过称重、浇熔、取样等一系列流程，一直在车间监控整个过程的客户，对此签字确认无误，才算完成了入库手续。

在这个过程中，除了客户方的监控，更关键的是精炼厂市场部、财务部、精炼车间、车间主任、驻车间保安的共同监控。现在又多了一个风险控制部，以抽查的形式，不定时地加入到整个流程之中。所以，每一批来料入库，都必须在这些人全部到位后才能开始。

通常情况下，来料进入物资通道以后，在客户、采购人员的共同监督下，除去包装，将来料放入精炼厂专用的器皿之中，原料进入称量室。等候在此的市场部人员，先用标准砝码校称，确认无误后，根据客户要求的熔炼批次，分批称量。财务部负责称量的记数核算，市场部和生产车间负责手记、手工核算，保安及车间主任负责监督。称量结束后，所有人核准熔前重量并与客户核对，确认无误后，方可进入熔炼程序。

说实话，流程越来越复杂，这些干活的人心里其实不痛快。当然，他们也知道，厂里并不是因为不信任他们才这样，而是想将业务风险降到最低，这样

第四章　大厦将倾

做对他们也没有坏处。所以，即使心里不痛快，责任感和荣誉感的驱使，也让这些天天一起合作的人心里暗暗较起了劲，都想把眼睛瞪大，不给自己的部门抹黑。

这一天也活该史宏鹏倒霉。称重时，李达部门的员工小肖刚好在场抽查、监控。史宏鹏送来的金子用几个大铁皮桶装着，这一批的量不算很大，只有400公斤，其中至少有200公斤的标准金锭。因为这些一公斤一块的金锭从铁皮桶中拿出来，堆成小山一样的体量时，金灿灿的光马上就把围着站成一圈的人们晃了一下。

"这是标准金呢！"小肖开口说话了。

"这次收的金子好，你们不用费劲，浇了再重铸就完事了。"史宏鹏的员工亲热地拍了拍车间负责称重的员工肩膀，套着近乎说，"反正按加工重量发奖金，要天天都是这样的活，你们也就轻松了。"

"哪有那么多的好事。"车间的员工笑了笑，"不论成色是一百还是八十，这生产的过程，一个环节也少不了。再说了，这也不是能偷工减料干的活呀！"

这位员工的话音刚落，已经紧紧把眉头皱了起来的小肖，接话过去问道："这金子不会来路不正吧？"

"这怎么可能？我们两家又不是第一天打交道，谁敢拿信誉开玩笑。这只是赶巧了，有个客户急着用钱，便把自己所有压箱底子的金卖给了我们。哪有什么来路不正，我们可不干那种事。"史宏鹏的员工笑着解释说。

"咱们还是稳妥起见，我请示一下领导，再称量好不好？"小肖问道。

"那太麻烦了吧？这个客户急着用钱，我们家刚好今天资金又不是很多。所以，你们得赶紧称重预测品位，把钱付过去。要不，我们不好周转。"这个人又说。

"也不急这一会儿了。要是出了差错，我们这儿不好交差。"

小肖坚持要汇报，对一起监控的其余部门的同事说道："咱们还是等领导指示了再称量吧！小心驶得万年船，不怕一万，就怕万一。"

这三个人看着小肖态度坚决，便纷纷点头附和并出声相援，安慰负责送金的这个人再耐心等一会儿。小肖便赶紧通过车间内线电话打给李达，询问李达意见。李达一听，觉得事情重大，便紧走几步，约着张井然和于岭一起到了厂长办公室。

听完后，陶晋心里一紧，第一反应和小肖一样，认为这批金子有问题，但又没有确凿证据。大家伙也都七嘴八舌，说多一事不如少一事，还是小心稳妥一些好。

当然了，这并不是说精炼厂就不收成色接近百分百的黄金原料。因为在他们熔金的管理规定中，有着明确的分类，即客户来料品位低于99%的黄金原料，在中频炉进行熔炼，针对每锅熔炼重量选择相应等级的坩埚。客户来料品位达到99%以上的黄金原料，选用高频炉进行熔炼。

"不是标准金锭的金子，先收了。这些，咱们不能收。但是……"陶晋在屋里缓缓走了两步，站定身子与这些厂领导交流了一下眼神后，又说道，"这些金子要收，也不是不可以。史总那儿得出具一个收购证明，证明这些金子的来源没有问题。有了这个证明，我们便二话不说全部收下。但要是拿不出证明，这些金子只能退回去。"

"对，不能收。"

"证明不了，就退回去。"

大家意见统一起来，陶晋便交代道："李达，你就这样交代小肖去回复。要是他们有异议，你就让小肖把外购金合同拿给他们对照，我记得合同中明明白白写着，黄金原料必须是'非标准黄金金锭'。凌厂长，这样处理妥不妥？"

"咱们不收这些标准金锭，确实是为了稳妥起见。可为了把事情处理好，我建议，咱们还是与史总那儿沟通一下，听听他的解释。"凌瑞峰一边答复，一边提出自己的建议。

"也好，你与史总沟通一下，听听他怎么说。"陶晋顺势便把球再踢还凌瑞峰。

凌瑞峰不大一会儿便又重新回到了厂长办公室，说他与史宏鹏电话沟通过

第四章　大厦将倾

了，史宏鹏那边对厂里的做法不大满意。不过，他也表示理解，说这些金子厂里坚持不收，他就交代人再带回去。至于让客户出证明，他不大方便。

"既然史总这样说，那咱们就按他说的办。"陶晋做了最终的决定。

此刻，陶晋明白这批料一定是有问题的。否则，以他对史宏鹏的了解，对方断然受不了这样的窝囊气，一定会据理力争。要知道，这可是一个强硬蛮横、飞扬跋扈、得了便宜一定便会卖乖的人。就连堂堂东南矿业总经理苏兴海都能不止一次地专门为了他而亲自安排工作。这样的人会服软，一定是有必须服软的道理。

此事过去不过一周，有只"大老虎"被双规的消息便铺天盖地传了过来。新闻报道说，纪委在"大老虎"的卧室里搜出了上百万的美元，各种各样的黄金工艺品也是数目可观。

这天一起在食堂吃饭的时候，于岭便把话转到史宏鹏的那批金子上面，一脸铁板钉钉的表情说："幸好没有收。弄不好，这些金子就是这只'大老虎'的。"

"何以见得？"张井然问。

"要不然，史宏鹏不会这么态度强硬地服软的。"于岭解释说。

"什么叫态度强硬地服软？"凌瑞峰好像有心事一般，斜过来一眼，也扔过来一句话。

"我没文化，大字识不了一簸箕，您凌大厂长何必跟我较真。但……"于岭嬉皮一笑，语气一顿又说，"但意思就是这个意思，错不了。"

果不其然，事情很快大白天下。原来，中央早就盯上了这只'大老虎'。有一天，这只'大老虎'嗅到了不祥之息，为了保全身家性命，便赶紧转移和处理起自己那些不清不白的资产。史宏鹏一向和官员们走得近，一直受到关照的他，自然义不容辞地当起了前锋，担负起把'大老虎'的资产洗干净的重任。就在这个过程中，被史宏鹏洗了一遍的这些标准金锭，送到了精炼厂。可没有想到，精炼厂竟然拒收。不敢声张的史宏鹏，便只得悄无声息地把这个哑巴亏

沽　金

咽回肚里，把金子再转回去，准备再想别的办法给处理干净。谁知，'大老虎'一被收押，便一五一十地交代了个清清楚楚。于是，没过几天，史宏鹏便被检察机关叫过去，要求配合调查。就这样，这顿不轻快的板子，着着实实地打到了史宏鹏的身上。

陶晋还听说，这顺藤摸到的瓜里面，还有北京一个叫蒋爷的。他才是前前后后张罗这些的真主。这史宏鹏充其量就是一个小喽啰，凡事都只听爷的安排。

蒋爷？莫非就是苏兴海引见的那个胖男人蒋总？陶晋后背"噌"地蹿出一层汗，他有一种极为不好的预感，可不能说。

史宏鹏出了事，他的金子便断了供。虽说一开始对整个外购金的业务量产生了不小的影响，但幸运的是，李德通的量一直持续而又稳定。原本被史宏鹏挖过去的墙角，因为这件事，又都跑回了李德通的旗下。这一来二去，整个外购金重新进入新构建的平衡里。

电话里，李德通心里似乎有些感慨。他原本担心这破天，天天被阴魂不散的雾呀霾呀包裹着，在人们的头顶上悬着，好好活着虽说要紧，却很艰难。可现如今来看，杞人忧天毫无用处，因为自助者定有天助，吉人自有天相！

陶晋知道李德通想说什么，可他在电话这边嘴角上扬了半天，也没有说出附和的话，因为有些话，说透了，说白了，也就没劲了。

史宏鹏出事，苏兴海极为震惊，不敢置信。"幸好上次那件事，你没有找他办。我也是一时失策，光想着替你们解忧，反倒差点犯了大错。"苏总有种劫后余生的感觉。苏兴海如此交心的话说出来，陶晋的脸上便赶紧现出感激的神色。苏兴海其实是心有担忧，怕史宏鹏连累了他。如果没有猜错，他和史宏鹏之间的联结可是紧密而又持续的。

自始至终，苏兴海都没有提到北京的胖男人蒋总。陶晋有心想把自己听来的消息透露几句，可话在出口的前一刻，又被他的舌尖压了下去。他知道，有些话，不能由他来说。何况，原本就是道听途说。

第四章　大厦将倾

如果苏兴海真的出了事？陶晋心里一紧，他突然发现，他是那样盼望着每个人都好好的，这个世界也好好的！从本心去讲，陶晋是属于愿意毫无保留地相信人性之善、人性未变的那一类人。因为他知道即使世风日下，道德沦丧，也并非是人性变了，而是道德背离了人性。因而，他固执地坚信，只要道德走上正途，这个世界依然会好。所以，当史宏鹏出了事，他是那样盼望一切都好好的，一切都不会受到波及。

林希也相信这个世界会好，但最近接二连三发生的事情，还是让她对一切生出了质疑。她甚至禁不住扪心自问，这样真的都可以吗？

前段时间发生的环保事件，杨哲帮助了林希。林希特地备了一些薄礼，谢他大恩，还顺便约他晚上吃个饭。电话里，杨哲激动坏了，就说"在上次的咖啡厅见，我们一起吃牛排！"

"其实挺希望不是因为这件事才见到你，挺希望能像见女朋友那样见到你。"这是林希第一次主动约会杨哲，他语无伦次，索性就大胆地进行表白。

"我觉得……咱们当普通朋友挺好的。所以，再次感谢你的帮助。不过……我们还是不要再见面了。"低头沉默了半天，林希终于鼓起勇气将心底里的话直白地说了出来。

杨哲愣在了那里，好半天，才结结巴巴地追问："为什么，我哪里不好吗？你没有准备好，没关系，我可以等你。真的没关系，我真的可以等你。"

"不是你不好，只是……我真的无法接受你。"终于了了这件心事，林希从咖啡厅出来，心情却无比失落。可她又不想回家面对母亲的追问，便一个人去了市区的植物园。她想在夜风里走一走，静一静，再认真想一想，以后究竟怎么办，是打定主意继续一个人，还是学会妥协接受新的感情。

晚上的植物园人影幢幢，但林希却是一个人孤独地四处游荡。而八月的风，偏偏吹到脸上依然黏稠温热，如此，林希的心在伤感之外又多了分烦躁。

就在这个时候，她听到有人叫她，一个男人的声音。回转头，她最不想看

洁 金

到的张大禹，一脸诧异的表情撞进她的眼里。

"这么巧，一个人呀！"张大禹微笑着打招呼，身边站着一个年轻而又时髦的女孩。

"嗯，是挺巧的。"林希轻轻侧转了一下身子，想要快点结束这无谓的相遇。

她的这个举动似乎激到了张大禹，只见他一把将女孩揽到怀里，一脸挑衅的样子说："我给你介绍一下，这是我的女朋友，花姑娘！"

被称为"花姑娘"的女孩立马捶了张大禹一拳后，笑着解释说："别听他胡扯，我姓华，你叫我小华就好了。你是张大禹的同事吗？"

"那个……"

还没等林希回答，张大禹却抢话过去说："更准确的说法是前女友。"

"你们？"小华姑娘一脸不敢相信的表情，诧异地出声问道。

"因为她攀上了厂长，所以甩了我。"张大禹故意耸耸肩，一脸无奈的表情，又转身对小华说，"也就你把我当作宝，我可是别人眼里的草呢！"

林希愣在那里，嘴巴张了半天，却什么也说不出来。好半天，她才甩出一句"莫名其妙"，毅然转过身子，弃阴谋得逞而暗自得意的张大禹而去。

可这个夏夜，似乎注定了是一个不平静的夏夜。林希快步离开植物园，却仍然不愿回家，而改往电视台门前的马路溜达着走的时候，竟然遇到了陶晋。

陶晋一个人，两个人面对面相遇。

"咦，这么巧。"陶晋先说。

"是啊，真巧。"林希尴尬地笑笑，开口回应。

"转转吗？"陶晋并没有发现林希的情绪波动。

"嗯，转转。"林希像不知道如何将客气的问候继续下去似的，陶晋问什么，她答什么。

"一起走走？"陶晋征询林希的意见。

"嗯，好。"林希犹豫了一下，还是应声而答。

"还没有回家吗？"陶晋问。

第四章　大厦将倾

"没回。"林希答。

"噢！那吃过饭了吗？"陶晋又问。

"吃过了。晚上约了环保局的杨哲，就是上次给我们通报消息的杨哲。和他一起吃的晚饭。吃过饭，看天还早，不想回家，就在外面走走。"

"上次多亏了他，是得好好谢谢他。"陶晋赞许地说。

"嗯。是的。"林希态度并不热络，也不如往常一般开朗，只是附和着说。

"怎么了，不开心吗？"陶晋终于发现了林希的异样，关切地问。

"有点。"林希老实回答。

"别想太多了，八月过去了，夏天就过去了。这天一凉快，人的心情就没有那么焦躁了。所以，再忍忍就好了。"陶晋竟然这样说道。

"有些事，忍忍就能过去吗？"林希突然停下脚步，转向陶晋站定后，急急问道。

"你们年轻人不都喜欢那首诗，说是你见，或者不见，人都在那里，不悲，不喜；你念，或是不念，情就在那里，不来，不去……所以，很多事情，忍忍，就等到结局了。"陶晋看向林希，语气淡淡地说。

"见或不见，念或不念，不悲不喜，不来不去。"林希看向陶晋，语气淡淡地重复着说道。

"所以，不必在意，也不必纠结，好好享受这夏夜就好了。"陶晋说完，便继续迈着悠然的步子往前缓缓走去。

站在原地望向陶晋远去的背影，林希半天不能提步。她歪着脑袋，一脸认真的表情想了一会儿后，脸上终于泛起一层浅浅淡淡的笑，脚上一动，人便小跑着往前方的男人追了过去。

第二天一上班，林希便在走廊里遇到了她最不想遇到的人。张大禹张口喊她，她回头一看，马上便头也不回地继续快步往前走去。她不想理他，也不想和他有任何非工作之外的交集。陶厂长说得对，不想太多，忍忍就能过去。因为她理或是不理，那个人该给她制造的麻烦，该散布的诋毁都会存在。

沽　金

中午在食堂吃饭时，胡坤特意坐到了林希的对面，说一会儿吃过饭，和林希去绿化带那边转转，他有事跟她说。

"你听到关于你的谣言了吗？"胡坤张口便问。

"什么谣言？"被问愣了的林希，疑惑地看向胡坤，不知胡坤要说什么。

"你和陶厂长呀！"胡坤急急地答。

"我和陶厂长怎么了？"林希心头一惊，张大禹昨天晚上的污蔑此刻"腾"地冲到心头。

"厂里昨天下午就到处在传，说你和陶厂长……说你们之间有一腿了。"见林希一副蒙在鼓里的表情，胡坤愤然地说。

"啊？真的？"林希声音一下子往上蹿了几个分贝，急急地问道。

"你说真的假的？厂里上下都传遍了，你不会还不知道吧？说上次你和陶厂长一起去西景出差，因为只开了一间房，所以，报销差旅费的时候，便谎称住宿发票丢了，还说没几个钱，不报就是了。"胡坤一口气说道。

"当然不是真的。发票倒没丢，不过，咱们单位的抬头写错字了，财务审核过没。我又懒得寄回去重新换，便给李总监一说，找了金额相同的交通费报销抵顶了。"林希解释说，"怪不得昨天晚上张大禹也这样说。"

"你和张大禹昨天晚上在一起？"胡坤一脸不可思议的表情。

"你在想什么？不是那样的，是我在市区遇到他和他的女朋友，他对他的女朋友说，我是他的前女友，我攀上了厂长，所以，才甩了他。"林希冲胡坤瞥了一个鄙夷的眼神。

"这个王八蛋，他想干什么？"胡坤脸上的表情一下子由刚才的着急变成激愤，右手拳头瞬时便握了起来。

"好了好了，谁爱说什么就说什么去吧！反正我身正不怕影子斜，他们爱咋地就咋地。"

林希隐隐猜测，这个谣言正是张大禹传出来的。可是，他为什么要这么做？此刻，林希知道胡坤是一片好意，可她的猜测却不能告诉胡坤。万一胡坤

第四章　大厦将倾

天不怕地不怕，跑去找张大禹理论，本不理不睬就能过去的事，再掀起滔天巨浪，不值当。

想到这儿，林希突然又想起昨天晚上陶晋那几句极具哲理的话。莫非……陶厂长已经听到谣言了？这可怎么办，我岂不是……不行，我得找陶厂长说说去！可，他不是说凡事忍忍就过去了吗？那我是找还是不找他？

林希觉得自己的头都要大了，但最终还是没有去找陶晋。可这一天偏偏是厂里召开职工代表大会的日子。即使怵头，林希还是见到了陶厂长。

主席台上的陶晋，半是严肃半是风趣地回答着职工代表一个又一个或挑战或诙谐的问题，而低着头装作在纸上奋笔疾书的林希，在这样的问答互动中，脑子却如脱缰的野马一般，跑出了十万八千里。

打心眼里讲，陶厂长是她欣赏的类型。在林希看来，陶厂长成熟却不世故，成功却不虚荣，依然有着一颗童心，一颗平常心。兼此二心人，实则慧心者，也就是我们常说的真性情之人。这样的人，看重的是个性和内在的精神价值，看轻的是对外的功利。而林希便一直也想做成这样的人，与这样的人在一起。

可是，她和陶厂长怎么可能？先不说郑小宇刚刚离去，她心中还常常隐隐作痛，还会常常懊恼自己轻易便放开了被郑小宇紧紧抓住过的手……或许还爱着郑小宇吧！不，更准确的说法是，她还爱着那段爱了许多年的爱，因为她付出了真心。林希心里烦躁起来，陶厂长是有家庭的人，便能将林希一棍子打死。林希怎么能和有家室的男人纠缠在一起？怎么能……不，坚决不行，林希做不到委屈自己，也做不到伤害别人！

林希被自己这异想天开却也意乱情迷的想法吓了一大跳，手上的笔不由得往本子的方向重重戳去，却重重地戳到了自己的手上。

"哎哟！"林希这一声如平地起的惊雷，引得会议室近百号人也齐刷刷地将眼睛集中过来。

她赶紧身子一矮，头一低，她的这一天就在这混乱的思维和漫天的谣言中，接近了尾声。

3. 此一时彼一时

职工代表大会结束以后，刚回到厂长办公室，李晓韵便跟了过来。她说下班以后想进城找个地方，和陶厂长坐一坐，因为她有些话想对陶厂长说。

李晓韵的故作神秘惹得陶晋一阵大笑。李晓韵却支吾半天，但马上又用不能商量的口吻说，不管陶厂长去不去，反正她等着。

下班之后，陶晋便直接驱车往李晓韵约定的地点驶去。

果真，一进包间，李晓韵倔强地坐在那儿的样子便进入了陶晋的视线。不对，不仅仅是倔强，似乎还有别的什么。陶晋敏感地觉察到此刻的李晓韵和以前不大一样。但到底哪里不同，他又下不了定论。

"陶厂长，今天把您约出来，实在是有一件为难的事情要对您说。"李晓韵给陶晋端了一杯水后，语气中满是犹豫却也直白说道。

"李大姐，但说无妨。"陶晋接过水杯，轻声说道。

"陶厂长，我做错事情了，而且错得很离谱。"李晓韵脸上清泪一闪，手中的水杯便在"咚"的一声中，泛出一层半天不能平复的涟漪。

"李大姐，你别激动，慢慢说，发生什么了，我陶晋能帮你什么？"陶晋不知是怎么了，只得轻声安慰着，同时从纸盒里抽出几张纸巾递到李晓韵手中。

"唉，我糊涂，犯了色戒，输在肉欲上了呀！"好半天，李晓韵才止住哭泣，语速极慢地向陶晋讲述着她这件错到离谱的事情。

原来，年初的时候，集团组织了为期两天的财务预算培训会，李晓韵带着张大禹一起去集团参加了培训。当天晚上，几个关系要好的财务部同事一起聚了聚。一向不怎么喝酒的李晓韵，那天晚上也不知道怎么了，竟然放胆多喝了几杯，便把自己给喝醉了。她都不知道自己是怎么回的房间，脑子完全断片儿。但半夜渴醒时，迷糊中打开灯，竟然发现身边睡着张大禹。张大禹向李晓韵不

第四章 大厦将倾

停地告罪，说他自己也喝多了，迷糊着就进了李晓韵的房间。两个人到底有没有发生过关系，他脑子也断片儿了，也说不明白了。不过，地上零乱丢着的衣物，似乎已经说明了一切。李晓韵痛斥张大禹无耻，张大禹便百般求饶并讨好。不知怎么的，两个清醒的人竟然在这样的纠缠中又抱到了一起。

就这样，有了第一次，便有了第二次。仅在集团开会的那两天，两个人出了会场便进了房间，反反复复不知廉耻地在一起。

至此，陶晋已然听明白。和张大禹有了婚外私情的李晓韵，受到了张大禹的胁迫。张大禹想要借李晓韵的财务之笔，做出违背厂纪让企业蒙受利益损失的事情。李晓韵一开始还努力想要说服张大禹，并甘心用自己的储蓄补偿，最终明白，张大禹的私欲岂是她的那点收入可以补偿的？张大禹想要的，是要李晓韵在神不知鬼不觉中转给他巨额的不义之财。这几个月，李晓韵就这样倍受着良心和身体的双重折磨。晚上回家不敢跟冯大新吐露半点，白天在单位又得兢兢业业，还得提防着张大禹一次又一次地提出无耻要求。她也不是没有提出过分手，但只要一提这事，张大禹就勃然大怒，并威胁要把他们的关系公之于众，让李晓韵身败名裂。

倍受折磨的李晓韵最终想明白，如果她再继续沉默下去，张大禹只会让她死得更惨。因为就在前几天，风险控制部核查市场部的销售金账目时，张大禹紧张而又慌乱地将李晓韵堵在了办公室。他以为李晓韵开始报复他，要查他的黑账。李晓韵又不能明说，也不能反抗，两个人那天便弄得很僵。

思来想去，李晓韵决定寻求陶晋的帮助。一方面是陶晋和丈夫冯大新的交情，二是陶晋为人坦荡，是一个值得信任的人。万般无奈，她便扯下了这最后的遮羞布，将自己的不堪暴露在了陶晋的面前。

陶晋万分震惊，但也明白，这是李大姐对他毫无保留的信任。可这件事情要怎么处理？仅凭一已之言肯定不行。但不替李大姐主持公道，他的良心也会不安。更何况，财务的管理者不仅没有管，没有理，还想成为偷粮的大老鼠，作为一厂之长，他岂能姑息？

沽　金

　　陶晋给李晓韵倒了一杯水，一脸理解和关切的表情安慰说道："李大姐，真没想到，这些日子你过得这么辛苦。你不要再继续自责了，这也是没有办法的事情，倒不如想办法解决利落。你能这么信任我，我倍感荣幸。我想，只要是问题，就一定会有解决的办法。所以，你先把思想包袱放下，我们一起来想想怎么办。"

　　陶晋也很明白，在一个管理极为规范的国有企业，如果没有确凿的证据，是很难随随便便地处置一个中层干部的。更何况，现在明摆着的事实是，如果下狠心找污点，想处理一个张大禹，也不是没有可能。但关键是，以张大禹的心性，狗急了都会跳墙，那张大禹怎么可能放过李晓韵？

　　李晓韵信任他，他亦是毫无保留地选择了信任李晓韵。他身为一个企业的负责人，必须保护好每一个为企业利益着想的员工，无论是谁！

　　因为知道了如此不堪的秘密，再见到张大禹时，陶晋心里便如吃了一只苍蝇一般恶心。尤其是看到端起茶杯的张大禹，总是翘着兰花指时，他的心里更是泛起浓烈的厌恶感。

　　可令陶晋意外的是，李晓韵竟然一脸神色如常的样子，当着众位领导的面，向陶晋汇报和请示工作，也一脸神色如常的样子，和张大禹沟通着工作上的事情。她的神色如常让陶晋诧异，是因为陶晋知道自己做不到，因为昨天晚上李晓韵讲的故事，不是别人的故事。

　　下午的时候，因为一件财务上的事情，张大禹需要亲自向陶厂长解释。所以，陶晋有了机会和他单独对话。

　　听完汇报后，陶晋示意张大禹再坐一会儿，他们之间聊点家常话。

　　陶晋问："张经理，你今年三十三了吧？"

　　"是的，陶厂长，虚岁就三十四了。"张大禹不知陶晋要和他聊什么，实话实说道。

　　"都说三十而立，要成家和业立。可你这业立了，家也得成呀！不要因为有过一次失败的婚姻，便十年怕了草绳。该谈的恋爱得谈，得结的婚也得结。"

第四章 大厦将倾

陶晋一脸关心的表情说道。

"让陶厂长操心了，我高不成低不就的，还没有合适的呢！"张大禹答。

"别太挑了，遇到一个会过日子、会疼人的，就麻利地娶回家吧！"陶晋说。

"哪有那么合适的人呀！"张大禹不好意思地笑了笑。

"咱们厂里你没有看上的吗？要是有，我给你做媒去！"陶晋突然这样说道。

"啊？兔子还不吃窝边草呢！我可不在咱厂里找。"张大禹答复说。

"那有点可惜呢！我还想着，像林希经理这样单身的女职工里面，要是有你中意的，我就两头说说，做回大媒，也赚条猪腿下酒吃！你要是不想在厂里找，那便太可惜了，我也不能强给你扭这个瓜吧！"陶晋故作遗憾的表情说道。

"那个……陶厂长，其实……要是林希经理能看上我，我还是挺愿意和她……"张大禹突然听陶晋点名提到林希，脸上一喜，声音一抬，赶紧请求说道。

"噢？你觉得林希经理不错？"陶晋反问道。

"林希经理是挺好的，我是挺喜欢她的。"张大禹明白无误地说。

"你不担心她万一哪天高攀了厂长，或者已经和某个厂长不清不白，你这……"陶晋突然话锋一转。

"啊？"张大禹一愣，嘴里惊讶出声，但他马上反应过来，忙不迭地解释说："陶厂长，您是不是听说什么了？您可别误会，我可没在背后传过您的坏话。"

"噢？"陶晋眉头一挑，一脸好奇的样子问道，"你的意思是，有人在我背后传坏话？是谁，说来我听听，看大伙都是怎么议论我的？"

"那个……没有，没有人在背后议论您。"张大禹此地无银三百两地又解释了一句。

"你刚才还说有人背后传我的坏话的嘛！是不是传我和林希经理不清不白，

沽 金

传我们两个人中间有一腿呀！"陶晋反问。

"陶厂长，天地良心，这话可不是我传出去的。我是和林经理有点小矛盾。不过，那也都是因为我喜欢她。可她没看上我不说，还处处瞧我不顺眼，工作上总是为难我。但我真没有造过你和她的谣。要是谁说这谣是我造的，我祖宗八代都烂舌头，生孩子不长屁眼！"张大禹一个猛子站起来，右手贴在自己的胸前起誓。

"我又没说是你说的。那些个狗东西爱嚼舌头根子，就让他们嚼去。咱一个大老爷们，行得正坐得端，还怕了那些？行了行了，不说这个事了。"陶晋的话音一落，张大禹便一脸心虚的表情又坐回椅子上，两眼却是紧张地继续望向陶晋。

陶晋像是突然又想起什么似的，话里一顿，看向张大禹询问说道："说到这儿，我倒想起一件事。前阵子苏总跟我讲，说集团近期要选拔一批后备干部，其中就包括财务总监。我在想，你也正是干事创业的好年纪，又有一身财务的好本领。所以，先给你私下交个实底，集团要是出了竞聘公告，你尽管去大胆争取，我这儿，绝对会是大力支持。"

"真的吗？"张大禹听到这么个好消息，一脸兴奋，"真要选财务的后备干部？陶厂长，我是一直跟着您干才学到的本领。我可不想离开这里。"

"好男儿志在四方，不能没出息，守着一亩三分田就不想挪窝了。"陶晋故意指责说。

"那是那是，我一定听陶厂长的教诲。"张大禹说。

"我哪教诲你什么了？要说你在精炼厂学的这一身本领，其实离不开你们李总监的教诲。别看她是一个女人，可心里装着精炼厂这个大乾坤。你要在她身上学的东西，还有很多呢！"陶晋又说。

"李总监确实教给我很多东西，我还要虚心向她继续请教才对。"张大禹说。

"很好，财务有李总监和你在这儿守着，我陶晋是完全放心的。但这并不代表，如果来了机会，我就会十分自私地拖你的后腿，阻碍你的大发展。所以，

第四章 大厦将倾

继续好好干吧，管好自己的笔，关好自己的门，不要做出一丁点让别人抓了把柄的事情。你还年轻，大展宏图的日子还在后头呢！"陶晋语重心长地说。

看着张大禹欢快离去的背影，陶晋的心里蓦地冷笑出声。此时突然想起法国画家高更那句自我写照的话，他立于深渊旁，但却不跌入其中。陶晋想，深渊虽说危险，却也是美妙的意象。深渊在侧，心甘情愿也好，不由自主也好，跌落便成了诱惑，而稳守其实才是困苦的坚持。但无论怎样，一切都源于选择。

这一天，集团关于设备招标请示的批复文件到了后，于岭拿着文件来找陶晋，一脸的不明所以，说的第一句话是："太意外了，集团竟然把这件事情给否了，还是苏总自己否的！"

其实在于岭来之前，陶晋已经知道了答案，是苏兴海直接告诉他的。拿过批文，将苏兴海龙飞凤舞一般写在文件批复意见里的两行话认真读完以后，陶晋脸上一笑，便对于岭说道："这有什么意外的。领导认为时机不妥，那便是时机不妥。我们也不用着急上火，时间会把一切都带到眼前的。"

"可是……这不是苏总自己想干成的事吗？"于岭还是不解。

"此一时，彼一时。"陶晋没有讲得过于明白。

苏兴海几天前到生产一线调研，行程计划里没有精炼厂，但他又有事情想与陶晋沟通，便在离去的最后一晚，把陶晋叫了过去。

"小陶，你们设备招标的请示，流转到我那儿了。"苏兴海开门见山地说。

"那就开始着手准备了，等到您一批复，我们就可以马上推进。"陶晋答。

"这事，还是先缓一缓吧！"苏兴海突然这样说。

"缓一缓？"陶晋愣了一下，不知道苏兴海的真实意图是什么。

"小陶呀，你也跟了我好几年了，我的脾性你是了解的。我呢，也从来没有把你当外人，什么事呀，也愿意和你多聊一聊。"

沽　金

"一直承蒙苏总另眼高看，小陶受宠若惊也感激不尽，有什么事情您尽管吩咐。"

"有你这句话，我这心里暖和呀！"苏兴海突然叹了一口气，"我这个人，脾气急，性子也爆，工作又爱较真，这些年来，可没少得罪人。得罪人其实我不怕，谁都不是完人，谁都有个缺点，我也不例外。我就是担心，有些人，心眼歪着长，总想没事捣鼓点事情出来。"

陶晋不知道苏兴海要说什么，但他听到这里，心里泛起一些波澜，他知道苏兴海专门将他叫过去，绝非只是发发牢骚，吐吐槽，一定另有深意。

"你一定在揣摸我要说什么对吧？"苏兴海突然像把陶晋看透了似的。

"苏总，我……"陶晋"嘿嘿"笑了一声，不附和，也不反驳。

"我一直都把你当成自己人，所以，毫不避讳你，也把许多事情直接交代给你去办。就好比这设备更新的事。我真是打心眼里为了精炼厂好，想帮着把你们的技术水平提升上去。可谁知……你也明白，官场也好，商场也罢，就这么一回事，一人一个心思，各人都只为自家门前那点地干净。我主推了这件事，便成了别人的把柄。你可能还没有听说，你们的请示一呈上来，便有个别的人在背后捣鼓闲话，说我这么积极主动，全是为了一己私利。还说招标只是一个形式，到底用哪家的设备，其实我早就和你定好了。去他的，你说这都是些什么玩意儿？企业要发展，要让他们出谋划策，屁话没有，屁本事使不出来。扯后腿，冒酸水，一个比一个本领大。依我以往的脾气性格，去他的，我想干什么，就得干成什么。更何况，我心里亮亮堂堂的，没有吃拿一分，完全是为了企业好，谁能把我怎么的？"苏兴海又长叹了一口气，"但史宏鹏的事给我提了一个醒。照认真里说，史宏鹏他到底是多大的过错？无非就是豪爽仗义过了头，帮了朋友却害了自己。可这事还就得认这么个死理，不能帮的，坚决不能帮，不能做的，也坚决不能做。要不然，还没等把石头搬过去，就先把自己的脚给砸了。再说你们设备招标的事。我也是着急，想着能早更新一天，企业效益就能早提升一天。今天的钱，明年的钱，是早晚都要出的钱，早出几天又如

第四章　大厦将倾

何呢？没有预算，那走预算外资金审批就是了！集团审批通过，钱划给你们，你们买回尖端设备，皆大欢喜的事情，多好！可结果呢？这事也幸亏还没做，否则，你我可能已经吃不了兜着走了！当然了，我说的缓一缓，绝对不是说这件事就东怕狼西怕虎地不办了。不是不办，是缓一缓再办，等时机再成熟一些，我们还是要干脆利落地将最好的设备买回来，提升我们的技术装备水平，提升我们的技术科研能力。"

听到这儿，陶晋心里已如明镜一般亮堂，这是史宏鹏事件给了苏兴海阴影，他怕重蹈覆辙，一是和史宏鹏私下的关系似乎已不是秘密，二是怕有人揪住这两件事一起在背后整他。所以，小心谨慎一定好过强出头。

"当然了，我这么做，其实也是为了你考虑。"苏兴海还在继续说着，"我都这么大年纪了，还能有几年混头？可你不一样，你不能像我这么由着自己的性子来，你正年轻，还有大把的好时光。所以，我谨慎了，三思了，你的后顾之忧也就少了。你说是不是这个理？"

"苏总，我明白您的意思了。这事您的确考虑周全，处处都为我们打算。但小陶实在过意不去，您为我们操着心，还担着罪！我们呢，无力回报，唯有把企业经营好，把指标经营好，不辜负您的信任，也不给您抹黑。"

苏兴海满意地点点头，可停顿片刻之后，他的话锋却突然一转："你知道蒋总出事了吧？"

"蒋总？"陶晋一时没有想到是北京的那个胖男人。

见陶晋的诧异不像是装出来的，苏兴海长叹了一口气说："就是我们上次去北京开会时，我带你见的那个蒋总啊！没想到啊，他也出事了，那么风光的一个人。不过，史宏鹏出事没害到人，这蒋总出事，可是害了一批人啊！"

"啊？"陶晋这次的诧异更是发自真心。

"我也觉得意外，可这事就这么邪门，不出事则已，一出事就是大事。"苏兴海说。

原来，陶晋听到的传言都是真的，那个胖男人蒋总就是顺藤被摸出的瓜。

沽 金

在他所犯的所有事情里面，除了替领导销赃，为领导腐败牵线之外，大多都是他自己矿产资源的倒买倒卖。他让自己的亲戚注册了一个资产公司，以该公司的名义，与国内好几家黄金公司进行合作。他出钱，黄金公司出资质，获得国内一些金矿的探矿权。合作一段时间以后，他便与黄金公司说了算的人私下签订协议，约定由资产公司补偿该黄金公司一定金额后，黄金公司退出合作。随后，资产公司便会将黄金公司所持有的股份高价转让，从中非法获利……而他之所以如此胆大妄为成为蒋爷，仗的当然是背后"大老虎"的权威。

还不等陶晋唏嘘，苏兴海感慨地说："不作不死啊！"

揣摸着苏兴海话音里的意思，陶晋知道，苏兴海其实是心里害怕了，因为眼睁睁见到了恶果，所以，既不敢重蹈覆辙，也怕那恶果反咬到自己。明哲保身最好的办法就是撇清、远离、洗白，这是聪明如苏兴海反复权衡后的选择。

不管怎么说，这件让陶晋纠结了许久的事情，告了一个段落，他的心里还是轻松的。

可这样的轻松却如此短暂，因为新的利害纠结又来到了心头。

林希敲门进来时，陶晋正在看这个月的金属平衡表。

所谓的金属平衡表，是精炼厂入厂的金属含量与出厂和库存中的金属含量之间的平衡关系。根据金属平衡表，可以评价精炼厂的生产情况，看出某一期间内生产指标的完成情况，金属回收率情况，也能据此作为车间生产效率评比的基本资料。更重要的，它是进、销、存三者的平衡。也就是说，只要有一个环节出了问题，这张表格的数据便对不起来。

当然，作为一家生产企业，生产车间的平衡结果为零的概率很低，因为涉及生产流程中积压到的各种物料、重量、品位、取样等会有误差，但只要控制在一定误差范围之内就是被允许的。但交易平衡必须为零。即市场部的成品金平衡，交易部的买入卖出平衡，必须为零。

正因为这张平衡表如此重要，每个月雷打不动的金属平衡会，一定是厂长

第四章 大厦将倾

陶晋亲自主持的。可这个月的金属平衡表，虽说数据最终是平的，可陶晋却总觉得哪里有点不对劲。

"林经理，你们的金属平衡表，你都审核了没有？"陶晋问。

"陶厂长，我审过了，结果是平的，应该没有问题。"林希说。

虽说心里觉得有些不对劲，但因为林希说没有问题，陶晋便没有再将这个话题深入下去。因为他很清楚，铤而走险者，一般不会拿黄金的金属量去谋取私利，因为太难了。对于精炼厂而言，利益聚集的最关键所在是操纵外购，操纵加工价格，也包括在预付款上做文章。因为黄金产品就是钱的产品，每天的资金量又那么大，只要对客户稍有优惠，正如史宏鹏迫切想要的预付款比例的提高，都是差别极大的。所以，两相比较，通过交易谋取非法之利，实在是难上加难。

可陶晋为什么就是觉得不对劲？难道是因为想到了王元为了一己之利举报林希和张大禹，让陶晋对他失去信任。还是因为最近发生的这一连串事情，让他已如惊弓之鸟一般。陶晋心里叹口气，为自己很多时候根本掌控不了大局而悲哀，为自己也不过一介草莽，却空有鸿鹄之志而悲哀！

此刻，陶晋"嗯"了一声，放下手里一直握着的笔，抬头问林希："还有事？"

"陶厂长，我想请年假。"林希说。

"休年假？"陶晋反问道，"中层以上干部没有年假，这个规定还是我定的。"

"可……可我想休息几天。"林希固执地说。

"休息几天可以，但不要以休年假的名义了。"陶晋也不明白自己为什么就会毫不犹豫地同意下来。尤其是看着林希一脸郁郁寡欢的样子离去之后，他的心里又泛起一些他也不明白的情绪。

刚想到这儿，陶晋后背冒出了一层冷汗！前几天，厂里有人散布他和林希有一腿的八卦时，他的第一反应竟然是……有些小小的得意！可很快，他便

沽 金

变得愤怒，因为莫须有的罪名，受到影响更大的人，其实是林希。而他，其实是……有些在意林希。他意识到，这半年以来，他开始自觉不自觉地注意到林希，越是在热闹的场合，越会注意到林希的异常孤单。在两个人单独相处时，林希又是那么开朗和活泼。他很想知道林希到底是一个怎样的女孩。

尾 声

　　陶晋最钦佩的企业家是联想的柳传志。外界评论说，柳传志这个人，做什么事情，总是想清楚了再干，这种思维方式在以前确保了联想的稳健发展，也使他个人度过了许多大风大浪。

　　这种"想清楚了再干"其实就是人生的大智慧。正是这样的大智慧充盈在柳传志的每一个人生节点，才会有政府官员钦佩他的操守，商界人士钦佩他的韬略，大众钦佩他为民族企业带来的尊严。即使他的竞争对手，也往往给予他极高的评价。陶晋知道自己做不成柳传志那样的人，但他却一直在告诫自己，要做一个被别人钦佩的人。

　　精炼厂的变化，却不是云烟，而是眼睛能看到的事实。

　　虽说全球矿业市场仍在持续低迷，仍然处于深度调整期，主要大宗矿产品价格仍在不断下跌，矿业公司普遍面临产能过剩、融资困难、利润大幅下滑和市值缩水等问题，但精炼厂并没有与这些矿业企业一样进入"微利时代"，反而士气高昂，势头迅猛，半年指标顺利完成之后，刚刚进入十二月，全年经营指标便接近了百分之百。

沽 金

只要能完成指标，承诺兄弟们的绩效就能落到实处，人心便能聚到一起，何愁企业没有更大的发展？即使心里有数，陶晋还是禁不住有些兴奋，暗暗给自己鼓着劲。

借着单独出差的机会，事先请杨莺的表哥做了一番周旋，这一天下午，陶晋终于在东南省第二看守所见到了自己的老领导田德志。

几个月不见，田德志明显苍老了许多，但精神状态还不错，一见陶晋，便浮出一脸真诚的笑容，隔着探视的玻璃窗冲陶晋挥了挥手后，拿起话筒便先开了口："小陶，谢谢你来看我呀！"

"田总，您还好吧？"田德志的话一传过来，陶晋的鼻子便发了酸，想说的许多话在喉间撕扯了一番之后，却只吐出这样的一句担忧。

"好着呢，吃嘛嘛香。你看我是不是都长胖了，变白了？"田德志一脸故作轻松的表情。

"他们……他们没有……"陶晋迟疑着，还是没有将话说完整。他还抬头瞅了一下左右，唯恐自己的一个不周全给田德志惹了麻烦似的。

"好着好着，不要担心。"田德志将话筒从右手换到了左手，右手对着陶晋轻轻一摆。

"田总……我……"陶晋突然觉得自己的情绪有些失控，那些一直藏在心里的话争先恐后地往外涌着，便像堵了通路似的，语气哽咽，竟然不能表达出一句完整的情绪。

"不要担心，我很好。这么多年了，我才终于像咱们老祖宗总结的那样活着——日出而起，日落而息。我这每一天都过得很充实。你看，早上六点起了床，打扫打扫卫生，读读书看看报，再做做广播体操，晚上看看新闻联播，一到十点就准时睡觉。放心吧，他们没有安排我干任何形式的体力劳动。我这生活规律起来，那什么脂肪肝啊、'三高'啊，通通都不见了。"说到这儿，田德志脸上浮出一个表露明显的自得笑容，语气也一瞬间夸张起来。

陶晋一边听着老领导的描述，一边不停地点着头，好似在这样的动作和语

尾 声

气里，那些一直悬着的心、始终不甘的情绪便有了着落，能安稳了下来一般。

"噢，对了，除了看书读报看新闻，我还开始学英语了呢！"田德志像是突然想起来，又像是"邀功"一般，语气稍有上扬地说道。

"噢？"陶晋回应给一个疑惑却又肯定的感慨。

"我们每周可以从图书馆借四本书，有时候呢，你嫂子也会利用每个月两次的探望时间送几本书。这些书监管的民警检查过后，就可以转给我看。我想我上学的时候便没学好英语，前些年出国考察，整个一个张不开嘴的闷驴。既然现在这么有时间，倒不如再好好学学，说不定就能学出一嘴的美利坚口音呢！"田德志说。

突然想到一个问题，陶晋心里一下子着急起来，说话的声音也变得急促："田总，您看过您的报道了吗？"

"我的报道？事已至此，纠结无用，倒不如看开一点。"田德志脸上的神色一亮，像是宽慰陶晋，实则却是宽慰自己，"以前因为不知道自己要什么，然后看看别人，他有我没有，就焦虑了。其实一个知道自己要什么的人，他要的一定是符合自己性情、秉性的这些东西，这样他才会平静、从容。"田德志如此平静的表达，让陶晋唏嘘不已。

原本他是抱着同情、悲愤的心情来看望老领导，没想到，老领导却又给他上了一堂深刻的哲学课。的确，人在年轻的时候很难从容，因为什么都想要，却又不知道真正想要什么，所以，内心焦躁、行动忙乱。只有经历了挫折，有了阅历，才会形成真正正确的价值观，形成准确的自我认识。可是，多悲哀，这样的过程却一定伴着沮丧、消极和阵痛。

想到这儿，陶晋突然庆幸自始至终他都没有向田德志吐露自己的困惑、郁闷。他看到田总置身于自我世界的平静，他感受到了内心的安宁和从容的力量。

回到梨州没几日，正在财富银行招标现场的凌瑞峰突然带来一个让人震惊的消息。

"陶厂长，财富银行的标完了。"电话里的凌瑞峰语气沉重。

沽　金

"完了？"陶晋从凌瑞峰的语气里听出了不好的意味，但他猜不出什么叫"完了"。

"他们这儿出事了。"凌瑞峰的语气变得沮丧，声音也是极低，陶晋能清楚地感受到他的情绪波动。

"怎么回事，出什么事了？"陶晋心里一紧，赶紧问道。

"他被……"凌瑞峰那边突然"啊"了一声，电话里便传来了忙音，只将不明所以的陶晋单独丢在了电话这一端。

知道林希和凌瑞峰一起在现场，陶晋又怕是他们都不方便接电话，他便直接给林希发了一条短信。过了足有十多分钟，林希才把电话打过来，将事情的原委告诉了陶晋。

原来，自从上次流标以后，财富银行内部作了反省，加强了利益冲突的教育管理，也启动了严格的内部监管程序。除了温文生私下和凌瑞峰利益关联以外，财富银行负责采购的一名业务主管，竟然也与其他几名主要经办人联手，向投标方泄露了机密信息，只为巨额的回扣。没承想，他们狮子大开口，又没有将赌压在一家企业上。行业内部哪有秘密，这几家企业私底下一串联，便知道了原委。在今天议标的会议现场，他们便破罐子一摔，公开了此事。

此事迅速在财富银行董事会层面引发了地震。财富银行马上下令停止与招投标相关的一切事项，对接受回扣的员工采取停职处理，也启动了相关调查活动。一切属实的话，这几名员工还将面临财富银行对他们的法律指控。

"太可惜了。"陶晋在电话里对林希感慨。像是对此次业务的可惜，又像是对那些迷途的人们可惜。

"人活着的诱惑太多了，仅靠个人的修为，没有机制的约束，其实很难。"林希说。

是啊，面对诱惑，有多少人有勇气抵制？人的一生，又怎么可能没有诱惑？海边的岩石被撞击几千次才能掉落碎石，碎石经过无数次洗礼才能磨成鹅卵石。而这种生出勇气去对抗，其实也是一种诱惑呀！但分辨、抵抗的能力，

尾 声

并非每一个人都能够拥有的。

就像是约好了一般，这一年的严寒之冬成为多事之冬，也成为陶晋生命中一个残酷之冬。没几日，苏兴海竟然出事了，且先前没有一丁点征兆。苏兴海被调查的事情，进行得很隐秘。整个东南矿业并没有几个人知道。可好事不出门，坏事传千里，这种事情怎么能瞒得住？

传言说，从前年八月就开始了。有一天，林江省国土部门挂出公示文件，辖内有部分优质矿权可以对外新登。林江是黄金资源大省，东南矿业在林江的地勘公司便视此为企业发展良机。因为作为地勘企业，优质矿权的纳入，是核心价值的重中之重。于是，他们便向苏兴海请示，计划行文至集团，请求矿权新增的资金支撑。结果，苏兴海却直接否了此事。理由是，这些矿权的价值并不比公司现有的矿权优质，而且，需要一个亿的资金用来支持新登。仔细权衡，利益并不是最大化。可转过头，苏兴海便将这个消息"卖"给北京一家投资公司。这家公司一番运作，这些苏兴海认为价值不足够大的矿权便被其收入囊中。

今年春天，集团召开资源并购的工作推进会时，资源部上报的几份拟收购矿权，被苏兴海否了的林江省的矿权赫然在册，且并购价格远远超过当时的新登价格。苏兴海还在会上一副冠冕堂皇的样子说，就在林江辖地的矿权，咱们的地勘公司竟然没有捕着此鱼，反而让北京公司买了去。现在可好了，为了整个林江省的资源战略，还得再花大价钱买回来。

林江省地勘公司的这个总经理，偏偏是一个较真的人。会上，他忍了，没有当面让苏兴海下不来台。可越想越生气，一怒之下，便直接绕过东南矿业，向上级主管部门作了实名举报。可上级也是利益相关者的上级，怎么会听信一个小喽啰的一家之言。此事一直没有实质进展，苏兴海依然高枕无忧。直至北京这家投资公司的老板被抓，咬出了苏兴海。

没错，咬出苏兴海的正是那个胖男人蒋总。再顺藤摸瓜，一个神秘的女人也在这样的利益纠葛中浮出了水面。陶晋没有猜错的话，应该就是上次出差中让苏兴海失踪了一晚上的那个女人。

沽 金

苏兴海的事情一时半会并没有得出结论，杨光董事长也没有对全集团作通报，总经理一职暂时空缺，但东南矿业的所有工作还是如常一般正常推进着。是啊，这个地球离了谁会停止转动呢？

虽说这最近接二连三的事情发生，但被工作推着往前走的陶晋，仍然相信人性之善，仍然相信人性未变。如果说这一切发生了变化，只不过是因为道德偏离才会让世风日下。但正如大浪淘沙的最后，留下的一定是精华。他仍然固执地坚信，只要道德走上正途，这个世界依然会好。

果真便有好消息传来。

西景市祝小兵给陶晋寄来了邀请函，他的商业楼盘被一家国际知名的商业巨头相中，不仅收回了所有投资，还用这些投资和这家商业巨头作了二次合作。他发来诚挚的邀请，是想邀陶晋见证新商业的签约盛典。陶晋为祝小兵感到高兴，这也验证了他始终坚信的那一点，一个人只有知道自己要什么，且要的是符合自己性情和秉性的，如此才会平静和从容，也会守得云开雾散，一切向好。

自从知道苏兴海出事以后，凌瑞峰突然变得沉默寡言。这一天，他甚至向陶晋告一周的假，说身子不舒服，要去省里好好做一做检查。

陶晋知道凌瑞峰这是心有余悸。但他什么也没有多说，只是劝凌瑞峰安心做检查。还故意打趣说，他相信一向壮如牛的凌瑞峰啥毛病也没有。如果说真有毛病，也是厂里给他压的市场的担子太重了。所以，他得第一个作检讨，向凌厂长赔不是。

看到陶晋的态度转变，凌瑞峰不好意思起来，表态说，硬件他自我感觉良好，应该没啥大毛病。这不舒服，应该就是几个指标高了点。指标高了就降指标，硬件坏了就修硬件，他保证，一定早日回到岗位上，为厂长分忧解难。两个人便禁不住握着手大笑起来。远远望去，像极了一直和睦也一直并肩奋战的兄弟。

休假回来，林希约陶晋在电视台门前的路上一起散步。陶晋犹豫了一下，

尾 声

还是赴了约。

见面第一句话,林希说,她去了一趟郑小宇的老家。

"郑小宇?"陶晋不解而问。

"嗯,郑小宇,我爱了许多年的男朋友。只是,他……死了。"林希解释说。

林希的话让陶晋一惊,他不解地问:"那……你去看他了?"

"是,看他去了,想彻底了断一件事,也想开始一件事。"林希说。

陶晋明白了她的意思,看着林希年轻的脸庞、明亮的眸子,心里却生出了胆怯。

"你幸福吗?"林希突然问。

"什么是幸福的评价标准?"陶晋知道林希想听到什么,却不敢直说。

"心里的感觉。"林希眼睛定定地看着陶晋。

"心里的感觉?"陶晋反问,沉吟片刻,他又说,"感觉怎么可能靠得住呢?"

"是啊,感觉靠不住啊!"林希幽幽地回应说,"我曾经凭借心里的感觉,想要和你好。还想问你,可不可以和你好?可是,此刻,我却……我还想,我可以辞职……可感觉真是靠不住的。当我望向那一个世界里的郑小宇,当我问我自己时,我知道,我想要的幸福,不是感觉里的幸福,而是实实在在地牵一个人的手,与一个人在柴米油盐里过起日子。可是……可是,那个人不是你,对吗?"

陶晋站定身子,认真地看着林希,话在喉咙往外冲了半天,却只是长叹了一口气,什么也没有说,但眼里的怜惜和疼痛骗不了林希。林希心一动,抬起手来想与这些怜惜、疼痛碰撞,陶晋却往后退了一步,与林希之间多了一人的距离。

那个人,是婚姻里的杨莺,他的妻子,还有女儿淼淼。

陶晋的心里五味杂陈,逃一般离开林希回到家中。一进到门厅,杨莺春天

沽 金

一般的笑容竟然撞进了他的眼里。他一愣,不知杨莺为何事而喜,同时更为杨莺这样的笑容似乎久到半个世纪都不曾再次看见过而讶异不已。

见丈夫愣着,杨莺竟然径直走过来拉起了他的胳膊,并一直把他引到岳母张一珍住的房前才停住脚步。杨莺扯扯陶晋的胳膊,冲岳母半躺着的方向努了努嘴,轻声说:"看,家里添了一个小家伙。我还以为我会不喜欢,可谁知道……"

听到动静,岳母已经回转身子,冲陶晋招着手说:"来,和小家伙打声招呼。"

陶晋手脚已经完全不听大脑指挥,就这样被妻子推到了岳母的床前。他探身看去,一个粉嫩粉嫩的婴儿正在自己的小被子里睡得香甜。

"妈,这是……"虽说已经猜到了,可陶晋还是不由自主地问出声。

"上次跟你说的,给你们抱养一个孩子呀!竟然让我办成了。是不是很漂亮,很像咱们家的孩子?"张一珍一脸喜不自禁的表情回答说道。

"是……是挺漂亮的。"陶晋语气犹疑,但还是轻声回答。

"漂亮就是漂亮,还用得着犹豫吗?"岳母敏感地捕捉到陶晋的情绪,禁不住出声指责。但她马上又回转语气,柔声细语地对着婴儿开口说道,"柔柔宝贝,爸爸回来了。他夸你长得漂亮呢!我们柔柔是天底下最漂亮的小女孩。和姐姐森森一样漂亮。姥姥呀,盼着你和姐姐一起快点长大……"

此刻,女儿森森一直在床前趴着凝神看着这个粉红女孩,突然咧嘴一笑,把手轻轻抚到婴儿的脸上,嘴里清晰地重复说道:"柔柔妹妹,我们一起长大。"

森森的话让在场的三个大人互相对看一眼,眼泪差点就齐齐滚落下来。

什么话也不再说,只是静静地享受着此刻的温情祥和。片刻,陶晋扭头去看杨莺时,杨莺正一脸柔软的表情看向自己的新女儿,手则轻轻地拍打着粉红色的小被子。床前台灯黄色的光刚好照到她的脸上,说不出来的甜美和温暖。陶晋的心刹那间柔软起来,他的手竟然不听使唤一般,轻轻地拍向了自己的大女儿。

岳母自己带着柔柔在客房睡,森森睡在自己的房间。陶晋和杨莺洗漱完后,便一起躺到了他们的床上。陶晋胳膊一伸,杨莺竟然马上柔顺地躺了进来,就像他们初婚时那般,一脸的娇羞,可手却主动顺着陶晋的前胸温柔地一路往下

尾　声

触摸而去。陶晋心里一暖，身子一挺，便将杨莺狂热地吞噬到了自己的世界，亦像他们初婚时那般，热烈而又美好。

整个世界平息下来时，陶晋将杨莺重新搂回自己的怀里，轻轻拍打着妻子的后背，轻声地说："这样真好！"

杨莺没有回答，只是将脸在陶晋的怀里蹭了蹭，一只手则在陶晋的胸前来回摩挲起来。

"老婆，我好爱你。"陶晋将杨莺更紧地往怀里搂了搂，真心地说。

陶晋的话让杨莺的身子惊了一下，陶晋感觉到自己怀里的人瞬间有些僵硬，但马上却更柔软地伏在自己的胸前，并用唇在他心脏上面轻轻印了一个吻，嘴里呢喃着说："我知道。"

这天晚上，陶晋和杨莺用身体表达着彼此还唤得回来的爱恋。是谁说过，能亲吻的时候不要只是拥抱，能拥抱的时候不要只是拉手，能拉手的时候不要只是并肩同行。能用身体表达解决的，或许便都不是致命的问题吧！正如此刻的他们，通过身体的彼此融合解决了彼此的心照不宣。关于女儿，他们谁都只字未提。他们已经在身体的交融中达成一致，只要女儿们好好的，他们便会认真对待这命定的一切。因为他们知道，感情其实很脆弱，生活其实也脆弱。他们唯一能做到的，便是珍惜和懂得。

这一晚，沉沉睡去的陶晋，做了一个甜蜜的梦。

正是草长莺飞的三月，整个世界五颜六色，分外好看。陶晋和杨莺一人拉着一个女儿的手，一家四口在草地上玩耍，有蝴蝶在女儿们的身前飞来飞去，亦有蝴蝶在妻子的身前飞来飞去……这便是好起来的世界的样子吧！这便是普通人普通却也幸福的生活吧！

睡梦中的男人嘴角带了一丝安详的笑，胳膊一伸，同样在甜蜜梦里的女人身子自然而然地俯了进来，像从未离开过一样。这一刻，他们只是一个男人和一个女人，没有官场，也没有商战，只是一对平凡的夫妻，在享受最平凡的人生。